Uwe Krechel
Axel Spilcker

Mördermann

UWE KRECHEL

AXEL SPILCKER

MÖRDER MANN

HEYNE ‹

Verlagsgruppe Random House FSC-DEU-0100
Das für dieses Buch verwendete FSC®-zertifizierte Papier
EOS liefert Salzer Papier, St. Pölten, Austria.

Redaktion: Claudia Fritzsche, München & Dr. Annalisa Viviani, München

Copyright © 2011 by Wilhelm Heyne Verlag, München, in der Verlagsgruppe Random House GmbH
Umschlaggestaltung: Eisele Grafik-Design, München
Umschlagfoto: Kay Blaschke
Satz: EDV-Fotosatz Huber/Verlagsservice G. Pfeifer, Germering
Druck und Bindung: GGP Media GmbH, Pößneck
Printed in Germany 2011
ISBN 978-3-453-20010-4

www.heyne.de

Für Max und Konstantin

INHALT

9 Prolog

29 Petras Mörder
55 Folter hinter Gittern
89 Der letzte Lambada – Mord im Waldstübchen
121 Ungarische Rhapsodie
147 Radarbild in die Freiheit
171 Billy the Kid aus dem Ruhrpott
195 Die Garottemörder und die Physik
215 Der Hochzeitsmörder
239 Von einem Goldbarren und dem »Fingerlesen«

263 Epilog

PROLOG

Es gibt Momente im Leben, da scheint es einem, als lege sich ein Schalter um – und man denkt, von nun an ist alles ganz anders als gestern, als vorgestern und als jeder Tag bisher. Manche Menschen kennen solche Momente aus Beziehungskrisen: Man liebt, man denkt, es könnte niemals enden – und plötzlich ist von einem Moment auf den anderen alles dahin. All jene mitreißenden Gefühle, der ganz normale menschliche Wahnsinn, dieser Mix aus Empathie, Antipathie, Hass und Liebe, Trauer, Wut und Euphorie. An einem Tag ist »sie« noch die einzig Wahre, heiß und innig begehrt, und am nächsten Tag scheut man die Begegnung mit dieser seiner Liebsten.

Mir geht es zurzeit genauso, nur ist meine Geliebte mein Beruf.

Ich bin Anwalt in Bonn, Strafverteidiger, Spezialist für »Kapitalverbrechen«, Experte für Mord- und Totschlagsprozesse, letzter Rettungsanker für den Angeklagten, seit 25 Jahren gleichsam eine Art Seelenbeschauer und mithin Analytiker menschlicher Grausamkeit. Denn ich habe schon mehr als 250 Mörder und Totschläger vor Gericht vertreten. Für mich ist das mehr als nur ein Beruf, trägt eher die Züge einer Obsession. Außer meinen beiden Kindern fasziniert mich nichts so sehr wie das Verbrechen, die Abgründe der menschlichen Seele, und zugleich schreckt es mich ab. Nicht dass ich süchtig wäre, blutrünstig oder krankhaft geil auf die Sensation. Dafür bin ich zu sehr Jurist.

Ich bin immer auf der Suche nach dem »Warum«, nach dem Motiv, der zerstörerischen Matrix meiner Mandanten, dem Auslöser, der bei ihnen das Fass zum Überlaufen brachte – letztendlich spüre ich der abschließenden Erklärung nach.

Und oft muss ich mir eingestehen, dass ich sie nicht finde, nicht ganz. Die Antwort kann ich mitunter nur bruchstückhaft herausfiltern, häufig muss ich mich mit einer Ahnung zufriedengeben, weil mich der Klient nicht nahe genug an sich heranlässt, sodass ich ihn nicht völlig zu durchschauen vermag. Auch das gehört zu meinem Beruf, den ich gegen nichts in der Welt eintauschen möchte, obschon ich ihn manchmal auch abgrundtief hasse. Weil es mitunter Situationen gibt, in denen ich mich meiner Aufgabe nicht gewachsen fühle. Momente, die in meiner Psyche Vibrationen erzeugen, als würde ein Bogen bei einer Violine über eine rostige Saite streichen.

Oft hat man mich gefragt, weshalb ich mich nicht auf das weitaus lukrativere Zivilrecht verlege. Meine Antwort ist denkbar simpel: »Wenn ich Frieden haben will, gehe ich in den Wald.«

Ich liebe die Spannung, den Widerspruch der Gefühle, den Thrill vor Gericht, der an meinen Nerven zerrt wie eine Katze an ihrer Beute.

Die meisten Zeitgenossen haben nur eine vage Ahnung davon, was ich tue. Und es werden immer wieder dieselben Fragen an mich herangetragen: Wieso gibt sich ein geistig gesunder Mensch überhaupt auf Dauer mit »Kriminellen« ab? Wie kann man das alles nur so lange aushalten, ohne verrückt zu werden? Für die einen ist unsereins der Komplize des Verbrechers, bei den anderen rufen wir Strafverteidiger Misstrauen und gelegentlich nur stilles Mitleid hervor. Tenor: »Das könnte ich nie machen, ich könnte ja keine Nacht mehr ruhig schlafen.«

Natürlich habe ich die versteckten Vorwürfe nie ernst genommen. Im Gegenteil: Ich finde sie amüsant. Bisweilen fühle ich mich auch ein wenig geschmeichelt, wenn ich mit meinem »Schreckensberuf« in der Öffentlichkeit so viel Aufmerksamkeit errege. Dieses angewiderte Raunen im Gerichtssaal, wenn ich neben meinem Mandanten auf der Anklagebank Platz nehme: »Jetzt verteidigt der auch noch diese Bestie.«

Manchmal unterscheidet der Zuschauer gar nicht mehr zwischen Anwalt und Angeklagtem. Die schwarze Robe des Strafverteidigers mutiert zum Gewand von

Beelzebub, der Anwalt selbst zum fragwürdigen Komplizen. Und dennoch zieht den Normalbürger nichts so sehr an wie das ultimative Böse. Wer wirft nicht gerne mal einen Blick in menschliche Abgründe, um sich anschließend mit Schaudern abzuwenden? Wer bewundert in guten Krimis und Actionfilmen nicht auch den Protagonisten ein wenig, die Verkörperung aller Schlechtigkeiten, den Lauernden, den Hinterhältigen, der den Guten auf Trab hält, um schlussendlich doch seine gerechte Strafe zu erhalten?

Im Kino grenzen sich Lichtgestalt und Schattenmann meist eindeutig gegeneinander ab. In meiner beruflichen Laufbahn habe ich jedoch oft genug das Gegenteil erlebt: Plötzlich ist das Böse gar nicht so böse, und das Gute gar nicht so gut. Schuld verwandelt sich in Unschuld und umgekehrt. Allzu oft liegt aber auch ein Schleier über allem – die Tat spielt sich in einer Grauzone ab, wo Yin und Yang, Schwarz und Weiß, ineinander verschwimmen. Dort, wo ein Richter meinen Mandanten zwar verurteilt und ihn zum Mörder abstempelt, ich aber bis heute an ein Fehlurteil glaube. Und im umgekehrten Fall gehe ich bis zum letzten Prozesstag insgeheim fest davon aus, dass mein Klient ein Mörder ist – und dann wird er vom Richter freigesprochen!

All dies habe ich erlebt, und davon möchte ich Ihnen erzählen, weil es mir ein Bedürfnis ist. Und weil Recht noch lange nicht das bedeutet, was sich jeder im Allgemeinen darunter vorstellt – wenigstens nicht vor Gericht. Ich nehme Sie mit auf eine Spurensuche – hinein in teils finstere Ecken der deutschen Kriminalgeschichte und hinter die Kulissen der Strafjustiz, die alles andere als unfehlbar ist.

Vorab möchte ich Sie aus formalrechtlichen Gründen nur noch auf Folgendes hinweisen: Die Prozessordnung eines Rechtsstaats verlangt die ordnungsgemäße Verteidigung eines Verbrechers, egal, wie schwer seine »Untaten« wiegen mögen. Und für jeden Beschuldigten gilt bis zu seiner Verurteilung die Unschuldsvermutung

Dass ich mir diesen Satz würde einmal permanent vorsagen müssen, hätte ich nie geglaubt. Ebenso wenig, dass mir irgendein Mandant jemals meine seelischen Grenzen aufzeigen könnte. Und nie wäre ich auf den Gedanken gekommen, ich könnte irgendwann meinen so geliebten Anwaltsberuf infrage stellen. Bis zu jenem hässlichen grauen Junitag des Jahres 1996, an dem ich eine Begegnung der besonderen Art erlebte.

Das Kreuz Christi

Ich sitze in meinem Auto vor der Justizvollzugsanstalt Siegen. Der Gefängnisbau hat Ähnlichkeit mit einer Festung. Ich rauche eine Zigarette nach der anderen. Beinahe regungslos starre ich durch die Frontscheibe – unfähig, den Motor anzulassen, benommen von dem, was ich gerade hinter diesen düsteren Mauern erlebt habe. Ein Gefühl wie in alten Science-Fiction-Filmen überkommt mich: Mir ist, als wäre mein Körper durch Schüsse aus einer Strahlenpistole gelähmt worden. Ich mag mich nicht rühren, die Zigarette glimmt, ich lasse die Asche achtlos auf den Boden fallen.

Apathisch sitze ich da, fassungslos, paralysiert. Vor einer Stunde hat mich Klaus Mansfeld in seiner Zelle verabschiedet. Der dreiundvierzigjährige Bauarbeiter aus Siegen soll ein Mädchen ermordet haben. Zwei andere Mädchen, zwölfjährige Schülerinnen, überlebten seine Attacken nur wie durch ein Wunder.

Mansfeld war tags zuvor von der Polizei in Siegen verhaftet worden.

Es besteht kein Zweifel, dass der Mann mit dem grau melierten Haar und den auffälligen Tätowierungen an beiden Armen ein sadistischer Triebtäter ist. Die Spurenlage erscheint mehr als eindeutig.

Ein grellrotes DIN-A4-Blatt liegt auf meinem Beifahrersitz. Der Haftbefehl. Das Papier listet detailliert sämtliche Taten auf, die der gelernte Dreher begangen haben soll.

Demnach lebte Mansfeld seine tödlichen Neigungen in aller Seelenruhe aus. Er weist sämtliche Merkmale eines Serientäters auf. Nach Analyse der Ermittler hätte der bereits einschlägig vorbestrafte Sexualverbrecher wohl immer wieder zugeschlagen, wäre er nicht aufgrund begangener Fehler aufgeflogen.

1995, kurz nach seiner Entlassung aus der Haft in Werl, verschleppt Mansfeld die sechsjährige Natascha B. in den Wald und vergeht sich stundenlang an ihr. Anschließend würgt er das Mädchen, schneidet ihm die Pulsadern auf und lässt es verbluten.

Ein Fall, der weit über die Region hinaus Wellen der Empörung schlägt. Ein kleines Mädchen, kaltblütig ermordet, lässt niemanden unberührt. Die Menschen reagieren tief betroffen, als das Opfer im Februar 1996 gefunden wird.

Durch Zufall bekomme ich selbst das Geschehen rund um den Fund der Leiche mit. Denn just in dieser Zeit verteidige ich einen Doppelmörder vor dem Schwurgericht in Siegen. Am Vormittag des 9. Februar wird die Sitzung für Stunden unterbrochen, weil der Staatsanwalt an der Obduktion von Nataschas Leichnam teilnehmen muss.

Tage später erzählt mir der Ankläger, man habe das tote Kind bei Minustemperaturen in einem Waldstück gefunden. Ich reagiere geschockt, als mir der Staatsanwalt berichtet, dass die Rechtsmediziner den Körper wegen der Froststarre nicht direkt hätten obduzieren können. Vielmehr hatte man das tote Kind auftauen müssen. So etwas bleibt an einem hängen, obwohl ich es in der Zwischenzeit schon mit einer Vielzahl anderer grausamer Morde zu tun gehabt habe. Die Vorstellung brennt sich in die Festplatte meines Gehirns ein und ist dort nicht mehr zu löschen.

Nach dem Fund von Nataschas Leiche kommen mehrere hundert Menschen spontan zu einem Trauermarsch zusammen. Als ich nach meiner Verhandlung in den frühen Abendstunden nach Hause fahren will, ist die Straße gesperrt. Schweigend ziehen die Anwohner an mir vorbei.

Der Anblick bewegt selbst mein sonst so nüchternes Gemüt. Spontan steige ich aus dem Auto und schließe mich dem Zug durch die verschneite Straße an. Ich habe plötzlich das Gefühl, etwas tun zu müssen – und sei es nur, den Eltern wortlos und solidarisch mein Mitgefühl kundzutun.

Danach sucht die Kripo monatelang erfolglos nach dem Täter. In dieser Zeit fährt Mansfeld auf der Jagd nach weiteren Mädchen mit seinem alten Volvo-Kombi kreuz und quer durch das Siegener Land. Ende Mai 1996 überfällt er mit einem Messer eine halb blinde Hausfrau und vergewaltigt sie.

Am 9. Juni schließlich begeht der Mann mit dem goldenen Kreuzanhänger um den Hals seinen entscheidenden Fehler. Ziellos lenkt er seinen Volvo durch die Gegend. Er ist wütend. Am Morgen hat er sich mit seiner Frau gestritten. Das Verhältnis der beiden Ehepartner ist gespannt: Mansfeld kuscht meist vor der dominanten Gattin. Nur an jenem Junitag ist es anders. Das Ehepaar fetzt sich wegen Liebschaften des Mannes, und dieser hält zum ersten Mal lautstark dagegen.

Später findet er auf dem Küchentisch einen Brief von seiner Frau, in dem sie ihm erneut Vorwürfe macht. Am Ende droht sie ihm, er könne ja abhauen, wenn es ihm bei ihr nicht passe. Aufgewühlt verlässt Mansfeld das Haus. Er fährt ziellos herum. Normalerweise hilft ihm Autofahren dabei, herunterzukommen, nur heute nicht.

Immer wieder kreisen seine Gedanken um Frauen. Er redet sich ein, nur sie seien an all seinen Schwierigkeiten schuld. Ein unbändiger Hass auf alles Weibliche steigt in ihm hoch. Die Wut übermannt ihn, sie reißt alle Hemmschwellen nieder. Er beschließt, sich eine Frau zu holen, an der er seinen Hass ausleben kann. Mansfeld steuert den Parkplatz des Freibads in Ennepetal an. Es ist ein heißer Tag, an dem sicher viele Leute zum Baden gegangen sind.

Der Mann wartet über eine Stunde, ehe er zwei Mädchen mit ihren Fahrrädern entdeckt. Als sie den Parkplatz verlassen, folgt er ihnen unauffällig. Vor einer Anhöhe überholt Mansfeld die zwölfjährigen Schülerinnen Jenny K. und Salina M., und am Berg passt er sie dann ab. Er springt aus seinem Wagen, zwingt die Mädchen mit einem Messer zum Einsteigen, fährt mit ihnen auf einen Waldweg und missbraucht seine Opfer dort mehrfach. Im Anschluss kurvt er mit ihnen zwei Stunden durch die Gegend, um dann ein einsames Waldstück anzusteuern. Dort zerrt der Entführer Jenny und Salina aus dem Auto. Mansfeld fasst den Entschluss, die Zeuginnen seines Verbrechens zu beseitigen.

Die Mädchen müssen sich ausziehen. Der kräftige Aushilfsarbeiter würgt die Wehrlosen, bis sie sich nicht mehr regen. Im Glauben, Jenny und Salina ermordet zu haben, setzt er sich wieder hinters Lenkrad und fährt nach Hause. Doch er hat Pech: 50 Minuten später rauscht er in eine Polizeikontrolle und wird von den Beamten festgenommen.

Die tot geglaubten Mädchen waren nach kurzer Bewusstlosigkeit wieder aufgewacht und binnen einer Viertelstunde zu einer Waldgaststätte gelaufen. Trotz ihrer Todesängste und aller ausgestandenen Qualen hatten sich Salina und Jenny das Autokennzeichen ihres Peinigers gemerkt. Mansfeld wird kurz vor seinem Haus gefasst.

Nun bin ich sein Anwalt, vom Gericht als Pflichtverteidiger bestellt. Vor einer Stunde noch habe ich in der Zelle meines neuen Mandanten gesessen. Ich bin ihm im wahrsten Sinne des Wortes »begegnet«. Eine Begegnung, die so anders war als alle anderen Zusammentreffen mit Klienten zuvor. Und ich weiß, wovon ich spreche, denn ich verfüge über genügend »Vergleichserfahrungen« – ich habe schon mehr als genug Gewaltverbrecher vertreten. Die Situation, in der ich sie traf, ihre Taten, ihre Persönlichkeiten, ihre jeweilige Art, wie sie sich mir zu öffnen und zu verschließen versuchten, ihr Verhalten einzustufen, gemeinsam mit ihnen einen Weg zu finden, all das war mir bisher stets gelungen.

Mansfeld jedoch hat mich geschafft. Ihm gelingt, was ich nie für möglich gehalten hätte: Er bringt mich aus der Fassung, und ich fühle mich völlig ausgebrannt an jenem Juniabend nach der Zusammenkunft, ringe verzweifelt um meine Selbstkontrolle. Mein Kopf ist zum Bersten gefüllt mit den Bildern, den Worten, den Eindrücken aus dem Gespräch mit dem Kindesmörder.

In der JVA Siegen gibt es keine regulären, abgeschlossenen Besucherräume. Dort ist man auf sogenannte Kurzzeitgefangene ausgelegt: Straftäter, die maximal ein Jahr Freiheitsstrafe zu verbüßen haben. So »hoher« Besuch, erklärt mir ein Wachmeister ironisch, sei noch nie hier gewesen. Was bedeutet, dass ich Mansfeld nicht auf quasi neutralem Terrain sehe, sondern in »seiner« Zelle. Also dann, gebe ich mir einen Ruck, besuchen wir ihn halt dort, was soll's schaden? Natürlich bin ich gespannt, was mich erwartet. Vor allem angesichts der Tatvorwürfe.

Ich treffe auf einen höflichen und freundlich dreinblickenden Mann, der mich mit seinem gestutzten Bart und seiner jovialen Art unwillkürlich an den Kabarettisten Jürgen von der Lippe erinnert. Die Zelle ist spärlich möbliert: Schrank, kleiner Tisch und zwei Stühle, wie man sie noch aus der Schulzeit kennt. Der Wachtmeister zieht sich zurück mit den Worten: »Ich lass Sie dann jetzt mal alleine.« Mein Mandant bietet mir mit einer zuvorkommenden Geste einen Platz an. Mansfeld lächelt freundlich, fast erwartungsfroh. Und ich komme mir vor wie ein Spendensammler, der seinem Gegenüber erklären soll, welchem sozialen Projekt seine milde Gabe zugute kommt. Wie ein Kind sitzt Mansfeld vor mir, die Hände zwischen den Beinen versteckt, als hätte er ein Geschenk oder eine frohe Botschaft von mir zu erwarten.

Mein Blick gleitet durch den Raum und bleibt an dem kleinen Altar hängen, den der Untersuchungsgefangene in der Tischmitte aufgestellt hat: eine mittelgroße, weiße brennende Kerze, verziert mit verschiedenen Heiligenbildern, ein ebenso großes Tischkreuz und davor ausgebreitet ein Kruzifix derselben Größe, zusätzlich unterlegt mit einer Vielzahl weiterer Heiligenbilder etwa im Spielkartenformat, so wie ich sie in meiner Kindheit im Gebetbuch mit mir herumtrug.

Genau so ein Gebetbuch hält Mansfeld zwischen seinen Beinen fest, als suche er Halt darin für das, was ihn jetzt erwartet. Er registriert meinen verdutzten Gesichtsausdruck und setzt unmittelbar zu einer Erklärung an. Ich möge bitte nicht verwundert sein, referiert der Handwerker. Er und seine Ehefrau seien sehr gläubig und gehörten einer christlichen Sekte an. Gott stehe für sie im Mittelpunkt von allem, betont der Mann, der drei Mädchen über Stunden hinweg gequält hat, im Brustton der Überzeugung.

Bis dahin wusste ich nicht einmal, dass mein Klient überhaupt verheiratet ist. Mansfeld lässt sich nicht beirren. Ungefragt erzählt er von seiner Frau, die er während seines früheren Gefängnisaufenthalts kennengelernt und nach seiner Entlassung geheiratet habe.

Ich komme gar nicht dazu, Fragen zu stellen. Mein Gegenüber reißt die Gesprächsführung wie selbstverständlich an sich. Freimütig berichtet Mansfeld von seinen Vorstrafen. Zuletzt hat er 14 Jahre gesessen, weil er mit zwei Freunden eine junge Frau entführt und diese drei Tage lang in seiner Wohnung vergewaltigt hatte. Er schildert das Verbrechen, als handele es sich um den arbeitstechnischen Bestandteil eines Lebenslaufs, etwa folgendermaßen: »Nach meiner Lehre habe ich dann unmittelbar im Anschluss zehn Jahre als Buchhalter bei der Firma X gearbeitet, bevor ich von dort aus überwechselte zu ...«

Und trotz der grausigen Geschichten spüre ich, wie mich dieser Mann mit seiner freundlich sonoren Stimme fesselt. Gebannt höre ich diesem Monster zu, als würde es mir eine Gutenachtgeschichte erzählen. Nicht eine Frage stelle ich, ich kommentiere nicht, ich nehme nur hin. Während er unaufhörlich in seiner sympathisch-freundlich-warmen Art weiterredet – sein Zuhause beschreibt, das Verhältnis zu seiner Frau, zu den Nachbarn im Haus, auf deren kleine Kinder er bis dahin aufgepasst habe, seine Arbeit, sein Auto –, nehme ich wahr, dass ich mich von dieser Stimme einlullen lasse wie früher durch das La-le-lu-Schlaflied von Deutschlands großem Kinohelden Heinz Rühmann. Das Ganze kommt mir vor wie ein netter Biergartenplausch. Denn Mansfeld wirkt durchaus sympathisch: Die Stimme ist angenehm, das Gehabe bescheiden, nichts beschönigend, wie man es von Straftätern nur allzu oft zu hören bekommt.

Verstohlen schiele ich immer wieder zu dem altarähnlichen Arrangement auf dem Tisch. Ich fasse die Kerze an, drehe sie neugierig hin und her. Wer mag darauf dargestellt sein? Eine Seite der Kerze zeigt den heiligen Franziskus. Als Mansfeld mein Interesse bemerkt, doziert er über Namen und Schicksale der abgebildeten Heiligen. Ich schweife derweil ab.

Mir wird bewusst, dass ich mich mehr auf Stimme und Stimmung dieses Mannes konzentriere, auf den Klang und die Bilder seiner Worte als auf deren Inhalt. Über die Tatvorwürfe spricht Mansfeld nicht. Ich dagegen taumele in eine Situation, in der ich weder einen Einstieg in das Tatgeschehen noch Zugang zu den Motiven finde.

Ich brauche lange, um mich zu fangen. In mir keimt Neugier auf, ob und wie Mansfeld letztendlich doch noch auf die aktuellen Tatvorwürfe zu sprechen kommen wird. Ich beginne mich zu fragen, ob er sich den Dingen tatsächlich stellen will. Augenscheinlich erahnt Mansfeld meinen Gedankengang und bricht seinen Redefluss abrupt ab. Trocken und ohne Umschweife stellt er dann die Kardinalfrage: »Was erwartet mich jetzt eigentlich?«.

Augenblicklich sehe ich mich aus meiner Zuschauerrolle herausgerissen und zum Handeln verurteilt. »Wer führt hier wen?«, frage ich mich, denn normalerweise übernehme ich die Gesprächsführung. Ich hebe die Schwerpunkte hervor und sorge auch dafür, dass sich die Aufregung des Beschuldigten legt.

An jenem Junitag im Jahr 1996 ist es anders: Ich bin dazu nicht fähig – im wahrsten Sinne des Wortes »nicht fähig«. Zudem zeigt Mansfeld keines der typischen Anzeichen von Nervosität und Anspannung, wie sie für so viele Mordverdächtige nach ihrer Verhaftung kennzeichnend sind.

Ich geniere mich fast, den Haftbefehl und seine Inhalte zum Thema zu machen; ich lasse ihn in meiner Tasche, spreche ihn nicht an und flüchte mich ins Abstrakte. Ich prognostiziere ein »Lebenslänglich« für den Fall der vollendeten Tötung, ohne auf die Taten und die Opfer einzugehen. Ich bete eine Bilanz herunter und nenne deren rechnerischen Abschluss. Langatmig erkläre ich, dass für ihn keine Aussicht bestehe, jemals wieder freizukommen. Mit seinem Vorstrafenregister und den neuen Taten dürfte ihm vielmehr die Sicherungsverwahrung winken. Einen kleinen Hoffnungsschimmer gebe es allerdings noch, füge ich hinzu: eine psychiatrische Begutachtung. Nüchtern erläutere ich ihm die Voraussetzungen einer verminderten Schuldfähigkeit nach § 21 des Strafgesetzbuchs, die eine Unterbringung in einem psychiatrischen Krankenhaus nach sich ziehen kann.»Okay, dann versuchen Sie, diesen Weg für mich zu gehen, versuchen Sie, was noch rauszuholen ist«, sagt Mansfeld.

Damit beendet er unsere Unterhaltung. Nicht ich habe das Schlusswort gesprochen – wie sonst üblich –, sondern Mansfeld hat das Zeichen für den Abschied gesetzt. Mehr will er nicht preisgeben. Sein Motiv behält dieser bizarre Zwitter aus tief gläubigem Gottesmenschen und brutalem Killer für sich. Er setzt nun all seine Hoffnung auf dieses psychiatrische Gutachten. Auch wenn dies lediglich bedeuten würde, dass er den Rest seines Lebens in der geschlossenen Psychiatrie verbringen muss.

Ich erhebe mich, packe meine Sachen zusammen, schüttle Mansfeld die Hand, als sei ich jetzt losgesandt, um das Beste für ihn herauszuholen, was auch immer dies sein mag.

Wenig später, in meinem Wagen, fange ich an zu grübeln. Wieder und wieder kaue ich die Situation durch, ohne dass ich einen klaren Gedanke fassen kann.

Nach einer längeren Weile beschließe ich, tiefer in die Geschichte einzudringen. Ich will mir vor unserer nächsten Begegnung im Knast ein umfassendes Bild von meinem Mandanten verschaffen. Ich will wissen, ob mich Mansfeld mit Märchengeschichten manipulieren wollte oder ob er die Wahrheit gesagt hat. Ich will wissen, in welcher Welt er gelebt, wie er sich verhalten, wie er gewirkt hat.

Noch am selben Abend fahre ich zur Frau meines Klienten. Über das Haustelefon stelle ich mich vor. Frau Mansfeld öffnet. Bereits auf den ersten Anschein wirkt ihr Aussehen zurechtgemacht, künstlich. In der Tat, gesteht sie mir dann, traue sie sich nur noch mit Perücke aus dem Haus. Sie hat Angst davor, als »Ehefrau der Bestie« erkannt zu werden. Ich nehme Platz, trinke Kaffee, während mein Blick im Raum umherschweift. Entsetzt blicke ich auf ein Foto, das Mansfeld mit Freunden zeigt. In der Ecke des Bildes klemmt ein Zeitungsschnipsel aus der Rubrik: »Liebe ist, wenn ...« Der Fetzen bildet zwei Kinder ab. Darunter ist zu lesen: »Liebe ist, wenn man morgens aufgeweckt wird vom lustigen Trappeln der Kinder.« – »Mein Gott«, schießt es mir schaudernd durch den Kopf, »welch eine grausige Ironie.« Nach einer Stunde habe ich genug gesehen und gehört. Frau Mansfelds Erzählungen über ihren Mann bleiben allzu oft an der Oberfläche hängen.

Sie schildert einen liebenswürdigen, hilfsbereiten, kinderfreundlichen, unaggressiven Mann, den sie in der JVA zwar als Sexualstraftäter kennengelernt hat – aber ihr Klaus ein Mörder? Nein, das hätte sie niemals von ihm gedacht. Frustriert verlasse ich die fassungslose Ehefrau und fahre nach Hause.

In den nächsten Tagen schiebe ich die Causa Mansfeld gedanklich beiseite. Andere Akten drängen sich eher auf als die des Kindesmörders aus Siegen. Schließlich hängt alles vom Votum des Sachverständigen ab.

Als Verteidiger ist man angesichts einer derart erdrückenden Beweislage eher machtlos.

Die Expertise über Mansfelds Seelenzustand trifft zwei Wochen später ein. Sie fällt vernichtend aus. Die Analyse liefert nicht den Hauch eines Ansatzes für psychiatrische Auffälligkeiten im strafrechtlichen Sinne, keine seelischen Abartigkeiten, keine Bewusstseinsstörungen, keine Unfähigkeit, das Unrecht seines Handelns einsehen zu können. All diese Voraussetzungen, wie sie das Gesetz im Zusammenhang mit einer relativen Schuldminderung vorsieht, schließt der Gutachter aus.

Im Ergebnis heißt das: Mansfeld muss den Rest seines Lebens hinter Gittern verbringen. Erneut ertappe ich mich bei dem Gedanken, dass mir der Mandant leidtut. So abstrus es klingt, aber es fällt mir in dieser Zeit schwer, die professionelle Distanz zu meinem Klienten zu wahren. Immer wieder muss ich mir seine ungeheuerlichen Taten vor Augen führen, um mir klarzumachen, dass er schuldig ist und Strafe verdient. Ob sein triebgesteuertes Handeln nicht doch eher krankhaft pathologische Züge aufweist, sei dahingestellt.

Aber all dies spielt im Sommer 1996 keine Rolle. Ich stelle bei mir mit Erschrecken fest, dass Sympathie, Vernunft und kühle Analyse nicht mehr zueinanderfinden.

Eine Woche später erfahre ich dann, dass Klaus Mansfeld das Gutachten wohl ebenfalls gelesen hat: Als ich ihn erneut besuchen will, teilt mir der Staatsanwalt mit, dass sich mein Klient mit einem Bettlaken erhängt hat. Es war ihm offensichtlich klar, dass es für ihn keine Zukunft mehr geben würde.

Drei Wochen später habe ich meine Robe an den berühmten Nagel gehängt. Ich bin aus meinem Strafverteidigerdasein regelrecht geflohen. Ich wollte Abstand gewinnen von all der unfassbaren Zerstörungswut menschlicher Wesen, der seelischen Anspannung, dem dauernden und oft ausweglosen Kampf in den Sitzungssälen, von der Hetzjagd von einem Fall zum anderen.

Zwei Jahre lang habe ich den Geschäftsführer eines Unternehmens im Ausland gegeben, zwei Jahre habe ich gebraucht, um nach der Mansfeld-Geschichte wieder einen klaren Kopf zu bekommen und meine professionelle Einstellung zu meinem Beruf zurückzugewinnen.

Danach habe ich meine Robe erneut angezogen. Und wie es das Schicksal wollte, ging es bei meinem ersten Verfahren gleich wieder um einen Mord. Diesmal lief es aber so, wie es vor dem Fall Mansfeld gewesen ist: Ich war wieder Herr der Lage, nicht mein Mandant.

Seither hat sich daran nichts geändert. Ich habe nie wieder einen Fall so nahe an mich herangelassen, dass ich den Blick für die Realitäten verloren hätte. Die Begegnung mit Klaus Mansfeld habe ich erfolgreich verdrängt, werde sie aber mit Sicherheit nie vergessen.

PETRAS MÖRDER

Ende August in einem kleinen, beschaulichen Ort im Rheinland. Es ist 20.29 Uhr. Die vierzehnjährige Schülerin Petra K. hat ihren Freund besucht und stapft einen Pfad entlang, der über einen Busparkplatz führt, die 400 Meter zum elterlichen Zuhause hoch, als sie ein junger Mann überfällt. Petra schreit, doch der Angreifer drückt ihr ein großes Messer an den Hals. »Ich schneide dir den Hals durch, wenn du weiterbrüllst«, zischt er ihr ins Ohr. Das Mädchen verstummt. Der Mann wirft die Schülerin ins Gebüsch. Sie fleht ihn an: »Lass mich laufen, meine Mutter wartet auf mich.«

Ihr Entführer hört gar nicht zu. Er handelt wie im Rausch. Monströse Gewaltfantasien, ein Gefühl sexueller Obsession beherrschen die Gedankenwelt des Kidnappers. Er legt seiner Gefangenen Kabelbinder um die Hände, klebt ihr den Mund zu und stößt sie zu einem Gartenhäuschen. Er wartet, bis es auf dem Busparkplatz gegen 22 Uhr ruhig wird. Er weiß, wann die

Fahrer anrollen und Feierabend machen. Zuvor hat sich der junge Mann den Universalschlüssel vom Waschplatz beschafft, wo er normalerweise für zehn Euro die Stunde die abgestellten Busse reinigt.

Der Mann drängt das Mädchen in einen mit der Nummer 592, befiehlt ihm, sich zu ducken, während die letzten großen Fahrzeuge auf den Hof steuern. Nervös steckt er sich eine Zigarette nach der anderen an, die Kippen wirft er auf die abgelegene Seite des Busses. Erneut hält er inne, wartet, bis es wieder still wird. »Steh auf«, schnauzt er Petra an. Dann geht alles ganz rasch. Er zerrt der Schülerin die blaue Jeans herunter. Er will Macht ausüben, einfach jemanden haben, der nichts anderes tut, als nach seiner Pfeife zu tanzen. Er zerreißt ihr den Slip und befiehlt ihr, sich wieder zu setzen. Petra gehorcht völlig verängstigt. Hektisch bindet der Entführer ihre Füße an den Stangen des Busses fest und fällt dann über das Mädchen her.

Die Leiden des Opfers kümmern ihn nicht. Petras Mund ist immer noch zugeklebt, sodass sie nicht schreien kann. Nachdem seine wilde Raserei vergangen ist, kommt der Sextäter langsam wieder zu sich. Schamvoll zieht er sein Opfer wieder an. Er schneidet ihm die Fesseln durch, dirigiert es zum Ausgang des Fahrzeugs. Sie gehen hinaus. Sein Rausch weicht der ernüchternden Gewissheit, dass er nun ein Vergewaltiger ist, ein Sexualverbrecher. Es würde wohl nicht lange dauern, bis die Polizei ihn zu fassen bekäme, schießt es ihm durch den Kopf.

Panik macht sich in ihm breit. Seine Gedanken rasen: Er muss verhindern, dass Petra ihn verrät. Er packt das Messer fester, rammt der Schülerin die Klinge mit voller Wucht in den Bauch, sie fällt. Immer wieder sticht er zu. Als das Mädchen zu schreien beginnt, schneidet er ihm die Kehle durch. Petra K. bewegt sich nicht mehr. Reglos liegt sie hinter einem weißen Bus. Der Mann kennt sich auf dem Gelände aus wie kein Zweiter. Er läuft zu einem Container, greift sich zwei Decken, eine Plastiktüte und einen Kanister mit Dieselkraftstoff, deckt die Leiche zu und stülpt der Toten eine Plastiktüte über den Kopf.

Er schleift sie eine Böschung hinauf, häuft trockenes Gras auf ihren Körper und übergießt ihn mit Diesel, um den Leichengeruch zu überdecken. Anschließend entsorgt er das Messer und sein blutverschmiertes weißes T-Shirt. Am nächsten Tag meldet er sich krank.

Als Petra nicht nach Hause kommt, wenden sich ihre Eltern an die Polizei. Ihr beschaulicher Heimatort wird zum Schauplatz einer groß angelegten Suche. Tagelang durchkämmen Angehörige, Nachbarn und Freunde die Gegend. Die Polizei setzt Spürhunde ein.

Das letzte Bild von der Vermissten entdecken die Ermittler in einer Kamera an der Haltestelle, wo Petra ausgestiegen ist. Um 20.28 Uhr wollen Zeugen das Mädchen nur wenige hundert Meter von ihrem Zuhause entfernt gesehen haben – fünf Tage nach ihrem Verschwinden spüren Suchhunde die ermordete Petra unter dem Grashaufen auf.

Der Autopsiebefund zeichnet ein Bild enormer Gewaltanwendung. Das Messer durchdrang den Körper des Mädchens völlig, alle Halsweichteile wurden durchtrennt; auch auf dem Rücken und am Kopf entdecken die Rechtsmediziner tiefe Stichwunden. Letztendlich führte »inneres und äußeres Verbluten« zum Tod der Schülerin, konstatieren die Gerichtsmediziner.

Im Ort herrscht blankes Entsetzen, schon bald schmücken Blumen und Kerzen die Fundstelle von Petras Leichnam. In den vielen Abschiedsbriefen mischt sich Trauer mit ohnmächtiger Wut: »Aufforderung an den Mörder: Stell dich, du wirst sowieso geschnappt!«, oder: »Sie werden ihn finden!«

Der Täter ahnt, dass sie ihn bald aufspüren werden, dennoch läuft er nicht weg, flieht nicht. So als sei nichts gewesen, sitzt der junge Mann in den Tagen nach der Tat im Fahrschulunterricht. Irgendwann gleitet das Gespräch vom Thema ab. Plötzlich geht es um die Fahndung nach dem Petra-Mörder. Als der Fahrlehrer vorschlägt, man solle den Mörder nach seiner Festnahme doch den Eltern überlassen, nickt er zustimmend.

Nach außen hin gibt er sich gelassen. Doch in seinem Inneren arbeitet es. Er wartet, dass sie kommen. Er weiß, dass er einen Fehler begangen hat, als er bei dem Verbrechen kein Kondom benutzte. Die Rechtsmediziner haben einen Abstrich von der Vagina des Opfers gemacht. Im Eilverfahren isolieren Biologen des Landeskriminalamts in Düsseldorf die DNA des Mörders. Mehr als 500 Personen überprüfen die Beamten der eigens eingerichteten Sonderkommission, 152 geben eine Speichelprobe ab. Probe Nummer 21 führt schließlich zu dem 25-jährigen Tschechen Petr Sokowski. Fünf Tage nach dem Leichenfund klingeln die Beamten bei ihm. Sokowski lässt sich widerstandslos festnehmen.

Nach kurzer Zeit gesteht der Verdächtige die Tat in allen Einzelheiten, schildert detailliert die Geschehnisse, die sich in einem 20-seitigen Protokoll niederschlagen. Als sich die Ermittler am Schluss nach den Überlebenschancen von Petra erkundigen, antwortet Sokowski: »Sie hatte keine Chance.«

An einem heißen Spätsommertag Mitte September 2007 schreite ich, tief in Gedanken versunken, den Weg ab, den mein Mandant im Verhör geschildert hat.

Ich laufe den Pfad hinunter zum Busparkplatz in dem kleinen Ort im Rheinland. Langsam nähere ich mich dem Bürocontainer der Busfirma Buttritz. Dort, wo mein Klient, Petr Sokowski, Ende August dem Mädchen Petra die Kehle durchgeschnitten hat.

Am Vortag hatte das Bonner Schwurgericht bei mir angefragt, ob mich der Fall interessieren würde. Ich übernahm das Mandat, so wie ich schon zuvor andere Totschläger und Mörder verteidigt hatte. Diese Fälle reizen mich nun einmal, obwohl viel Geld mit solchen Klienten nicht zu machen ist. Ich folge eher meiner Neugier, dem Interesse an den dunkelsten Seiten menschlicher Seelen. Ich spüre dem Motiv nach, nur so entschlüssele ich die Psyche meiner Mandanten, nur so nähere ich mich dem Ungeheuerlichen, dem Unfassbaren, der Einbahnstraße ins Unumkehrbare – der Tötung eines anderen Menschen.

Ich inspiziere den Tatort, um ein Gefühl für das Verbrechen zu bekommen, und denke mich so intensiv wie möglich in den Tathergang ein, bevor ich meinem Mandanten zum ersten Mal gegenübertrete.

Die Recherchen über das Geschehen sind stets mit der Hoffnung verbunden, der Fall könnte anders verlaufen sein. Vielleicht findet sich ja irgendetwas, das die Ermittler übersehen haben – eine vage Hoffnung, nicht mehr.

Ich begebe mich auf die Suche nach Gefühlen, nach Hass, Wut, Liebe, nach Verletzungen, die man äußerlich nicht sehen kann, forsche nach einer kausalen Klammer, die begreiflich macht, *was* geschehen ist – und *warum* es geschah.

Oft bin ich gefragt worden, wie ich denn solche Typen verteidigen könne? Und ich habe achselzuckend auf das Strafgesetzbuch hingewiesen: Jeder Mensch hat das Recht auf ein angemessenes Strafverfahren, selbst solche Leute wie Sokowski. Eine simple Devise, die nach meiner Lesart keinen Widerspruch duldet, denn kein anderes Rechtssystem funktioniert auch nur halbwegs so gut wie dieses.

Es wäre töricht, mich in eine Diskussion über Schuld und Sühne oder die Auge-um-Auge-, Zahn-um-Zahn-Philosophie zu verwickeln. Als Strafverteidiger ist es mein Job, Menschen vor Strafgerichten zu verteidigen. Ich bin der letzte Anker, der Libero, der mit gestrecktem Bein vielleicht den finalen Pass verhindert, der den Mandanten in die Zelle führt.

Schon häufig hat man mich nach meinen Beweggründen gefragt. Früher habe ich bei solchen Gelegenheiten gerne über Recht und Gesetz doziert, über den Unterschied zwischen einem halbwegs funktionierenden Rechtsstaat und rechtloser Tyrannei, über den Unsinn der Todesstrafe, die nachweislich – etwa in den USA – keinerlei Abschreckungseffekt besitzt, aber allzu oft Unschuldige auf den elektrischen Stuhl bringt.

Heute, da ich nebenbei als TV-Anwalt in der Gerichtssoap *Richterin Barbara Salesch* mitwirke, sprechen mich des Öfteren Menschen auf der Straße an. Meist speise ich sie mit einer Standardfloskel ab: »Es ist nun mal so!« Mehr will und kann ich nicht sagen, mehr interessiert mich auch nicht.

Nicht dass ich etwa Sympathie für Mörder und Totschläger empfände. Ganz im Gegenteil! Nur allzu oft habe ich das Leid der Angehörigen im Gerichtssaal miterlebt, habe die Qual nachempfunden, wenn sie die Nachricht erhielten, dass ihnen ihr Liebstes genommen wurde, ermordet, gequält, womöglich sexuell missbraucht.

So wie bei der vierzehnjährigen Petra. Ihren Mörder überführte letztlich ein genetischer Fingerabdruck am Tatort – kein kriminalistisches Meisterstück, sondern simple Polizeiroutine. Mein Mandant Sokowski hat die

Tat sofort zugegeben. Ein eindeutiger Fall, so scheint es. Eigentlich der schlimmste anzunehmende Unfall für einen Strafverteidiger: Geständnis, eindeutige Beweise. Üblicherweise der Zeitpunkt, die Waffen zu strecken.

Noch am selben Abend, nach dem Anruf des Vorsitzenden Richters, habe ich das Verhörprotokoll durchgearbeitet. Am nächsten Morgen nehme ich mir den Tatort vor. Bedächtig gehe ich zum Busparkplatz. Dort, wo mein Klient sein Fahrrad abgestellt hatte, hinten bei den Containern, in deren Nähe die Angestellten der Busfirma ihre Autos parken. Meine Augen wandern über den Boden auf der Suche nach Zigarettenkippen der Marke Lucky Strike. Sokowski hat an jenem Abend, als er zur Haltestelle geradelt ist, viele Luckys gequalmt. Er hat in der Vernehmung zugegeben, dass es der Moment einer mörderischen Initialzündung gewesen sei. Er habe einfach ein Mädchen »holen« wollen. So wie er es einmal in einer TV-Krimiserie gesehen hatte.

Ein ungewöhnlicher Wunsch. Schließlich outete sich der Mörder bei der Polizei als Homosexueller. Etwas, das selbst erfahrene Strafverteidiger wie mich überrascht.

Ich rufe mir die dürftige Lebensgeschichte ins Gedächtnis, die mein Klient bei der Kripo preisgegeben hat: Sokowski wird am Silvestertag 1985 in einem Bauerndorf vor den Toren einer Stadt in Mähren geboren.

Später bringt seine Mutter noch zwei Mädchen zur Welt. Der Vater arbeitet unter dem kommunistischen Regime der Tschechoslowakei in einem staatlichen Landwirtschaftsbetrieb als Traktorist, er versorgt in erster Linie die Kühe.

Der junge Sokowski hat nach eigener Aussage eine unbeschwerte Jugend. Die fünfköpfige Familie lebt in einem kleinen Bauernhaus, das ihnen der Großvater vermacht hat. Zum Haushalt gehören eine Kuh, eine Ziege und ein paar Schweine. In der Schule fällt Sokowski häufiger auf, weil er den Klassenclown spielt, ansonsten aber durchläuft er die Schuljahre problemlos. Nebenbei verdient er sich etwas Geld mit Holzarbeiten.

Schon als Jugendlicher beginnt Sokowski, sich für Männer zu interessieren. Mit 16 Jahren bandelt er zum ersten Mal mit einem Gleichaltrigen aus der Nachbarschaft an. Frauen sind ihm zu diesem Zeitpunkt gleichgültig. Dagegen lässt er sich auf etliche amouröse Affären im Schwulenmilieu seiner Heimatstadt ein.

Im Februar 2003 stiehlt er dem Chef seiner Mutter, die in einer Kneipe als Putzfrau arbeitet, zwei Schachteln Zigaretten. Schon bald plagen den Sohn Gewissensbisse, er setzt sich von zu Hause ab und taucht in die Prager Homoszene ein. Am Bahnhof der tschechischen Hauptstadt arbeitet er in einem Schwulentreff als »Junge für alles«. Das gestrandete Landkind lernt viele Männer kennen. So schließlich auch den viel älteren Busfahrer Bernd S. aus Bonn.

Dieser findet Gefallen an dem jungen Mann. Zwei Monate später lässt er ihn zu sich ins Rheinland nachkommen. Sokowski hofft auf eine neue Chance. In Deutschland, so glaubt er, würde es mehr Jobs geben als in seiner Heimat. Zunächst aber bemüht er sich vergebens um eine Arbeitserlaubnis. Sein Freund macht ihm außerdem Angst mit Horrorgeschichten über das Leben hierzulande. Ausländer müssten in Deutschland auf der Hut sein, trichtert der Kraftfahrer seinem jungen Lebensgefährten ein.

2004 gerät Sokowski mit dem Vermieter seines Liebhabers aneinander. Der Hausbesitzer greift zum Messer. Nur mit Mühe kann der Tscheche den Angriff abwehren. Eine Narbe über seiner linken Augenbraue erinnert seither an diese Attacke. Danach legt sich der junge Mann ein Klappmesser zu. Ohne diese Waffe verlässt er nicht mehr das Haus. Zu Weihnachten, bei einem seiner spärlichen Besuche in der Heimat, schenken ihm die Eltern ein großes Jagdmesser.

Für den arbeitslosen Übersiedler wird das Leben leichter, als Tschechien im Zuge der EU-Erweiterung 2004 endgültig aus dem Schattendasein ehemaliger sowjetischer Satellitenstaaten tritt und sich dem Westen anschließt. Dadurch avanciert Sokowski unerwartet zum Bürger der Europäischen Union und kann sich plötzlich ohne Einschränkungen in seiner neuen Heimat bewegen. Beruflich bedeutet das für ihn einen großen Schritt.

Auf einer Sprachenschule in Bonn lernt er schnell Deutsch und eröffnet einen Reinigungsservice für Fahrzeuge und Gebäude. Sokowskis Freund vermittelt ihm einen Job bei seinem Arbeitgeber, einem Busunternehmen in einem rheinischen Nachbarort. Fortan putzt er dort als Subunternehmer auf einem Abstellplatz die Busse.

Privat aber schlittert Sokowski zunehmend tiefer in eine Lebenskrise. Mit der Zeit verliert er das Interesse an seinem Partner. Bernd S. leidet unter Erektionsstörungen, die Beziehung beschränkt sich auf Zärtlichkeiten. Nur noch selten findet der junge Mann ins Bett seines Gönners. In dieser Zeit kreisen seine Fantasien zunächst ausschließlich um muskulöse, potente Männer, Frauen spielen in seinen erotischen Träumen nach wie vor überhaupt keine Rolle.

Das ändert sich bald. Immer öfter spricht Sokowski über Mädchen – sein Freund versucht, ihm das auszureden, doch die Begierde wird übermächtig. Sokowski kauft sich heimlich Pornos und eine Gummipuppe, die er unter seinem Bett versteckt.

Als Bernd S. seine Arbeit verliert und fast nur noch vor dem Fernseher herumhängt, beginnt es auch finanziell zu kriseln. Sokowski hat kaum andere Freunde oder soziale Kontakte. Er empfindet sein Leben zusehends als fades Einerlei zwischen TV-Bildschirm und Busseputzen. Seine Gefühle stauen sich zu einem hochexplosiven Gemisch auf, ähnlich einem Dampfkessel.

Er vermisst die Heimat, seine Familie, die Sprache. Häufig steigt er auf sein Rad, fährt am Rhein entlang. Er setzt sich dann auf eine Bank und verfolgt – tief in Gedanken – stundenlang die Frachter.

An jenem Abend Ende August ist es jedoch anders: In Sokowski wächst eine scheinbar unstillbare Begierde nach einem Mädchen, 18 bis 19 Jahre alt sollte sie sein, so wie in dem Vergewaltigerstreifen der TV-Serie. Er steigert sich regelrecht in das Szenario hinein, während ihn sein Weg unwillkürlich Richtung Busplatz führt – so steht es zumindest im Polizeiprotokoll.

Ich rufe mir die Aussage meines Mandanten noch einmal ins Gedächtnis, während ich den eigentlichen Tatort ansteuere. Auf dem Busparkplatz nähere ich mich dem Container, in dem sich Sokowski mit Kabelbindern und Klebeband versorgte. Dann laufe ich zurück zu dem Weg nahe der Haltestelle, wo Sokowski sein Opfer kurz vor halb neun Uhr abends abpasste.

Keine Chance. Beim Gedanken an diese Passage der Aussage fange ich an, den Kopf zu schütteln, während mein Geländewagen das Untersuchungsgefängnis in Rheinbach ansteuert.»Auf meine Gewinnchancen in diesem Fall würde ich jetzt auch nicht gerade wetten«, schießt es mir durch den Kopf.

Unwillkürlich fühle ich mich an den Doppelmord von Eschweiler erinnert, wo zwei Männer einen Jungen und ein Mädchen auf bestialische Weise umbrachten. Auch damals ging es um die Befriedigung grausiger Sexualfantasien. Die beiden Killer hatten ihre kruden Träume lange im stillen Kämmerlein vor sich hin gesponnen, doch eines Tages zogen sie los und entführten wildfremde Kinder. Den neunjährigen Martin erstach einer der Männer in einem Waldstück, Tage später töteten beide seine jüngere Schwester Manuela.

Einer der beiden Mörder gehörte vorübergehend zu meinen Mandanten. Auch damals stellte ich mir vor der ersten Begegnung immer wieder die Frage: »Worauf wirst du da stoßen? Was mag das für ein Mensch sein? Was kommt da jetzt auf dich zu?«

Insgeheim haben viele Anwälte Tätersterotype entwickelt. Profile, die sich eher an Prognosen aus dem »Schubladendenken« über Wesensart, Verhalten und Auftreten nach dem Verbrechen orientieren.

Kindesmörder, so meine Erfahrung, geben meist ein jämmerliches Bild ab. Oft sacken sie nach der Verhaftung regelrecht in sich zusammen, weil sie wissen, dass sie aufgrund ihrer Schuld nie wieder auf die Straße gelangen werden.

»So zurückhaltend werden sie sich bei der Tatausführung nicht gegeben haben«, denke ich. Meist wirken diese Leute völlig verängstigt, in sich gekehrt, kaum zu einem Gespräch in der Lage. Viele schütteln pausenlos den Kopf, weil sie nicht begreifen können, warum sie ihre Tat begangen haben. In diesen Augenblicken tritt häufig ein Rest von Verstand oder persönlicher Kontrollfähigkeit zutage, der ihnen zuvor völlig abhanden gekommen war.

Gewiss – ich habe auch schon Killer aus dem Rotlichtmilieu vertreten, die offen zugaben, dass sie jederzeit wieder töten würden.

Bei Kindesmördern habe ich so etwas nie erlebt. Das Gebaren dieser Menschen lässt jegliches Rückgrat vermissen. Meist handelt es sich um schwache und ängstliche Charaktere. Sonst würden sie sich ja nicht gerade die Schwächsten in der Gesellschaft aussuchen: die Kinder.

Justizvollzugsanstalt Rheinbach. Besucherzelle. Als ich eintrete, sitzt Sokowski schon da, den Blick gesenkt. So wird er es stets halten, er meidet jeden Augenkontakt und lehnt im Übrigen Besuche seines Freundes Bernd S. kategorisch ab.

Ich treffe auf einen stillen, ruhigen jungen Mann. Kein Aufschneider, kein lauter Redner, hörbarer Akzent, geringes deutsches Vokabular. Flüssig spricht Sokowski nur, wenn es um sexuelle Praktiken geht.

Anfangs rede ich mit ihm über alles Mögliche, nur nicht über die Tat. Mit seinem Geständnis sind die Chancen der Verteidigung ohnehin enorm geschrumpft – eigentlich gehen sie gegen null. Mord bleibt Mord, daran führt kein Weg vorbei, und die Tat hat mein Mandant bereits in nahezu allen wichtigen Facetten geschildert.

Darum forsche ich eher nach Auffälligkeiten in der Persönlichkeit meines Gegenübers, ich suche nach psychischen Defekten, nach Besonderheiten. Je ungewöhnlicher der Mord erscheint, umso mehr bin ich gewillt, den wahren Grund dafür herauszufiltern.

Bis heute rätsele ich vor allem über eine Frage: Warum entdeckt ein Homosexueller so plötzlich seine Affinität zum weiblichen Geschlecht? Weshalb brachte sich ein junger, recht attraktiver Mann innerlich total aus dem Gleichgewicht, legte sich auf die Lauer, tötete ein Mädchen, obwohl die Gefahr, geschnappt zu werden, groß war?

Dieses immense Risiko steht in völligem Gegensatz zu dem, was Sokowski letztlich hatte haben wollen: Sex mit einer jungen Frau. Wieso war er nicht einfach in ein Bordell gegangen? Warum hatte er so schnell sein ganzes Leben ruiniert – und nicht nur seines! Weshalb hatte er ein anderes Leben ausgelöscht?

Sokowski bleibt die Antworten darauf schuldig. Er reagiert äußerst verlegen, blickt stets auf den Boden vor sich. Fragen beantwortet er oft einsilbig mit »Ja«, »Nein« oder »Nein, Ja«.

Beinahe stereotyp schmettert er jeden meiner Versuche ab, zu ihm vorzudringen. Das Gespräch verläuft zähflüssiger als trocken gewordener Bienenhonig. Ich komme keinen Schritt weiter, pralle ab an dem undurchdringlichen Panzer aus sprachloser Scham. Sokowski vermittelt den Eindruck, als wolle er die ganze Sache nur noch zu Ende bringen, möglichst schnell, egal wie.

Seine ganze Art wirkt, als habe er mit sich und seinem Leben abgeschlossen – kein Flehen, keine Bitte um Hilfe. Keine Frage, ob sich die Familie aus der Heimat schon gemeldet habe. Normalerweise bitten die Mandanten den Anwalt um alles Mögliche: Tabak, Nachrichten für die Angehörigen, Hafterleichterungen oder etwas zu lesen. Sokowski bittet um nichts.

Das Treffen im Besucherraum gerät vollends zum Fiasko, und daran wird sich auch bei späteren Treffen nichts mehr ändern: Ich finde keinen wirklichen Zugang zu meinem Mandanten, er ist verschlossen wie eine Auster. Erst die Kripo, dann der Haftrichter und nun der Anwalt – und immer wieder dieselben bohrenden Fragen nach dem »Warum«, immer wieder die peinliche Beichte von etwas völlig Abscheulichem, Abartigem, Bestialischem. Am Ende wird mir klar, dass der Mann mir gegenüber sich völlig alleingelassen fühlt. Wir alle – ich eingeschlossen – sind Fremde für ihn.

Äußerlich reagiert mein Mandant nahezu apathisch, er zeigt keine Spur von Reue, aber auch keine Regung von Selbstmitleid. Sokowski erinnert mich an einen abgängigen Jungen, bei dem man eine miese Mathearbeit findet, die er vor seinen Eltern geheim gehalten hat.

Kopf nach unten, keine Frage nach seiner Zukunft, kein: »Was wird aus mir, was habe ich zu erwarten?« Aber auch keine Tränen oder großes Gezeter – nichts. Langsam dämmert mir, dass er längst mit sich selbst abgeschlossen hat.

Aus heutiger Sicht würde ich den Bogen sogar noch weiter spannen: Möglicherweise hat er sich aus Frust über sein kümmerliches Dasein den eigenen Untergang verordnet - schon lange vor dem Verbrechen. Seine Verwandten zumindest haben sich nie bei ihm gemeldet. Nur die Botschaft der Tschechischen Republik kümmerte sich pflichtschuldigst um ihn.

So gering das Interesse seiner Angehörigen am Täter, so gewaltig ist die Anteilnahme der Menschen am Leid seines Opfers. »Es ist, als wolle sich eine Stadt aus der Schockstarre befreien«, beschreibt ein Lokalreporter den großen Trauermarsch, den die Schule des Opfers initiiert: 6000 Menschen reihen sich schweigend in den abendlichen Fackelzug ein. Leuchtende Kerzen auf Gartenmauern und in Fenstern säumen den Weg. »Wir trauern mit Euch«, spricht ein Plakat stellvertretend das Mitgefühl aller für den schmerzlichen Verlust der Angehörigen aus. In der Schulaula wird ein Foto von Petra aufgestellt. Kerzen, Blumen, Tränen der Fassungslosigkeit.

Ein Auftakt zu einem wahren Hype. Bilder des Mordopfers tauchen im Internet auf, es gibt Videos, Collagen - eine Rockband schreibt sogar ein Lied über sie. Bei Petras Beerdigung muss die Polizei den Friedhof absperren.

Das mediale Begleitgetöse nimmt enorme Ausmaße an. Kaum ein Tag vergeht ohne neue Meldungen über den Fall. Mir ist klar, dass es kein normales Schwurgerichtsverfahren geben wird: Normalerweise sind die Profis auf der Richterbank in der Lage, Gefühle bei ihrer Entscheidungsfindung auszublenden. Sie abstrahieren die Fakten und Beweismittel und wägen sie sorgfältig ab. Wenn aber die Angehörigen ihren Schmerz und ihre Trauer öffentlich übermitteln, hat das Gericht das Bedürfnis, mit seinem Urteil auch den Hinterbliebenen gleichsam ein Geschenk zu machen. Für mich steht schnell fest, dass ich in diesem Verfahren nicht mehr auf Neutralität oder Objektivität hoffen kann. Angesichts der erdrückenden Beweislast und der Schwere der Tat wäre eine solche Vorstellung genauso realistisch gewesen wie der Gedanke, mit einer Spielzeugrakete zum Mond zu reisen.

Durch das Geständnis meines Mandanten bei der Polizei gibt es am Schuldspruch keine Zweifel. Auch die Frage der verminderten Schuldfähigkeit stellt sich in der Causa Sokowski nach kurzer Zeit nicht mehr, da der bestellte psychiatrische Gutachter jedwede diesbezüglichen Merkmale im Sinne der §§ 20,21 StGB beim Beschuldigten ausschließt.

Ein »medizinisch adäquater Affektstau« kommt ebenso wenig infrage. Der Tatablauf bezeugt laut der Expertise planerische Momente. Sokowski habe stringent und rational gedacht und gehandelt, konstatiert der Forensiker. Sein Urteil bescheinigt meinem Mandanten niedrigste Motive: Mord zur Verdeckung der Vergewaltigung. Dazu passe auch das Übergießen der Leiche mit Diesel, um in den kommenden Tagen den Verwesungsgeruch zu übertünchen, gepaart mit der

Hoffnung, dass man die Leiche erst dann finden würde, wenn die Käfer und Maden ihr Werk vollbracht hätten, lautet das Resümee. Das ist eine Überlegungsdichte, die einen Affekt ausschließt.

Somit beschränke ich mich auf das Minimalziel und versuche zu retten, was zu retten ist: Lebenslänglich ist hier so sicher wie das Amen in der Kirche. Ich will aber verhindern, dass das Gericht zusätzlich auf eine besondere Schwere der Schuld befindet oder gar eine Sicherungsverwahrung verhängt. In diesem Fall würde mein Mandant länger als die üblichen 15 Jahre absitzen müssen, womöglich nie wieder in Freiheit gelangen.

Deshalb beschließe ich schon früh, auf spektakuläre Erklärungen gänzlich zu verzichten. Eine konfrontative Verteidigung würde aus meiner Sicht die Schwurgerichtskammer nur unnötig gegen meinen Mandanten aufbringen. Jeder Satz, jede Kleinigkeit, die formuliert worden ist, steht am nächsten Tag in der Zeitung.

Die Wut und Aufregung über das Verbrechen an dem vierzehnjährigen Mädchen bekomme ich am eigenen Leib zu spüren. In meiner Kanzlei gehen haufenweise Morddrohungen ein, am Ende werden es etwa 100 sein.

Vieles nehme ich nicht ernst. Als mich ein Bonner Polizeikommissar während eines Kurzurlaubs anruft und mir Personenschutz anbietet, lehne ich ab. »Lassen Sie mal, ich komme gut selbst zurecht«, erkläre ich.

In den Wochen vor dem Prozess nehmen die Warnungen und Todesdrohungen zu. Einen dieser Quälgeister, die mir per anonymer E-Mail die Pest an den Hals wünschen, spüre ich mithilfe eines befreundeten IT-Experten auf. Über die IP-Adresse des Anonymus ermittelt mein PC-Schnüffler dessen Telefonnummer. Der Mann reagiert überrascht, als ich mich spätabends bei ihm melde. Kleinlaut stammelt er eine Entschuldigung – Fall erledigt, denke ich. Der Schein trügt. Aufgrund der Risikobewertung durch die Polizei lässt das Gericht vor Prozessbeginn die Anklagebank mit Panzerglas sichern, ein Novum in der ehemaligen Bundeshauptstadt.

November 2007, Landgericht Bonn, Saal 001: Langsam schiebt sich die Zuschauerschlange durch die Kontrollschleuse, das Interesse ist gewaltig. Dutzende Menschen drängen sich vor den Türen des Gerichtssaals, um sich den Mann anzusehen, »der so etwas getan hat«.

So viel steht schon vorab fest: Es wird kein langer Prozess werden, die Strafkammer hat für die Hauptverhandlung nur drei Tage angesetzt. Vorab hat mich der Vorsitzende der Schwurgerichtskammer zu einem Rechtsgespräch geladen. Man will keinen langen Prozess. Die Eltern des ermordeten Mädchens sollen nicht infolge eines wochenlangen juristischen Tauziehens, begleitet von Medienrummel, länger leiden als unbedingt notwendig. Schließlich willige ich ein. Mir bleibt auch nicht viel anderes übrig, denn ansonsten, so lassen die Richter durchblicken, winkt meinem Mandanten auch noch die Sicherungsverwahrung. Ich gebe mich gefügig und kündige ein umfassendes Geständnis für den Sitzungsauftakt an.

Das Getuschel auf den Zuschauerbänken nimmt zu, als der Angeklagte endlich den Saal betritt und Platz nimmt. Aus lauter Scham hält sich Petr Sokowski die Hand vors Gesicht. Er reagiert kaum, als ich ihn begrüße. Sein Geständnis trägt er so leise vor, dass der Vorsitzende Richter ihn mehrfach auffordern muss, lauter zu sprechen. Umso stiller ist es im Gerichtssaal, als der Fünfundzwanzigjährige von jenem Abend berichtet, an dem er das Leben von Petra beendete. »Ich habe mir überlegt, dass ich mir mit Gewalt ein Mädchen holen werde«, beschreibt er nüchtern seine Motivation. »Das Schwein«, zischt eine Frau aus dem Zuschauerraum. Schluchzen ist zu hören.

Der Angeklagte schaut zu Boden. Er habe ausprobieren wollen, »wie das mit einer Frau ist«, sagt er. Bislang habe er immer nur Sex mit Männern gehabt und in homosexuellen Beziehungen gelebt. »Aber warum wollten Sie sie vergewaltigen?«, fragt der Richter. Sokowski rutscht auf seinem Stuhl herum. »Das kann ich nicht erklären«, antwortet er dann. Der Richter hakt nach: »Eine andere Idee ist Ihnen nicht gekommen?« – »Nein.« Und warum gerade Petra? »Zufall.«

Nun bin ich an der Reihe. Ich versuche, dem vermeintlichen Monstrum, dem Mädchenmörder neben mir, menschliche Züge zu verleihen.

Ich frage ihn, ob ihm Petra denn nicht leidgetan habe? »Irgendwie schon«, antwortet mein Mandant leise. An das Leiden des Mädchens habe er erst gedacht, »als alles vorbei war«. Am Tag nach der Tat habe er sich immer wieder übergeben. Bilder der toten Petra seien in seinem Kopf herumgegangen, abgelaufen wie ein Film. Warum er sie dennoch nicht habe gehen lassen, will ich wissen. »Ich weiß nicht«, erwidert Sokowski und hinterlässt allenthalben fassungslose Ratlosigkeit.

Tag zwei gehört dem psychiatrischen Gutachter und den wenigen Zeugen, darunter Petras Familie. Der Psychiater bezeichnet den Angeklagten als voll schuldfähig. Eine schwere Persönlichkeitsstörung schließt er genauso aus wie pädophile oder sadistisch-gewalttätige Beweggründe. Eine Sicherungsverwahrung nach der Verbüßung einer lebenslänglichen Haftstrafe sei seiner Meinung allerdings nicht nötig: »Die Tat, so bedauerlich und unverständlich sie auch ist, ist eine Einzeltat des Angeklagten.« Ich hätte ihn umarmen können – so kann ich in dieser aussichtslosen Partie zumindest einen kleinen Punktsieg für uns verbuchen.

Im Plädoyer wähne ich mich im Aufwind. Behutsam, aber eindringlich fordere ich die Kammer auf, vom Strafzuschlag hinsichtlich der Schwere der Schuld abzusehen. Immerhin sei Sokowski zuvor nie straffällig geworden, zudem habe er ein Geständnis abgelegt und die Ermittler zu wichtigen Beweismitteln geführt. Während ich spreche, beobachte ich die Gesichter der Richter und Schöffen – und weiß, dass mein Vortrag für die Katz ist. Das Urteil steht längst fest. Das passiert mir weiß Gott nicht zum ersten Mal. Und dennoch steigt Wut in mir auf. Mir fällt es auch heute noch schwer, mich dem Schicksal einfach zu ergeben. Da ist immer wieder der Drang zu kämpfen in mir, auch wenn ich weiß, dass der Kampf vergebens ist. Zu oft muss ich in hoffnungslosen Fällen das Beste herausholen – wohl wissend, dass es nur darum geht, ob der Klient vielleicht ein paar Jahre weniger im Gefängnis verbringen muss.

Als Sokowski am Tag des Urteilsspruchs um kurz vor zwölf Uhr in den voll besetzten Saal 001 des Bonner Landgerichts geführt wird, tastet er sich verschüchtert zur Anklagebank vor. Er bleibt zunächst stehen – demütig wie ein Christ beim Betreten der Kirche. Den Rücken gerade durchgedrückt, den Kopf auf die Brust gesenkt, die rechte Hand mit der linken verschränkt, wie zum Gebet gefaltet.

Die Regungslosigkeit, in der sich Petr Sokowski seit Prozessbeginn zeigt, weicht auch beim Urteilsspruch nicht. Die lebenslängliche Strafe für den Mord an Petra überrascht niemanden im Saal. Die letzte offene juristische Frage klärt die Strafkammer ebenfalls zu Ungunsten des Tschechen: »Seine Schuld wiegt besonders schwer«, verkündet der Vorsitzende – und damit ist eine vorzeitige Freilassung Sokowskis nach 15 Jahren Haft ausgeschlossen. Zu schwer wiegt nach Ansicht des Gerichts die Schuld des Täters. Unreif in seiner persönlichen und sexuellen Entwicklung handelte der Mittzwanziger gegen ein körperlich weit unterlegenes Mädchen und hielt es über mehrere Stunden gefangen, mit dem Messer als Drohinstrument. Auch die Brutalität, mit der er sein Opfer tötete, wiege allzu schwer, begründet der Richter das Urteil. Immer wieder erörtert der Vorsitzende die Leiden des Opfers und seiner Angehörigen. Ein Leid, das für Petras Familie kaum zu ertragen sei. Der Richter erinnert an die Zeugenaussagen des Vaters, der von schlaflosen Nächten und von furchtbaren Schmerzen berichtete.

Der Täter habe dem nichts entgegenzusetzen gehabt, sein Verbrechen sei zu eindeutig gewesen. Erschwerend kommt nach Ansicht der Kammer hinzu, dass Sokowski bis zuletzt nicht habe erklären können, warum er seine sexuelle Neugier auf diese brutale Weise ausgelebt habe. Sokowski schaut ganz kurz hinüber zu seinem Dolmetscher, der ihm die Worte ins Tschechische übersetzt. Der Angeklagte nickt kaum merklich. Er meidet meinen Blick, als wir uns verabschieden. Völlig emotionslos lässt er sich abführen, so als habe er sich in sein Schicksal gefügt.

Draußen warten die Reporter mit Mikrofonen und Kameras. Ich versuche, etwas Sinnvolles in die Mikros zu sprechen, obschon mir anderes durch den Kopf geht. Es sei ein Urteil wegen »glasklaren Mordes«, räume ich auf dem Gerichtsflur ein. Die Entscheidung der Kammer sei vertretbar, »die Linie der Verteidigung ist aber auch vertretbar«. Was für ein Unsinn! Und dennoch ist es die Wahrheit.

Petras Eltern sind als Nebenkläger aufgetreten. Auch ihre Anwältin muss sich nach dem Ende der Verhandlung im Foyer den Medien stellen. Ob sie zufrieden sei, will jemand wissen. Die Frage stelle sich nicht, antwortet sie. »Was man sagen kann, ist, dass kein Urteil der Welt Petra zurückbringt.«

Wie wahr! Mit dem Schuldspruch legen sich die Wut und Aufregung in der Bevölkerung allerdings noch lange nicht. Unverändert ist unsere Kanzlei das Ziel wüster Drohungen. Fünf Tage nach Prozessende gehe ich via Lokalmedien in die Offensive. »Furcht um mich und meine Gesundheit oder meine Reputation habe ich nicht«, betone ich im Interview. Vielmehr werbe ich um Verständnis für meine Arbeit: »Petras Tod sowie der Schmerz und die Trauer ihrer Eltern und Geschwister haben mich in gleicher Weise in meinem Herzen erreicht. Ich habe selbst Kinder und vermag nicht einmal ansatzweise nachzufühlen, wie es mich treffen würde, sie durch solch eine abscheuliche Tat zu verlieren.« Ich spreche von »Pflichten und Gesetzen, von moralischen und ethischen Geboten, die auf unserer freiheitlichen und demokratischen Grundordnung und den christlichen Grundlagen beruhen«. So wie ein Arzt es nicht ablehnen dürfe, einen Straftäter zu behandeln, könne sich auch ein Anwalt seine Fälle nicht danach aussuchen, ob ihm die Mandanten gefallen. »Ich verteidige Menschen, nicht ihre Taten«, gebe ich zu bedenken. Letztendlich ist es ein nutzloser Versuch, ein wenig Verständnis zu erlangen.

Das schriftliche Urteil geht kurz vor Weihnachten in meinem Gerichtsfach ein. Vorsorglich hatte ich binnen der Wochenfrist nach dem mündlichen Schuldspruch Revision eingelegt. Nun beginne ich an einem Schriftsatz zu feilen, der sich vor allem gegen den Strafzusatz der »Schwere der Schuld« wendet. Ginge es nach mir, soll der Bundesgerichtshof in letzter Instanz entscheiden, doch dazu kommt es nicht. Mein Mandant lässt mich wissen, er wolle einen Schlussstrich ziehen. Seine Strafe absitzen – so lange, wie sie eben dauere.

Während einer Verhandlungspause in einer anderen Sitzung treffe ich den Vorsitzenden Richter und teile ihm mit, dass Sokowski die Revision zwischenzeitlich zurückgenommen habe.

Eine einzigartige Vorgehensweise, die mir in fünfundzwanzigjähriger Berufspraxis bisher noch nicht begegnet ist. Sollte einer ungeheuerlichen Schuld eine ebenso ungeheuerliche Reue gefolgt sein? Ich weiß es bis heute nicht.

FOLTER HINTER GITTERN

Es ist später Freitagnachmittag Mitte November. Mein Handy klingelt. Ich laufe gerade irgendwo an der Autobahn zwischen Trier und Bonn durch ein kleines Waldstück, um ein wenig abzuschalten. Seit Wochen verteidige ich vor dem Landgericht Saarbrücken einen des Mordes angeklagten Mann, ein vertrackter Fall mit einem schwierigen Mandanten, der mich buchstäblich den letzten Nerv kostet. Ich habe mir gerade eine Selbstgedrehte angesteckt. Mein Sozius Thomas Ohm ist am Telefon. »Uwe, einer der Siegburger Jungs hat angerufen und bittet um sofortige Vertretung.« Mein Partner klingt hektisch. »Mein Gott, Thomas, kann das nicht bis Montag warten?«, reagiere ich genervt. »Mensch, Uwe, das ist der Fall des Jahrhunderts. Der Junge heißt übrigens Ralf Ackermann, liest du denn keine Zeitung? Hier überstürzen sich die Blätter mit ihren Schlagzeilen. Justiz und Polizei stehen Kopf, die Sache hat sich längst zum Politikum ausgewachsen, die Presse fordert schon den Rücktritt von Justizministerin Müller-Piepenkötter. Ich hab den Fall verfolgt; was ich habe, lege ich dir auf den Schreibtisch.«

Ich habe verstanden, steige in meinen Wagen und fahre nach Bonn.

Ich brauche eine sofortige Besuchserlaubnis bei Ackermann und rufe meinen alten Bekannten und ermittelnden Staatsanwalt Robin Faßbender an. Mit ihm hat die Bonner Anklagebehörde einen Spitzenmann aufgeboten. Jeder im Gerichtsbezirk weiß, dass der Mittvierziger nur noch einen großen Erfolg für die Beförderung zum Oberstaatsanwalt benötigt. Der Foltermord an dem zwanzigjährigen Punker Peter Heinze in Zelle 104 der Jugendjustizvollzugsanstalt in Siegburg wäre seine Meisterprüfung.

Faßbender gibt sich am Telefon konziliant: Bezüglich der sofortigen Besuchserlaubnis sehe er kein Problem, bezüglich der Besuchszeit schon. »Was heißt das denn?«, frage ich erstaunt. »Der Ackermann wird in einer Stunde in ein anderes Gefängnis verlegt, in Siegburg ist er nicht mehr sicher«, bekennt Faßbender. »Wo sind Sie jetzt?«

Ich bin auf der Autobahn kurz vor Siegburg. Kurz darauf erreich ich das Gelände der JVA Siegburg.

Bereits am Haupteingang erwarten mich zwei nervös gestikulierende Wachtmeister. Der gesamte Knast scheint außer Rand und Band zu sein. Wütend hämmern die Häftlinge mit Metallbechern und Geschirr gegen die Gitter: »Hängt die Schweine ..., gebt sie raus!«, schallt es über den Hof. Eine gespenstische Situation.

Über Schleichwege geleiten sie mich in einen leeren Seitentrakt der JVA, wo sich einstmalige Büros befinden. Dort bedeuten mir die Beamten zu warten. Wenig später führen sie Ralf Ackermann in den Raum. »Sie haben nur eine halbe Stunde, dann erfolgt der Abtransport«, weist mich einer der beiden Wärter an, immer noch merklich nervös.

»Stress steckt an«, denke ich kurz. Umso wichtiger ist es, beruhigend auf meinen Mandanten einzuwirken, um ein entspanntes Anbahnungsgespräch mit ihm führen zu können.

Ralf Ackermann sitzt vor mir: 20 Jahre alt, schmächtige Gestalt, Kopf gesenkt, ein Häufchen Elend. Mit leiser Stimme stellt er sich vor. Kein Unsympath. Wüsste man nicht, was geschehen ist, würde man ihn in die Rubrik »harmloser Bursche« einordnen.

»Eine halbe Stunde nur, lass es ruhig angehen«, sage ich zu mir. Aus Erfahrung weiß ich, dass es jetzt nichts nutzen würde, meinen Mandanten auf das Tatgeschehen anzusprechen. Ralf Ackermann hat zurzeit andere Dinge im Kopf. Aufgrund seiner momentanen Situation in der JVA kann er keinen klaren Gedanken fassen. Schiere Angst hat ihn gepackt. Als er mir den Haftbefehl rüberschiebt, zittert er. Seine ersten Antworten auf meine abtastenden Fragen lassen erahnen, dass er sich keine Illusionen über sein weiteres Schicksal macht: »Ich krieg bestimmt das volle Pfund«, meint er düster. Darauf gehe ich gar nicht ein. Ich bemühe mich vielmehr, Ackermann zu gewinnen, ohne mich mit ihm zu solidarisieren. »Machen Sie sich mal keine Sorgen, ich bin hier, um Ihnen zu helfen, und ich werde Ihre Verteidigung übernehmen«, versichere ich dem augenscheinlich verschüchterten Schlaks mit fester Stimme. Dabei suche ich die ganze Zeit seinen Augenkontakt. Er muss mir zuhören, er muss mir vertrauen: »Soll ich Ihre Angehörigen verständigen?«, erkundige ich mich. Ackermann nickt. Ja, da sei seine Mutter. »Sagen Sie ihr bitte, was mit mir passiert ist. Ich habe sie seit 2004 nicht mehr gesehen, aber sie ist die Einzige, die ich noch habe«, erklärt der junge Mann. Zwar habe er außerdem einen kleinen Sohn, doch zu ihm und seiner Mutter sei der Kontakt schon vor einer längeren Weile abgebrochen.

Draußen wird es unruhig. Das Klopfen der Aufseher kündigt das Ende unseres Treffens an. »Sobald ich die Akte habe, sehen wir uns wieder«, verspreche ich ihm, ehe er hinausgeführt wird und sich die Tür hinter ihm schließt.

Eiligst besteige ich meinen Wagen und steuere die nächste Tankstelle an, um mir einen Überblick über den Stand der Berichterstattung zu verschaffen.

Die Presse ist offensichtlich bereits bestens informiert, sie schildert den Fall in den grellsten Farben, sogar die Beschuldigten blicken schon von etlichen Titelseiten der Boulevardblätter herab. Die Balken über ihren Augen sind so schmal, dass sie die Leser eher zum Gruseln bringen, als dass sie ein Erkennen der Personen verhindern.

Der Abend gehört der Lektüre der Zeitungen und des Haftbefehls, den ich mir als Erstes vornehme. Während ich die Schilderung des Tathergangs auf dem rosafarbenen DIN-A-4-Blatt studiere, fällt mir unwillkürlich ein Satz ein, den ich aus meiner Studienzeit kenne: »Der Jurist beherrscht die Kunst, alles Wesentliche in einem Satz zusammenzufassen, wie sprachlich verdreht dies einem Nichtjuristen auch erscheinen mag.«

Das Papier attestiert Ackermann & Co. gleich vier Mordmerkmale: Die drei sollen aus Mordlust, Befriedigung des Geschlechtstriebs, zur Verdeckung anderer Straftaten und grausam getötet haben. So etwas habe ich in meinen vielen Mordprozessen noch nicht erlebt. Ferner geht es bei den Tatvorwürfen um schweren sexuellen Missbrauch, eine Kette schlimmster Perversionen und ein selbst für mich völlig neues Ausmaß an menschlicher Kälte.

Keine Menschenseele will etwas von den Torturen in Zelle 104 der Jugendjustizvollzugsanstalt in Siegburg mitbekommen haben. Kein JVA-Beamter, kein Gefängnispsychologe hat bemerkt, dass der dort einsitzende zwanzigjährige Gelegenheitsdieb Peter Heinze von seinen drei Zellengenossen zwölf Stunden lang gefoltert und missbraucht worden ist.

Im Laufe von wenigen Tagen machte das Trio den schüchternen, labilen Jungen zu seinem Sündenbock. Heinze war der Loser, der Außenseiter, der »Hartzi«, weil er zuletzt von staatlicher Hilfe lebte, und er wurde gehänselt, wurde »Schuppi« wegen seiner Schuppenflechte genannt. »Ein Opfertyp halt«, wie einer seiner Peiniger zu Protokoll gab.

Klaglos spülte Heinze das Geschirr, wenn die anderen ihn dazu anwiesen, befolgte ihre Kommandos ohne Widerspruch. Er musste eigentlich nur sechs Monate absitzen, im Gegensatz zu seinen Zellengenossen also eher ein kriminelles Leichtgewicht.

Seine Mitgefangenen waren da von ganz anderem Kaliber: Ralf Ackermann, 20, ein drogensüchtiger Kleinganove und nun mein Mandant, der wegen zahlreicher Einbrüche zweieinhalb Jahre Jugendstrafe verbüßen musste. Martin Treller, dessen Strafregister trotz seiner gerade mal 17 Jahre eine ganze Latte von Diebstahls- und Gewaltverbrechen aufwies. Bei seiner letzten Verurteilung zu zweieinhalb Jahren Haft attestierten die Richter dem Jugendlichen »eine ungezügelte Gewaltbereitschaft«. Treller ist gut befreundet mit dem Anführer des Trios, mit Werner Schmunde, 20, einer wandelnden Zeitbombe. Schon als Junge beging er seine ersten Diebstähle, wurde als Brandstifter aktenkundig, später dealte er mit Drogen und verübte zahlreiche Raubüberfälle.

In Zelle 104 gab er den Ton an. Schmunde und Treller hatten kurzzeitig gemeinsam auf einer Stube gele-

gen und kamen, als ihre Zelle renoviert wurde, zu Heinze und Ackermann. Trotz der Beendigung der Sanierungsarbeiten durften sie weiter in dem Viererzimmer bleiben. Heinze und Ackermann waren froh, dass sie mit Deutschen zusammen sein konnten, da manche Ausländer, wie sie sagten, häufig Ärger machten. Vor allem die sogenannten Russlanddeutschen, die in den Jugendknästen des Landes teilweise ein Drittel der Belegschaft ausmachen, sorgten stets für Unruhe.
Auf 4,70 Metern Breite und 3,70 Metern Tiefe knubbelte sich also das Quartett. In einem Raum mit zwei vergitterten Doppelflügelfenstern nebst zwei kippbaren Oberlichtern gegenüber der Tür, die in die Zelle führte, zu der auch ein kleiner, 1,60 Meter breiter Toilettenraum gehörte: der spätere Tatort.

Der »Foltermord von Siegburg«, wie die Medien den Fall nennen, schockt die ganze Republik und lässt den Stuhl von NRW-Justizministerin Roswitha Müller-Piepenkötter (CDU) wackeln. Der Siegburger-Gefängnis-Skandal bringt nämlich ungeschminkt die Gewaltsituation im Jugendstrafvollzug des Landes ans Licht: 2005 etwa wurden laut einer Studie 605 Delikte aktenkundig, mehr als die Hälfte der 518 Täter waren unter 25 Jahre alt, in jedem zehnten Fall kam es zu schweren Verletzungen.
Und Siegburg fördert weitere Zahlen zutage. Die Gefängnisse quellen über: Mit 730 Insassen, davon 333 Jugendlichen, weist allein Siegburg eine Überbele-

gungsquote von 115 Prozent auf. Zugleich sind 16 der 224 Personalstellen nicht besetzt. Seit 2000 sind mindestens acht schwere Übergriffe gemeldet worden. Ende Juni 2004 etwa verprügelte ein inhaftierter Junkie einen Zellengenossen und fügte ihm mit dem Feuerzeug schwere Verbrennungen zu. Ferner finden sich zwei Vergewaltigungen in den Akten. So lebte ein Knacki nach gewonnenem Kartenspiel seine Perversionen am Verlierer aus. »Gewalt ist in Siegburg alltäglich«, bekundet ein Gefängnisbeirat in den Medien.

Die Ministerin steht am Rande des Abgrunds. Tage nach dem Siegburger Skandal muss sie erneut ein Versagen einräumen, der Justizapparat hat der Ministerin einen weiteren schlimmen Vorfall im Siegener Gefängnis geflissentlich verschwiegen: Vier Monate zuvor ist herausgekommen, dass sich dort ein Gefangener auf Befehl eines Mitinsassen die Pulsadern aufgeschnitten hat. Vehement fordert die rot-grüne Opposition den Rücktritt der Ministerin.

Am nächsten Morgen führt mich mein erster Weg zu Staatsanwalt Faßbender. In diesem Fall liegt der Schlüssel einzig beim Chefermittler. »Kleine Brötchen backen« ist angesagt, wenn ich noch irgendetwas für meinen Mandanten erreichen will.

Doch dann öffnet sich mir überraschenderweise eine Tür, an die ich nie gedacht hätte: Ich stelle nämlich fest, dass mein Konterpart auf der Anklägerseite dringend meine Hilfe braucht. Besser noch, dass er sich mein Wohlwollen auch einiges kosten lassen würde.

Die Tür zu Faßbenders Dienstzimmer steht weit offen, und ich will gerade eintreten. Mit einer Handbewegung bedeutet mir der Staatsanwalt, zunächst draußen zu bleiben, weil er gerade telefoniert. Seine Miene verrät, dass er unter erheblichem Druck steht. Offenkundig setzen ihm seine Vorgesetzten mächtig zu. Zunächst bearbeitet ihn das Büro der Justizministerin, dann wieder meldet sich der Generalstaatsanwalt, und anschließend klingelt die Presse bei ihm durch.

Erst 20 Minuten später findet Faßbender Zeit, mich zu empfangen. Trotz der Hektik um sich herum wirkt der Chefermittler äußerlich ruhig. Nach kurzem Händeschütteln und ein paar wenigen persönlichen Worten kommt der Staatsanwalt zur Sache und legt seine »Wunschliste« vor. Damit will ich sagen, dass die Rollenverteilung von Anfang an feststeht: Die Bonner Justiz gibt die Marschrichtung vor, und wir Verteidiger können in diesem Fall »die Kröte schlucken« oder gemeinsam mit unseren Mandanten »untergehen«.

So konziliant Faßbenders Ton ist, so eindeutig sind seine Bedingungen für einen halbwegs glimpflichen Prozess: keine Attacken der Verteidigung gegen die Missstände und das Versagen der Kontrollmechanismen in der JVA Siegburg. Zudem müsse mein Mandant in schonungsloser Offenheit darlegen, wie und wann er Peter Heinze gefoltert habe, fordert Faßbender. Seine Worte sind nicht schwer zu verstehen: Die Justiz will den Super-GAU für die Justiz in diesem Prozess vermeiden. Ich ahne schon, dass auch das Gericht keinen großen Ehrgeiz entwickeln wird, die Missstände hinter den Gittern des Siegburger Knasts zu beleuchten.

Für mich heißt das: keine Interviews mit der Presse, keine Anwürfe gegen den Justizapparat und den Strafvollzug – sowie einen »braven« Beschuldigten auf dem Silbertablett servieren. Keine Mätzchen, sondern ein lückenloses Geständnis, das letzte Zweifel am Martyrium Peter Heinzes ausräumt. All dies, äußert Faßbender gepresst, müsse schnell geschehen.

Ich brauche nicht lange zu überlegen, um das Angebot anzunehmen. Angesichts der erdrückenden Beweise tendieren meine Optionen gegen null: Entweder wandert mein Mandant lebenslang in den Knast, oder er sagt so schnell wie möglich wahrheitsgetreu aus.

Verschmitzt lächelnd bitte ich um einen schnellen Vernehmungstermin. »Wer zuerst plaudert, der bekommt einen Strafrabatt«, lautet die gängige Devise auf den Gerichtsfluren. Faßbender schmunzelt, als habe er genau das erwartet. »Gleich übermorgen fangen wir an, aber Akteneinsicht bekommen Sie selbstverständlich vorher nicht«, erläutert er mir in süffisantem Ton. »Wir wollen nichts Vorgefertigtes, sondern die reine Wahrheit, damit Ihr Mandant ein vollständiges, lückenloses und vor allen Dingen ehrliches Geständnis ablegt.« Als Belohnung könne man sich aus Sicht der Staatsanwaltschaft durchaus eine hohe Zeitstrafe nach dem Jugendstrafrecht vorstellen, führt der Staatsanwalt weiter aus.»Ich glaube ohnehin nicht, dass Ihr Mandant die treibende Kraft bei der Tat war, sondern dass er eher als Mitläufer zu gelten hat.« Das klingt verlockend: Bei Heranwachsenden zwischen 18 und 21 Jahren können die Richter entscheiden, ob sie nach Erwachsenen- oder Jugendstrafrecht urteilen. Entscheidend dabei ist laut Gesetzgeber der persönliche Reifegrad des Angeklagten. In der Realität liegt es häufig am guten Willen des psychiatrischen Gutachters und des Gerichts, ob jemand lebenslänglich ins Gefängnis muss oder als Jugendlicher Strafrabatt erhält.

Tags darauf fahre ich zu meinem Mandanten. Mir bleibt nur ein Tag, um ihn halbwegs auf das Verhör vorzubereiten. Je länger wir im Besucherraum zusammensitzen, desto eindeutiger wird mir klar, dass ich nicht dem Rädelsführer der grausamen Aktion gegenübersitze. Da hatte sich einer mitziehen lassen, der Angst davor hatte, selbst zum Opfer zu werden.»Wenn du nicht mitschwimmst, kann es schnell passieren, dass du selbst dran bist«, erzählt Ralf Ackermann. In Siegburg – wie auch in anderen Jugendgefängnissen – geben vor allem Russlanddeutsche, Türken oder andere ethnische Gruppen den Ton an.»Mit diesen Leuten ist nicht zu spaßen, deshalb waren Heinze und ich froh, als Treller und Schmunde zu uns kamen, da gab es zunächst keinen Stress.«

Verschämt reibt sich Ackermann über den Mund: »Aber dann haben sie sich auf den Peter eingeschossen – der Typ konnte ihnen nichts mehr rechtmachen, der erzählte auch so einen Scheiß, dass die den gar nicht mehr für voll genommen haben.«
Schweigend höre ich ihm zu. Er soll reden, soll erzählen, sich freischwimmen und sich selbst offen vor Augen führen, was an jenem 11. November passiert ist. Ich bin der Spiegel, in dem er das Ungeheuerliche seines Verbrechens reflektiert. Ralf Ackermann ist nicht mehr nur ein Kleinganove, er steht jetzt unter Mordverdacht. Er hat die unterste Kategorie menschlichen Daseins erreicht. Da hilft vor allem eins: die Seele öffnen.

Ich lade ihn ein, biete ihm Zuhören und Verständnis. Ackermann erzählt von seiner Kindheit, von der Mutter, die den Vater, einen Trinker, noch vor der Geburt ihres Sohnes verlassen hat. Er spricht von seinen Schwierigkeiten im Kindergarten und in der Grundschule. Nirgends kommt er klar. Er gibt zu, aggressiv und zügellos gewesen zu sein und ständig aufbegehrt zu haben gegen die Lehrer. Und so musste er mehrmals die Schule wechseln. Er bezeichnet sich selbst als typischen Loser: Mit zwölf rauchte er Joints, beging die ersten Diebstähle.

Irgendwann habe seine überforderte Mutter ihn in ein Heim abgeschoben. Die Heime habe er fast so schnell gewechselt wie seine Kumpels, mit denen er kiffend und saufend durch die Gegend zog. Mit Müh und Not schaffte er schließlich den Hauptschulabschluss. Als er mit 18 Jahren einen Betreuer wegen einer Nichtigkeit zusammenschlug, landete er endgültig auf der Straße, übernachtete in Kellerräumen oder Männerwohnheimen, schlug sich mit Diebstählen und Einbrüchen durchs Leben.

In einem Dürener Obdachlosenasyl, so erzählt er ruhig weiter, habe er sich einer Drückerkolonne angeschlossen, die im Westerwald in einem Haus lebte und von dort aus täglich auszog, um an Haustüren Abonnements an den Mann zu bringen. Obschon er einer der Jüngsten war, kam er halbwegs klar. Immerhin brachte jeder neue Vertragsabschluss 7,50 Euro, wovon er leben konnte. Den Kontakt zu seiner Mutter verlor er nach und nach. »Das letzte Mal sah ich sie 2004«, sagt er leise.

Ende des Jahres lernte er seine große Liebe kennen – seine Augen flackern. Tina war 16 Jahre alt und lebte bei ihren Eltern. Doch ihre Mutter war dabei, sich zu Tode zu saufen, der Vater bemühte sich, so etwas wie ein Familienleben aufrechtzuerhalten. »Trotz dieser Umstände blieb ich hängen. Ich schlief bei ihnen im Keller«, erzählt er weiter. Gelebt habe er von Einbrüchen, die er mit seinem Freund Bernd meist nachts in der Umgebung beging.

Seinen Teufelskreis aus Drogen, Alkohol und Kriminalität konnte auch Tina nicht durchbrechen. Sie hatte ihre eigenen Probleme. Ich sehe zwei gescheiterte junge Menschen vor mir, die sich gesucht und gefunden haben. Ich weiß, dass es richtig ist, meinem Mandanten zu einer zweiten Chance zu verhelfen. Ackermanns Knastkarriere begann im Februar 2005, als er nach einer Serie von Einbrüchen gefasst wurde und bis Mai in Untersuchungshaft saß. Der damals Achtzehnjährige kam noch einmal mit einem blauen Auge davon: Die zweijährige Jugendstrafe wurde zur Bewährung ausgesetzt.

»Ein Jahr später war ich dann fällig«, fährt er fort, »die Polizei ertappte mich erneut bei einem Einbruch, diesmal wollte ich eine Stereoanlage mitgehen lassen. Über Umwege kam ich dann nach Siegburg, hier in den Knast, wo die Lampe wohl ausgeht«, beendet er seinen Bericht.

»Und nun?«, frage ich ihn bei unserer zweiten Begegnung provokativ. »Weiß auch nicht«, antwortet er achselzuckend.

Ich räuspere mich kurz und fixiere meinen Mandanten mit ernster Miene: »Dann hören Sie mir jetzt bitte mal gut zu. Die Staatsanwaltschaft hat uns ein Angebot gemacht, das wir unmöglich ablehnen können. Sie können im morgigen Verhör nur punkten und sich selbst vor einer lebenslänglichen Freiheitsstrafe bewahren, wenn Sie ein lückenloses Geständnis ablegen. Keine Mätzchen, keine Tricks, keine ausweichenden Antworten auf die Zwischenfragen der Polizei und des Staatsanwalts. Bitte die Wahrheit und nichts als die ungeschminkte Wahrheit. Das ist überlebenswichtig für Sie«, bläue ich ihm ein.

Ackermann blickt mich mit großen Augen an. Er versteht diesen Hinweis, er versteht ihn nur zu gut. »Glauben Sie mir, die ganze Sache tut mir unendlich leid«, beteuert er. »Das Ganze belastet mich schon sehr, da fällt es mir nicht schwer, alles zu erzählen.« Ich schaue ihn an, überlege eine Weile und nicke ihm dann aufmunternd zu: »Okay, lassen Sie es uns so durchziehen.«

Die Vernehmungen beginnen am nächsten Morgen um neun Uhr im Bonner Polizeipräsidium. Wir sind allerdings nicht die Einzigen, die ein vollständiges Geständnis ablegen wollen. In der Zwischenzeit hat Staatsanwalt Faßbender auch die beiden anderen Verteidiger und ihre Mandanten dazu bewegen können, die Hosen komplett herunterzulassen.

So warten wir drei im Eingangsbereich: Der Erste raucht nervös eine Zigarette nach der anderen, der Zweite wiederum lehnt lässig am Geländer, der Dritte läuft hektisch auf und ab. Staatsanwalt Faßbender erscheint. Lächelnd bittet er uns nach oben in die Vernehmungszimmer. Alle Beschuldigten sollen zeitgleich verhört werden, um den tatsächlichen Hergang des Foltermordes rekonstruieren zu können.

Es ist das alte Spiel der Ermittler. Sobald einer etwas Neues auf den Tisch legt, werden die anderen sofort mit der Aussage konfrontiert und umgekehrt. Auf diese Weise gewinnen die Beamten schnell ein lückenloses Bild vom Ablauf der Geschehnisse und der jeweiligen Rolle der einzelnen Beteiligten.

Die Vernehmungen dauern den ganzen Tag an; mein Mandant benimmt sich wie ein Lämmchen, er wirkt glaubwürdig und schildert den Ablauf bis in jedes noch so unbedeutende Detail, dabei versucht er nicht, seine eigene Schuld kleinzureden oder sich in einem milderen Licht darzustellen.

Ganz anders dagegen der Anführer der Truppe: Werner Schmunde verliert im Verhör schnell die Ruhe, er braust auf, schimpft wie ein Rohrspatz. Mitunter verhält er sich wie ein Skatspieler, der einen Grand mit allen vier Bauern auf der Hand hat und sein Blatt voll ausreizt. Offenbar hat er immer noch nicht begriffen, dass seine Chancen gegen null gehen. Das Spiel ist für ihn längst verloren.

Mein Sozius, der ihn vertritt, muss all seine Künste aufbieten, um ihn halbwegs im Zaum zu halten. Immer wieder versucht Schmunde, seine Rolle bei den Folterungen Peter Heinzes kleinzureden. Plötzlich will er auch von der Vergewaltigung mit dem Handfeger nichts mehr wissen. Dabei steht für die Ermittler längst fest, dass der Zwanzigjährige aus Minden die treibende Kraft hinter den sexuellen Gewaltakten war. Immer wieder unterbrechen die Vernehmungsbeamten das Verhör, um den renitenten Wortführer mit neuen belastenden Details aus den Aussagen seiner beiden Kumpane der Wahrheit ein Stück näherzubringen. Er gebärdet sich wie ein Halbstarker, der beim Ladendiebstahl erwischt wurde, und realisiert gar nicht, dass es hier um Mord geht.

Mein Mandant macht sich um ein Vielfaches besser. In einer Vernehmungspause nimmt mich Staatsanwalt Faßbender beiseite und raunt mir zu: »Ich denke, dass ich bei Ackermann keine Verurteilung nach dem Erwachsenenstrafrecht anstreben werde.« Mit diabolischer Miene zwinkere ich ihm zu: »Nichts anderes habe ich erwartet.«

Befriedigt hole ich meinen Tabak hervor und beginne mir eine Kippe zu drehen, gerade so, als sei ich die Ruhe selbst. Faßbender soll nicht mitbekommen, wie erleichtert ich tatsächlich bin. Sonst kommt er vielleicht auf den Gedanken, dass er im weiteren Verlauf mit mir »den Molli machen« kann (Rheinisch für: mit mir machen kann, was er will).

Auch in der Justiz zählt der Schein oftmals mehr als alles andere.

Eine lebenslange Haftstrafe scheint somit abgewendet, allerdings gebe ich mich nicht der Illusion hin, dass mein Schützling weniger als 13 bis 15 Jahre kassieren wird. Dazu steht für die Behörden zu viel auf dem Spiel. Der Druck der Medien erhöht sich von Tag zu Tag. Gericht und Staatsanwaltschaft bleibt kaum Spielraum, um Milde walten zu lassen.

»Wenn Sie Glück haben und sich vor Gericht genauso gut schlagen wie heute, gibt es 13 Jahre«, erkläre ich meinem Mandanten am Abend frank und frei, »und wenn Sie sich gut führen, haben Sie die Chance, nach zwei Dritteln der verbüßten Strafe auf freien Fuß zu kommen. Das wäre nach neun Jahren. Dann sind Sie

30 Jahre alt und können noch einmal von vorne anfangen. Es liegt ganz allein an Ihnen.«
Vom Saulus zum Paulus – nur so kann es gehen.

Begonnen hat alles am Samstag, dem 11. November, mit einem Spiel: Um die frühe Mittagszeit zockt der zwanzigjährige Heinze mit seinen drei Mitinsassen. »Fingerklopfen« ist ein Kartenspiel, bei dem es rau zugeht. Zellengenosse Ralf Ackermann ist gut. So gut, dass er mit seinem Blatt dauernd die Hände Heinzes erwischt. Er haut kräftiger drauf als nötig. Das Mittagessen unterbricht die Klopperei. Danach legen sich alle vier auf ihre Betten.

Die Ruhe währt nicht lange. Werner Schmunde kann nicht schlafen. Das gewalttätige Fingerkloppen beflügelt seine Gedanken. Lautstark sinniert er darüber nach, dass er etwas »machen« will. Dabei denkt er an seinen Lieblingsstreifen, den Kriegsfilm *Full Metall Jacket*. Er mag die Szenen, in denen Gefangene mit Seifeprügeln traktiert werden.

In der Folge entpuppt sich Schmunde als hemmungsloser Sadist: Er wickelt ein hartes Stück Seife straff in ein Handtuch und schwingt das »Schlaginstrument« wie eine Peitsche hin und her. Leise nähert er sich dem Bett Heinzes und drischt ohne Vorwarnung auf ihn ein. Immer wieder saust die Seifenpeitsche auf den jungen Mann herunter. Heinze wehrt sich nicht, er stöhnt zwar vor Schmerzen, aber er lässt es geschehen. Er findet sich mit seiner Rolle ab – ein Opferverhalten, das hinter Gittern gnadenlos ausgenutzt wird. Die anderen Zellenkumpane fertigen sich ähnliche Folterwerkzeuge und vertrimmen Heinze so brutal, dass die Seifenstücke zerbrechen. Immer wieder klatschen die Handtuchprügel auf seine Beine. Das ist der Anfang vom Ende des zwanzigjährigen Gelegenheitsdiebs. Die drei Schläger haben Blut geleckt. Keine Idee scheint zu krude, als dass man sie nicht an Heinze ausprobieren könnte – er macht ja alles mit, er lässt sich ja alles gefallen. Warum also aufhören? Zunächst muss Heinze einen halben Liter eines Gebräus aus Wasser, Salz und Chilipulver trinken. Da die Wirkung jedoch zu wünschen übrig lässt, muss er eine ganze Tube Zahnpasta hinunterwürgen. Daraufhin kotzt sich Heinze die Seele aus dem Leib. Auf Knien muss er nun die gesamte Stube aufwischen, er soll die Halterung der Toilettenbürste leer trinken, sein Erbrochenes essen. Fortan wechseln sich sexuelle Demütigungen mit Schlägen ab.

15.15 Uhr: Schlüsselgeräusche lassen die Peiniger hochfahren. Als der Vollzugsbeamte Hubert Rumpf seinen Kopf durch die Tür steckt, scheint alles in bester Ordnung zu sein. Ackermann, Treller und Schmunde sitzen am Tisch, Heinze liegt mit dem Rücken zur Tür an der Wand. Der Wärter bemerkt nichts Auffälliges, allerdings schaut er auch nicht genau nach. »Was ist denn mit Heinze los?«, erkundigt er sich. Der meldet sich selbst: »Ich liege im Bett, bin müde.«

Beruhigt wendet sich Rumpf ab, die Schlüssel drehen sich im Schloss. Bis zum nächsten Morgen wird nun normalerweise kein Wärter mehr vorbeischauen – es sei denn, einer der Insassen drückt auf den Alarmknopf. »Auf Ampel gehen«, heißt das im Knackijargon.

Seine Quälgeister haben Heinze darauf getrimmt, nur ja »die Schnauze zu halten«, sonst werde man ihn »kaputtmachen«. Mittlerweile muss der Gefangene den Boden mit einem Handfeger säubern. Doch das reicht seinen Zellengenossen längst nicht mehr. Treller und Schmunde nehmen den Handfeger und vergewaltigen Heinze anal. Der Zwanzigjährige leidet wie ein Tier, wehrt sich aber noch immer nicht. Fleißig wischt er weiter den Boden, derweil wenden sich seine Folterknechte wieder den Karten zu. Tief versunken in die Zockerei bemerken sie nicht, wie ihr Opfer heimlich zur Tür robbt. Unbemerkt erreicht Heinze den Lichtalarm und drückt auf den Knopf.

In der Leitzentrale leuchtet sofort ein Signal auf. Umgehend meldet sich ein Vollzugsbeamter über eine Sprechanlage in der Zelle. »Was ist los bei euch?«

Heinze will reden, aber seine Peiniger können ihn im letzten Moment daran hindern. Ackermann und Schmunde halten ihm den Mund zu, reißen ihn von der Tür weg, während Treller den Alarmknopf betätigt und in unterwürfigem Ton um Verzeihung bittet. »Sorry, ich habe mich leider verdrückt.«

Erleichtert registriert er, dass sich die JVA-Beamten mit dieser Erklärung zufriedengeben. Keiner hält es für nötig, nach dem Rechten zu sehen, niemand schöpft Verdacht.

Und so beginnt der Schlussakt von Heinzes jungem Leben: Die Mitgefangenen fesseln ihn wie zu einer Kreuzigung mit Gürteln an sein Bettgestell. Sie rollen ein Geschirrtuch zusammen, stopfen es in seinen Mund und hämmern mit ihren Fäusten auf seinen Magen ein. Ackermann, sein einstiger Kumpel, holt aus und tritt dem Hilflosen mit Wucht in den Bauch. Das Trio vermeidet es wohlweislich, sichtbare Verletzungen am Kopf ihres Opfers herbeizuführen. Die Strafaktion währt nicht allzu lange. Danach binden die Schläger den Delinquenten wieder los. Er muss versprechen, nie wieder »auf Ampel zu gehen«. Treller gibt Heinze sogar ein paar Schmerztabletten, um ihn ein wenig zu beruhigen.

18 Uhr. Für kurze Zeit scheint sich die Situation ein wenig zu entspannen. Bis Treller vorschlägt, »den Peter wegzuhängen«. Zunächst glauben die anderen an einen Scherz. Aber der Siebzehnjährige lässt nicht locker. Kühl und sachlich erläutert er die Vorteile seines Plans: Es sei ja klar, dass Heinzes Verletzungen über kurz oder lang auch den Wärtern auffallen würden. »Und dann ist ja klar, wer das war«, führt Treller aus.

Nach der Sportschau setzt sich das Trio infernal zusammen und brütet über einer »Für-und-wider-Liste«. Sorgsam notieren die drei auf einem Blatt Papier alle

Argumente pro und kontra, ob sie ihren Zellengenossen aufhängen sollen oder nicht: pro für das Leben, kontra für den Tod.

Gegen die Hinrichtung spricht, dass man mit vier Mann beim Einkauf im Gefängnisladen besser abschneidet. Außerdem: »Fünf Jahre wegen Köperverletzung« wären sicherlich das geringere Übel gegenüber zehn Jahren Jugendhöchststrafe für Mord.

Am Ende senkt sich die Waagschale dann doch zugunsten der Tötungsvariante. Die drei Häftlinge verfallen auf die Idee, einen Selbstmord vorzutäuschen. Wegen der dadurch erlittenen traumatischen Erlebnisse, so ihr Kalkül, könnte man sogar früher freikommen. »Tote können nichts erzählen«, lautet das Resümee auf der Pro-und-kontra-Liste.

Das Ganze muss nur wie ein Selbstmord aussehen. Ackermann, Schmunde und Treller inszenieren ein perfides Schauspiel. Heinze muss sich an das Zellenfenster stellen und türkische Häftlinge mit rechten Parolen beschimpfen.

»Schlagt ihn, schlagt ihn!«, schallt es aus der Nachbarschaft zurück. Nach dem kruden Ehrenkodex hinter Gittern ist eine solche Aufforderung bindend: Heinze muss erneut heftige Prügel einstecken. Lautes Stühlerücken in der Zelle alarmiert die JVA-Beamten.

Als die Wärter die Zelle betreten, liegt Heinze regungslos in seinem Bett. Seine Verletzungen fallen nicht auf. Und keiner der Aufseher ahnt, dass dieser Häftling anhören muss, wie seine Zellengenossen seinen Tod planen. Erneut wenden sich die Wärter ab und überlassen Heinze seinem Schicksal.

Gegen 20 Uhr gibt Treller die Losung aus: »Es ist nun Zeit« – Heinze soll jetzt sterben. Zuvor muss er noch zwei Abschiedsbriefe schreiben, aber deren Inhalt behagt Ackermann und Schmunde nicht. Also verschwinden die Zettel.

Danach greifen Ackermann und Schmunde zur Bibel und lesen dem Todgeweihten einige Passagen aus dem Neuen Testament vor. Anschließend fragt Treller Heinze, ob er denn tatsächlich weggehängt werden wolle. »Wenn ihr mich dann in Ruhe lasst«, antwortet der Zwanzigjährige völlig verängstigt.

Die Männer nehmen das Kabel eines Tauchsieders und hängen ihr Opfer an die Tür zum Toilettenraum. Treller will unbedingt dabei sein, wenn Heinze stirbt. Er giert regelrecht danach. »Ich will einen Toten sehen«, gesteht er.

Heinze tritt freiwillig einen Stapel Bücher unter sich weg, nur um weiterer Folter zu entgehen. Doch die Schlinge um seinen Hals reißt. Erst beim vierten Versuch hält der Strick, diesmal besteht er aus Bettlakenstreifen.

Die Täter allerdings ertragen den Anblick des Strangulierten nicht. Nach eineinhalb Minuten hängen sie ihn ab. Durch Schläge kommt Heinze wieder zu Bewusstsein. »Und wie war's, hast du den Tod gesehen?«, erkundigt sich die Mörderclique. Der Zwanzigjährige nickt. Er wirkt noch völlig benebelt: »Ja, ich habe meine Familie gesehen.«

Gönnerhaft reicht ihm Ackermann eine Zigarette: »Die hat er sich verdient«, setzt er spöttisch hinzu.

Dann errichten die Henker im Toilettenraum einen neuen Galgen. Während Heinze qualvoll stirbt, schließen sie die Tür. Den Anblick seines Todes können sie am Ende dann doch nicht ertragen.

Um sechs Uhr morgens hämmert Ackermann wild gegen die Tür. Über den Rufknopf alarmiert er die JVA-Beamten: »Da hat sich einer weggehängt.« Ackermann und die anderen geben sich geschockt. Verstört stürzen sie aus der Zelle, als drei Beamte die Tür öffnen.

Peter Heinze hängt noch immer an der Tür im Toilettenraum. Als einer der Wärter seinen Puls ertasten will, fällt der Tote auf den Boden. Die Leichenstarre hat bereits eingesetzt. Via Handy holen die Aufseher den Anstaltsarzt herbei. Damit beginnt eine Pannenserie, die sich später zum Politikum entwickeln sollte.

Der Arzt diagnostiziert nach oberflächlicher Untersuchung einen natürlichen Tod und will schon den Totenschein ausstellen, da tritt die Kripo auf den Plan und mit ihr der erfahrene Bonner Staatsanwalt Robin Faßbender.

Faßbender, in Justizkreisen auch »Fass ihn« genannt, stoppt das Ganze. Als Spezialist für Kapitalverbrechen fallen ihm an dem Toten die blauen Male auf, die über dessen Körper verteilt sind. Für Faßbender und seine Crew deuten die massiven Verletzungen darauf hin, dass Heinze vor seinem Tod gequält und geschlagen worden sein muss.

Staatsanwalt Faßbender leitet noch im Gefängnis ein Ermittlungsverfahren wegen eines Tötungsdelikts ein; die Obduktion in der Gerichtsmedizin bestätigt den Verdacht. Derweil treiben Ackermann, Treller und Schmunde ihre grausige Scharade auf den Höhepunkt. Nach außen hin geben sie sich tief betroffen, beinahe verzweifelt, geradeso als hätten sie durch den Tod Peter Heinzes einen tiefen seelischen Schaden erlitten. Treller und Schmunde übersiedeln in eine andere Zelle. Ihrem neuen »Mitbewohner« tischen sie zunächst die einstudierte Selbstmordversion auf und bitten ihn, zum Gedenken an den Verstorbenen auf seiner Gitarre ein trauriges Lied anzustimmen. Als der Zellenkumpel die Geschichte anzweifelt, verrät Schmunde kalt lächelnd: »Wenn du wüsstest, was wir mit dem gemacht haben.«

Am nächsten Morgen belauscht der Mithäftling die beiden im Waschraum. Schmunde schwört Treller noch einmal auf das bevorstehende Polizeiverhör ein: »Bleib einfach dabei, die können uns sowieso nichts«, gibt er sich locker.

Doch Treller hält dem Druck der Vernehmung nicht stand. Inzwischen haben die Pathologen am Unterarm des Toten an einer abwehrtypischen Stelle eine Einblutung entdeckt, zudem finden sich entsprechende Spuren am rechten Oberarm, beiden Unter- und Oberschenkeln sowie am Gesäß.

Die Kripo konfrontiert Treller mit den belastenden Ergebnissen, die Ermittler setzen ihm mächtig zu. Immer tiefer verwickelt sich der Jugendliche in Widersprüche, bis er am Abend des 13. November schließlich einknickt und gesteht. Auch Ackermann kapituliert noch am selben Abend, nachdem er zuvor behauptet hat, nur die beiden anderen hätten den Peter »weggehängt«.

Schmunde hingegen leugnet beharrlich. Staatsanwalt Faßbender aber lässt nicht locker. Nach langem Hin und Her gibt Schmunde nach. Überraschend bietet er dem Ankläger einen Deal an: »Ich werde auspacken, wenn ich in den offenen Vollzug komme.« Faßbender lehnt ab.

Schmunde kapituliert scheinbar. Seine Aussage ist jedoch wenig hilfreich, denn er schiebt die Hauptschuld seinen Komplizen in die Schuhe. Er selbst will sich bei den Misshandlungen im Bett verkrochen und vor Grauen die Decke über den Kopf gezogen haben. Doch seine Angaben widersprechen in entscheidenden Punkten den Schilderungen seiner Kumpane.

Faßbender lässt es damit gut sein, er hat zunächst einmal, was er will: Geständnisse. Die jeweilige Rollenverteilung in der Foltertruppe sollen weitere Verhöre ergeben.

Drei Tage später sickern die ersten schaurigen Details aus den Ermittlungen durch. Die Schlagzeilen übertrumpfen sich gegenseitig. In grellen Farben zeichnen die Gazetten den Skandal nach und breiten ihn bundesweit aus. Die Recherchen enthüllen zudem das unfassbare Versagen der Kontrollmechanismen im Siegburger Knast. Die Staatsanwaltschaft kommt nicht mehr umhin, gegen die verantwortlichen JVA-Beamten und die Anstaltsleitung zu ermitteln.

Vor allem die JVA-Spitze muss sich peinliche Fragen gefallen lassen: Wie konnte es überhaupt geschehen, dass vier Häftlinge in eine Zelle gesteckt wurden, die nur auf zwei Mann ausgelegt war? Wieso verlegte man Treller und Schmunde, die als gewalttätig galten, in Haftraum 104? Warum konnten die Häftlinge Peter Heinze über mehr als zwölf Stunden hinweg quälen, ohne dass dies dem Gefängnispersonal auffiel? Weshalb ließen sich die Wachtmeister nach dem Betätigen des Alarmknopfs durch Peter Heinze mit einer derart simplen Lüge abspeisen?

Wie die meisten Gefängnisse im bevölkerungsreichsten Bundesland leidet auch der Siegburger Jugendknast unter chronischen Personalengpässen. Seit Jahren spart die Landesregierung – sei sie nun rot-grün oder schwarz-gelb – an der längst überfälligen Modernisierung der Anstalten. Die Zahl der JVA-Beamten in Nordrhein-Westfalen ist sukzessive gesunken. Viele Stellen bleiben vakant.

Die Siegburger Anstaltsleitung führt den Gefängnisbetrieb am Wochenende nur mit einer Notbesetzung durch: In der Zentrale sitzen ganze drei Mann, und die sollen über 700 Häftlinge bewachen! Wer will da schon jedes Mal nachschauen gehen, wenn ein Insasse versehentlich den Alarm aktiviert? So etwas passiert doch täglich.

Bis heute ist es auch ein Rätsel geblieben, welcher der diensthabenden Wachtmeister auf das Notrufsignal reagierte. Womöglich hätte er Peter Heinzes Leben retten können. Doch nichts dergleichen geschah. Heinzes letzte Überlebenschance zerbrach an der mangelhaften Verwaltung und an der Ignoranz der Aufseher. Die Medien wollen Köpfe rollen sehen – und die bekommen sie auch. Zuerst opfern die Apparatschiks im Ministerium den Direktor der JVA, er wechselt in die Justizverwaltung, genauso sein Vize. Damit noch nicht genug läuft die Boulevardpresse zur Höchstform auf. Die Ermittler enttarnen einen Kölner Oberkommissar, der Fotos der drei Beschuldigten aus dem Polizeicomputer heruntergeladen und an ein Journal weitergegeben hat. Bis heute ist nicht geklärt, ob er bestochen wurde. Bei einer Razzia in seinem Haus fördern die Beamten Dutzende Kinderpornos auf seinem Rechner zutage.

Ohnehin überschreitet die Berichterstattung im Zusammenhang mit dem Foltermord oft genug die Grenzen des guten Geschmacks: So fotografiert etwa eine Tageszeitung Peter Heinzes Mutter in dramatischer Pose weinend am offenen Sarg ihres Sohnes. Mir dreht sich bei solchen Bildern der Magen um.

Aus Erfahrung weiß ich, dass die Justiz ihre Weste so schnell wie möglich von dunklen Flecken reinigen will. Staatsanwalt Faßbender stellt die Anklageschrift beinahe in Rekordzeit fertig. Die Hauptverhandlung findet bereits wenige Wochen nach der Anklageerhebung statt. Wenn sie wollen, können die Mühlen der Justiz sehr schnell mahlen.

Mein realer D-Day beginnt an einem trüben Sommertag unten im Keller des Bonner Landgerichts in der Vorführzelle. Ralf Ackermann begrüßt mich mit einem zittrigen Händedruck. Er wirkt fahrig, ziemlich nervös. Doch wer wollte das nicht sein, wenn er weiß, dass er da oben in die Höhle des Löwen muss.

»Lassen Sie uns alles noch einmal kurz durchgehen ...«, beginne ich so sachlich wie möglich. Keine wirklich erforderliche Übung, aber eine wundervolle Ablenkung; wer mit etwas beschäftigt ist, kann sich nicht mit seiner Angst befassen.

Ackermann beißt sofort an, er lächelt zuversichtlich, bittet mich um Tabak für eine Selbstgedrehte, nach wenigen Minuten spüre ich bei ihm wieder den richtigen Biss. Er will so gut sein wie möglich, er will für sich kämpfen, er will zeigen, wer er wirklich ist; er ist wieder dort, wo ich ihn haben will.

Kurz vor neun Uhr verlasse ich die Zelle in Richtung Sitzungssaal. Das Spektakel kann beginnen: Bereits am Treppenaufgang zum Landgericht schieben sich die Menschenmassen nach oben – und natürlich ist jede Menge Presse versammelt. Notizblöcke rascheln, Mikrofone werden mir unter die Nase gehalten. Fragen prasseln auf mich und meine Kollegen nieder.

Irgendwie bahne ich mir einen Weg durch das Gewimmel. Im noch halb leeren Saal empfängt mich eine wohltuende Ruhe. Auf der anderen Seite, dem Anwaltstisch gegenüber, ordnet Staatsanwalt Faßbender sorgsam seine Akten.

Ein kleiner Moment zum Durchatmen, dann geht es Schlag auf Schlag. Zuschauer und Presse strömen in Pulks herein. Das Gedrängel nimmt groteske Formen an, viele Nachrücker versuchen, irgendwo einen Platz zu ergattern.

Gladiatorengleich betreten die Angeklagten mit ihren Wachtmeistern durch eine Seitentür die Arena, ein Raunen begleitet sie. Aufzuckende Blitzlichter – gefolgt von hektischen Anweisungen der Kameraleute – tun ein Übriges, um dem Ganzen eine beklemmende Atmosphäre zu verleihen: Hier findet gerade die Fütterung der Raubtiere statt. Nachdem sich alles ein wenig beruhigt hat, zieht das Gericht ein. Alle stehen auf.

Der Vorsitzende Richter schreitet wie gewöhnlich voran, ihm folgen die beiden beisitzenden Richter und dahinter die Laienrichter, die Schöffen.

Nachdem das Hohe Gericht Platz genommen, der Vorsitzende Richter die Sitzung eröffnet und die Angeklagten zu ihren Personalien vernommen hat, beginnt der Staatsanwalt, den Anklagesatz vorzulesen. Viele Zuschauer erfahren nun zum ersten Mal das ganze Ausmaß der Grausamkeiten, die Peter Heinze erleiden musste. Erneut durchläuft ein Raunen den Saal.

Meine Nerven sind angespannt wie die Muskeln eines Panthers vor dem Sprung: Nun ist mein Mandant an der Reihe. Nach der Belehrung über die Aussagefreiheit wird er vernommen. Ackermann überzeugt. Er schwafelt nicht, redet nicht drum herum, sondern kommt ohne Umschweife auf den Punkt – ein Bilderbuchangeklagter.

Die anderen beiden tun sich schwerer. Schmunde, der Anführer des Trios, tappt in so ziemlich jede Falle, die ihm der Vorsitzende stellt. Er begeht vor allem den Kardinalfehler, seinen Komplizen den Großteil der Schuld in die Schuhe zu schieben. Das Desaster nimmt seinen Lauf, als Richter und Ankläger ihn anhand der Einlassungen seiner Zellengenossen der Lüge überführen. Beleidigt bricht Schmunde ab und verweigert die weitere Aussage. Schlimmer hätte es für ihn nicht kommen können. Umso besser aber steht mein Mandant da.

Tag eins der Hauptverhandlung sieht mich als Punktsieger. Ein Vorteil, den ich wohl zu nutzen weiß. Je länger die Prozessschlacht dauert, desto mehr verlagern sich die Scharmützel auf die Missstände in der JVA.

Vor allem die Anwälte der Mutter des Opfers reiten eine Attacke nach der anderen. Holen sich dabei allerdings beim Gericht blutige Nasen. Barsch blockt der Vorsitzende immer wieder die Versuche der Nebenkläger ab, den Prozess zu politisieren. Vorwürfe gegen die Justiz, die Ministerin, die versagenden Kontrollen erstickt der Richter im Keim: »Das gehört nicht hierher!«, fällt er den aufbegehrenden Kollegen ins Wort. »Zur Diskussion steht hier einzig und allein die Schuld der Angeklagten und nicht die Mitverantwortung des Justizpersonals oder der leitenden Mitarbeiter«, gibt er die Marschroute vor. So leicht lassen sich die Opferanwälte jedoch nicht beeindrucken. In jedem passenden oder unpassenden Moment bringen sie das Thema wieder aufs prozessuale Tapet. Mit dem angenehmen Nebeneffekt, dass sich der Fokus weniger auf die Angeklagten richtet als vielmehr auf die politischen Nebenkriegsschauplätze.

Ich werde den Teufel tun, daran etwas zu ändern. Allerdings taucht bald ein weiterer Störenfried am Horizont auf: der als Sachverständiger geladene Psychiater Dr. Zeulen. Er ist mit der Grundfrage dieses Verfahrens betraut, der gutachterlichen Seelenschau der Angeklagten. Dabei geht es für meinen Mandanten wie auch für den meines Sozius', den Anführer Schmunde, um die Frage, ob Zeulen bei ihnen eine verzögerte Reife diagnostiziert oder nicht.

Im ersten Fall könnten die Richter nach dem milderen Jugendstrafrecht urteilen, andernfalls droht unseren Mandanten womöglich ein Leben hinter Gittern.

Ich kenne Zeulens schriftliche Expertise und weiß, was uns erwartet: Geht es nach dem Psychiater, muss mein Mandant mit seinen 20 Jahren wie ein Erwachsener behandelt werden. Zwar kann dieser Mann nicht alles, worauf ich die ganze Zeit hingearbeitet habe, zunichtemachen, aber es mindestens empfindlich stören. Ich schäume bei diesem Gedanken, während ich äußerlich gelassen seinen Ausführungen folge.

Dann fallen die entscheidenden Worte: »Jugendstrafrecht kommt in diesem Fall nicht mehr infrage, sondern nur noch das Erwachsenenstrafrecht.«

Unwillkürlich muss ich grinsen: »Wenn du wüsstest«, flüstere ich leise vor mich hin. Woher soll der Gutachter auch von dem Deal mit Ankläger Faßbender wissen. Wir haben längst einen Ausweg gefunden – ein wenig tricky, aber rechtlich einwandfrei.

Die Lösung verbirgt sich hinter dem sperrigen Paragrafen 106 des Jugendgerichtsgesetzes (JGG). Mithilfe dieser wenig bekannten rechtlichen »Krücke« kann das Gericht bei Heranwachsenden bis 21 Jahren immer noch auf eine Freiheitsstrafe erkennen, die 15 Jahre nicht überschreitet. Somit tangiert mich die Negativprognose des Psychiaters nicht sonderlich. Die Staatsanwaltschaft hat mir bereits signalisiert, dass man beim Plädoyer meiner Linie folgen wird. Ich lehne mich also entspannt zurück, während der Psychiater im Zeugenstand aus den Angeklagten Monster macht.

Mein Sozius hat es mit seinem Mandanten weitaus schwerer als ich. Schmunde, das ist spätestens seit seiner desaströsen Aussage klar, darf weder beim Ankläger noch beim Gericht auf Gnade hoffen. Das hat er allein seinem Verhalten zuzuschreiben.

Der Tag des Urteils. Ralf Ackermann wartet bereits unten im Gewahrsam auf mich. Ob ich denn schon etwas gehört hätte, ob es denn bei der Absprache bleibe, erkundigt er sich. »Mann, ich habe eine Scheißangst«,

bekennt der lange Schlaks nervös. Beruhigend tätschele ich ihm kurz die Hand: »Wird schon, glauben Sie mir, wird schon.«
Eine halbe Stunde später betritt das Hohe Gericht den Sitzungssaal. Geschäftsmäßig trägt der Vorsitzende Richter nach der Verlesung des Urteilsspruchs – 15 Jahre nebst dem Vorbehalt der Sicherungsverwahrung für Schmunde, zehn Jahre für Treller und 14 Jahre für meinen Mandanten – die Urteilsbegründung vor. Mit diesem Urteil kann Ralf Ackermann in der Tat umgehen, er atmet hörbar durch. Er schaut mich an, gibt mir die Hand und sagt: »Danke, ich denke, damit kann ich leben.« Danach lässt er sich von den Wachtmeistern abführen.
Gedankenverloren blicke ich zum Richtertisch hinauf. Am liebsten würde ich dem Vorsitzenden ein lautes »Bravo« zurufen und ihm applaudieren. Er hat so gut Regie geführt, dass dieser Prozess vor allem eines nicht aufgeklärt hat: die Mitschuld der Justiz am Tod von Peter Heinze.

DER LETZTE LAMBADA – MORD IM WALDSTÜBCHEN

Schüsse fallen, zwei Menschen sterben. Aus ihren klaffenden Kopfwunden rinnt Blut auf den Boden einer Gaststube. Der Mörder lässt die Pistole, eine Neun-Millimeter-Automatik, auf die Steinfliesen fallen, kehrt zurück hinter die Theke und wäscht seelenruhig weiter Biergläser ab.

Der Killer ist ein eigentlich ganz normaler Mann. Seine Tat ein Geschehen, das die Kriminologen unter der Rubrik »Beziehungstaten« einordnen. Bei über 90 Prozent aller Tötungsdelikte in Deutschland kennen sich Täter und Opfer. Die Ermittler haben für solche Fälle ihren eigenen Fachausdruck: »Der Mörder liegt quasi auf der Leiche«. Meist geht es um Eifersucht, um Wut, Hass, verschmähte Liebe, Neid, Missgunst.

Beinahe täglich beschäftigt sich irgendwo in unserer Republik ein Schwurgericht mit einem solchen Verfahren: Der liebe Gatte erschlägt seine Frau nach einem Streit, oder die Frau ersticht den Gatten im Schlaf, weil sie herausgefunden hat, dass er sie mit einer anderen betrügt. Täter und Opfer sind keine Lichtgestalten der Gesellschaft, das Verbrechen weist keine besondere Grausamkeit auf, und das Motiv scheint alltäglich.

Solche Fälle sind meist schnell aufgeklärt, da der Mörder oder Totschläger keineswegs im Verborgenen handelt. Oft stellt sich der Gesuchte selbst den Ermittlungsbehörden, die immense Last seiner Schuld hat ihn schnell zusammenbrechen lassen. Er sehnt sich förmlich nach dem Geständnis, will sich die Tat von der Seele reden.

Dieser Tätertyp ist in der Regel vorher noch nie mit dem Gesetz in Konflikt geraten, nie besonders aufgefallen. Und doch hat der Betreffende ein Menschenleben ausgelöscht. Nichts ist so gefährlich wie eine verwundete menschliche Seele, aber nichts kann zugleich so trivial sein, so simpel und doch tödlich.

Die meisten Prozesse um Mord und Totschlag sind alles andere als spektakulär, sie füllen weder die Klatschseiten der Gazetten noch die Gerichtssäle. Bis auf einige wenige »Kriminalrentner«, die sich aus purer Langeweile auf den Zuschauerbänken herumdrücken, nimmt kaum jemand Notiz von diesen Verfahren.

Die lokalen Gerichtsreporter erscheinen meist nur zu zwei Anlässen: zum Prozessauftakt, wenn die Staatsanwaltschaft die Anklage verliest, und zur Urteilsverkündung. Die Beweisaufnahme, den Schlagabtausch mit etwaigen Belastungszeugen, mit der Staatsanwaltschaft oder dem Gericht, eben jenen Prozesskern, der letztlich über Schuld oder Unschuld entscheidet, lassen sie allzu oft aus. Schlagzeilen sind vergänglich, und nichts interessiert den Leser so wenig wie die Zeitung von gestern. Ein neuer Tag, eine neue Geschichte, passé der Aufguss von vorgestern.

Aber jetzt zu Arno. Seine Geschichte beginnt an einem dieser schwülen Sommertage in der Eifel. Die Luft scheint zu stehen, kein Lüftchen regt sich.

Bei solchen Temperaturen mag man sich nicht bewegen, sondern nach getaner Arbeit gemütlich beisammensitzen und etwas Kühles trinken. In dem kleinen Dorf Dempfen, unserem Tatort, strömt seit Tagen der halbe Ort in den Biergarten des Waldstübchens, einem idyllisch gelegenen Lokal nahe einem See.

Mariele Rietenschläger, die Wirtin, ist nicht nur geschäftstüchtig, sondern auch äußerst anziehend. Eine aparte Vierzigjährige, die neben der reichhaltigen Speisekarte die Hauptattraktion des Lokals darstellt. Vor einigen Jahren ist Mariele aus der Stadt aufs Land übergesiedelt, in die tiefste Provinz. Man merkt ihr an, dass sie schon weit herumgekommen ist. Unter anderem hat sie viele Jahre in München gelebt. Das geheimnisvolle Flair der Großstädterin umgibt sie wie ein Schleier.

Mariele legt viel Wert auf ihr Äußeres, trotz Frittenfett und Biergeruch ist sie stets erstklassig gekleidet und sorgfältig frisiert. Die Wirtin des Waldstübchens ist fröhlich, immer zu einem netten Schwätzchen aufgelegt, sie nimmt einen Gast auch schon mal tröstend in den Arm; und wenn die Musikbox läuft, lässt sich Mariele durchaus auf ein Tänzchen ein. Beschwingt dreht sie sich dann im Kreis, lacht und juchzt vor Freude.

Die wenigsten ihrer Stammgäste wissen, dass dies bei ihr nicht immer so war. Vor der Übernahme des Lokals lebte Mariele mit einem Kleinkriminellen namens Dimitri in einer süddeutschen Industriestadt zusammen. Ihre Ehe war alles andere als ein Traum, vielmehr machte ihr Dimitri das Leben zur Hölle. Vor drei Jahren hatte Mariele dann genug. Sie nahm ihre bescheidenen Ersparnisse und fing in dem Eifelort Dempfen noch einmal von vorne an.

Dimitri lässt sich aber nicht einfach abservieren. Dauernd stellt er ihr nach, terrorisiert sie am Telefon. Irgendwann, so droht ihr der Gauner, werde er sie »plattmachen«.

Vor lauter Angst besorgt sich Mariele eine Neun-Millimeter-Pistole, legt die Waffe griffbereit unter dem Tresen, gut verborgen zwischen den frischen Geschirrtüchern.

Keiner kennt das Versteck – außer Arno Willsegger. Der stämmige dreißigjährige Landwirt ist seit drei Monaten Marieles Liebhaber.

Eine seltsame Liaison, hier die schöne, weltläufige Geschäftsfrau, dort der hünenhafte, eher einsilbige Bauer aus Dempfen. Die Stammgäste tuscheln über das ungleiche Paar. Viele finden, dass Arno gar nicht zu Mariele passe. »Eigentlich hätt die Mariele wat Besseres verdient.«

Bis vor Kurzem hat Arno noch ein beschauliches Leben geführt – mit seiner Frau und den drei Kindern auf einem kleinen Bauernhof. Mariele jedoch verkörpert etwas ganz anderes. Bei Arno ist es Liebe auf den ersten Blick. Fortan kreisen seine Gedanken nur noch um die blonde Wirtin, die ihm den Kopf völlig verdreht hat, ständig sucht er ihre Nähe, vernachlässigt seine Arbeit und seine Familie.

Anfangs kommt Arno täglich auf ein Bier, nach wenigen Wochen hilft er regelmäßig im Ausschank mit und kurz darauf zieht er zu Mariele in ihre Zweizimmerwohnung neben dem Lokal, nur mit ein paar Kleidungsstücken in einer Reisetasche und ohne große Worte des Abschieds. Manche im Dorf sagen, er habe den Verstand verloren. Für Arno, der sein altes Leben völlig aufgibt, ist Mariele nun der einzige Lebensinhalt: Mariele, die Unvergleichliche, Mariele, die Wunderbare, Einzigartige – Mariele.

Mariele mag Arno. Nach ihrem jahrelangen Ehemartyrium mit Dimitri erlebt sie zum ersten Mal, dass ein Mann sie hofiert, ihr schmeichelt, sie umwirbt, ihr überall zur Hand geht und ergeben zur Seite steht. Zugleich weiß sie aber auch, dass Arno nicht der Richtige für sie ist. Eine Notlösung, nicht die Liebe ihres Lebens.

Obgleich sie es ihm nie sagt, spürt Arno nach kurzer Zeit, dass seine Gefühle nicht erwidert werden. Je länger er an der Seite seiner geliebten Mariele lebt, desto größer wird seine Angst, sie zu verlieren. Mit dieser Furcht frisst sich zugleich die Eifersucht auf alles Männliche in ihn hinein wie Säure: Jeder könnte ihm seine Mariele wegnehmen, glaubt Arno. Das aber kann er nicht zulassen, und er wird es verhindern, komme, was wolle.

Arnos Ängste wachsen sich zu einer Obsession aus. Von Tag zu Tag spinnt er weiter an seinem ganz eigenen Horrorszenario. Längst belastet er mit seiner Eifersucht die ohnehin schon wacklige Beziehung mit Mariele.

Jedes nette Wort, das sie ihren Gästen schenkt, empfindet Arno als Affront. In jedem, der mit ihr plaudert, sieht er eine Gefahr. Ständig schleicht er hinter ihr her, bewacht sie, lässt ihr keine ruhige Minute mehr.

Und Mariele reagiert zunehmend genervt auf Arnos Dauerbewachung. Oft, sehr oft, macht sie ihm Vorhaltungen. Anfangs versucht sie es im Guten und bittet ihn mit sanfter Stimme: »Lass mir ein wenig Raum.« Später wird sie deutlicher: »Ich brauche keinen Kettenhund.«

Es ist Donnerstag, 17.50 Uhr: Schwüle Hitze wabert durch die proppenvolle Gaststube. Drinnen wie draußen sind die Tische dicht besetzt. Die Gläser klirren gegeneinander. Arno, der hinter der Theke am Zapfhahn steht, und Mariele, die bedient, haben alle Hände voll zu tun.

Die Stimmung ist prächtig. Es geht hoch her. Aus der Musikbox dröhnt ein alter Schlager, ein ausgelassener und fröhlicher Abend bahnt sich an.

Es ist genau 18 Uhr, als Armin Neurath das Lokal betritt, ein hochgewachsener Adonis, der »schönste Mann von Dempfen«, wie es heißt. Armin, 30 Jahre alt, langes, dunkles, gelocktes Haar, gebräunter Teint, stets in schicke Klamotten gekleidet, zudem Sportwagenfahrer, gilt als *der* Frauenschwarm in der Gegend – und er weiß das auch. Entsprechend selbstsicher tritt er auf. Die Damenwelt im beschaulichen Dempfen ist ganz hingerissen, wenn er auftaucht. Ein Aufreißer, charmant, witzig, erotische Stimme.

Mariele kennt solche Typen zur Genüge. Aber sie mag Armin trotzdem, mag seine Art, sich zu geben. Seine ganze Erscheinung hat all das, was Arno so gänzlich vermissen lässt. Arno kann zum Beispiel nicht tanzen. Armin dafür umso besser. Gut gelaunt wirft er ein Geldstück in die Musikbox und wählt einen Sommerhit. Die dunklen Frauenstimmen der Gruppe »Kaoma« dröhnen aus dem Lautsprecher, und Armin fordert Mariele zum Lambada auf. Brasilianische Rhythmen, ein Hauch von Sonne und Meer, gepaart mit tänzerischer Exotik durchziehen das provinzielle Waldstübchen in der Eifel. Eng umschlungen bewegen sich Mariele und Armin durch die Gaststube. Ihre Körper reiben sich aneinander. Unter allgemeinem Gejohle wirbelt das Paar gekonnt über die Tanzfläche. Armin gibt alles, lässt nichts aus. Beinschlag hier, den Kopf bei passender Gelegenheit tief in Marieles Ausschnitt versenkt. Die lacht vergnügt, stachelt ihren Partner zu immer gewagteren Posen an. Es ist ihr egal, ob sich die Leute im Dorf später das Maul zerreißen werden, vor allem ist ihr gleich, was Arno dazu sagen wird. Sie genießt die Aufmerksamkeit, die leichten und doch fordernden Bewegungen von Armin, diesem attraktiven, zehn Jahre jüngeren Mann.

Arno reagiert gereizt, er kocht innerlich. Mehrfach schreit er, Mariele solle damit aufhören. Er könne das »Rumgehample« nicht ertragen. Doch sie winkt nur ab. Sie will sich das Vergnügen nicht nehmen lassen – auch nicht von Arno. Der warnt Mariele nachdrücklich: »Wenn du jetzt nicht aufhörst, vergesse ich mich!«

Niemand nimmt von ihm und seinem Geschrei Notiz. Mariele ist ganz auf ihren Tanzpartner konzentriert, als Arno unter die Theke greift. Die letzten Takte verklingen, Mariele und Armin nehmen sich noch einmal in die Arme, da steht Arno neben Armin, setzt diesem den Lauf der Pistole an den Kopf und drückt zweimal ab. Tödlich getroffen bricht der Mann in Marieles Armen zusammen.

Mariele steht wie versteinert da und blickt Arno entsetzt an. Ohne jedes Zögern hebt dieser erneut die Waffe, richtet sie auf seine Geliebte und jagt ihr ebenfalls eine Kugel in den Kopf. Mariele sinkt stöhnend zu Boden und bleibt schwer atmend liegen, unmittelbar vor der Zapfanlage. Arno kennt keine Gnade: Er schießt ihr erneut in den Kopf.

Zeugen im Prozess werden später von einem »Fangschuss« sprechen. Mariele liegt reglos da, kein Röcheln ist mehr von ihr zu hören. Für immer verstummt, so wie die Musikbox in diesem Augenblick: Es war Marieles letzter Lambada. Eine gespenstische Stille tritt ein. Während die ersten Gäste entsetzt zum Ausgang flüchten, lässt Arno seine Pistole auf die Steinfliesen fallen. Apathisch, ohne die beiden noch einmal anzusehen, kehrt er hinter die Theke zurück und wäscht seelenruhig weiter Biergläser ab, als sei nichts geschehen. Kurz darauf ertönen die Sirenen des Ambulanzfahrzeugs.

Bei Armin Neurath kann der Notarzt nur noch den Tod feststellen. Mariele zeigt hingegen letzte schwache Lebenszeichen. Das Notarztteam versucht, ihren Puls mit Herzmassagen zu stabilisieren, doch nach einer Viertelstunde muss man die Bemühungen einstellen. Alles vergebens: Mariele ist nicht mehr zu retten. Der Arzt und die zwei Sanitäter sind sichtbar betroffen. Umso fassungsloser reagieren sie, als der Todesschütze drei frisch gezapfte Biere auf die Theke stellt und den Männern zuruft: »Trinkt doch erst mal was, ihr seid ja völlig kaputt, und dann bei dieser Hitze.«

Endlich trifft die Polizei ein. Die Beamten stürmen auf Arno zu, der ganz friedlich hinter der Theke steht, und legen ihm Handschellen an. Kurz darauf übernimmt die Mordkommission den Fall. Die Ermittler bugsieren Arno in die Küche. Ungelenk nimmt er auf einem Stuhl Platz. Auf einer Ablage stapeln sich Schreiben und Rechnungen. Die Kripo achtet jedoch nicht auf das Chaos, jetzt geht es darum, ein schnelles Geständnis zu bekommen. Der Fall scheint ja mehr als klar zu sein, Tatzeugen gibt es zuhauf. Nun muss Arno nur noch gestehen, und die Hauptarbeit ist bereits getan. Der Bauer lässt sich nicht lange bitten. In dürren Worten referiert er das Geschehen. Er klingt eher wie ein Zeuge denn als der kaltblütige Schütze, der seine Geliebte mit einem Kopfschuss hinrichtete. »Mir ist da offenbar eine Sicherung durchgeknallt«, bekennt er in beiläufigem Ton. »Aber die haben mich auch bis aufs Blut gereizt, und da ist es halt passiert.«

Die Kriminalbeamten reagieren überrascht. Eine derart freimütige Beichte erleben sie eher selten. Wie allen normalen Zeitgenossen fällt es auch ihnen schwer zu verstehen, warum zwei Menschen wegen eines belanglosen Lambadas sterben mussten.

Immer wieder befragen sie Arno nach seinem Motiv. Einfältig, wie der hünenhafte Bauer ist, wartet er am Schluss des Verhörs mit einer verblüffenden Antwort auf: »Das Leben hat sich doch für die Mariele sowieso nicht mehr gelohnt, schauen Sie doch mal die Ablage, alles Mahnbescheide, die war doch sowieso völlig überschuldet.«

Den Kriminalern bleibt der Mund offen stehen. »He, spiel jetzt nicht den Wohltäter, mach die Kugeln nicht zum Heilpflaster für Marieles Sorgen«, platzt einem der Beamten angesichts solcher Abgebrühtheit der Kragen. »So minderst du deine Schuld auch nicht!«

Und ein anderer bellt: »Der Haftrichter wird dir schon sagen, wo's langgeht.«

Die Nacht verbringt der Bauer im Polizeigewahrsam. Am nächsten Morgen muss er vor den Haftrichter treten.

Eine Woche nach der Tat besuche ich Arno im Gefängnis. Seine Frau, die er einst Marieles wegen verlassen hat, ist die Einzige, die zu ihm hält. Sie ruft mich kurz nach seiner Verhaftung an und bittet mich, seine Verteidigung zu übernehmen. »Einer muss ihm ja helfen«, schluchzt sie ins Telefon. »Er hat doch niemanden außer mir.«

Im Haftbefehl gegen Arno steht: Zweifacher Mord aus »Heimtücke«. Zusätzlich attestiert der Haftrichter dem Todesschützen »niedrige Beweggründe«. Ein Tatmotiv, das nach allgemein sittlicher Wertung als besonders verwerflich gilt. Schließlich habe Arno »nur« deshalb getötet, weil er Mariele und Armin für einen allzu eng getanzten Lambada bestrafen wollte.

So wie es aussieht, droht Arno eine lebenslängliche Freiheitsstrafe. Möglicherweise muss er sogar 25 Jahre oder länger ins Gefängnis, falls die Richter in der Hauptverhandlung die besondere Schwere der Schuld feststellen.

Arno begegnet mir zunächst reserviert. Der Landwirt reagiert äußerst abweisend, als er mich, seinen Verteidiger, sieht. Lethargisch, beinahe formelhaft fallen seine Antworten auf meine Fragen aus. Innerlich scheint er längst kapituliert zu haben. Er ahnt, dass ihm ein »Lebenslänglich« blüht.

Trotzig erklärt mein Mandant, er sei auf alles gefasst: »Auch 15 Jahre gehen irgendwie vorbei«.

Solche Sätze kenne ich zur Genüge. Arno gibt den Scheißegaltypen, der meint, da müsse er nun einmal durch, komme, was wolle. Es sind jene Delinquenten, die sich keine Vorstellung davon machen, dass 15 Jahre hinter Gittern eine Ewigkeit bedeuten können. In Arnos Fall ist zudem längst nicht gesagt, dass er danach wieder entlassen wird.

»Wer spricht davon, dass Sie nach 15 Jahren herauskommen?«, frage ich ihn provokativ. Arno zuckt kurz zusammen: »Ja, aber lebenslänglich bedeutet doch immer 15 Jahre.« Lächelnd schüttle ich den Kopf: »Das stimmt so leider nicht. Eine Verurteilung zu einer lebenslangen Freiheitsstrafe kann leicht 25 Jahre Vollzug oder sogar mehr nach sich ziehen.« In Fachkreisen spricht man auch sarkastisch vom »Lebenslang de Luxe«. Ich sehe, wie er erblasst. Offenkundig hat er damit nicht gerechnet.

Aber warum soll ich bei ihm falsche Hoffnungen wecken? Das bringt nichts. Vielmehr muss ich versuchen, seine innere Kapitulation zu beenden. Es ist keineswegs an der Zeit aufzugeben, jetzt noch nicht. Das muss der Mandant begreifen, ansonsten kann ich ihn nicht verteidigen. Vorerst stehen selbst ihm, der zwei Menschen erschossen hat, Möglichkeiten offen: Kommt er mit 45 Jahren frei und kann noch einmal von vorne anfangen – oder ergibt er sich seinem Schicksal, das ihn als alten, gebrochenen Mann womöglich bis an sein Lebensende hinter Gittern versauern lässt.

Deshalb brauche ich sein Vertrauen, seine Mitarbeit – deshalb zeige ich ihm schonungslos sämtliche Eventualitäten und Risiken auf. Nur so kann ich ihn für Abwehrmaßnahmen gewinnen, die uns Chancen lassen, den bevorstehenden Prozess halbwegs glimpflich zu überstehen. Auch zwischen einem »einfachen« Mord und einem, bei dem auf eine besondere Schwere der Schuld erkannt wird, liegen Welten – und vom Strafmaß her zig Jahre mehr in der Zelle. Zu viele, um sie nachlässig zu vertun.

Je schneller Arno dies klar wird, desto größer sind unsere Chancen, den sicheren Schuldspruch wenigstens abzumildern. Mit harten Worten bringe ich ihn schnell auf den Boden der Tatsachen zurück. Für eine eingeschränkte Schuldfähigkeit spricht bei meinem Mandanten so gut wie nichts. Allenfalls eine sogenannte tief greifende Bewusstseinsstörung in Form einer Affekthandlung käme ansatzweise in Betracht. Sein zielgerichtetes Handeln vor und nach der Tat schließt dies jedoch aus.

Bleibt also nur ein schmaler Grat: Lebenslänglich ist nicht immer gleich lebenslänglich. Darauf zielt meine Strategie ab. Arno muss begreifen, dass ganz viel davon abhängt, wie er bei Gericht ankommt.

Wortreich erkläre ich ihm, dass Richter auch nur Menschen sind. Selbst wenn sie es abstreiten – für die

Urteilsfindung spielt bei vielen Vorsitzenden ihr persönlicher Eindruck dennoch eine Rolle. Dabei geht es weniger um ein geschniegeltes Äußeres, sondern eher darum, dass der Angeklagte sympathisch rüberkommt. Es ist der erste Schritt, die Kammer für meinen Mandanten einzunehmen. Nur dann wächst die Chance, dass die Richter nicht bloß die nüchternen Fakten beachten, sondern auch echt vorgetragene Reue des Angeklagten strafmildernd berücksichtigen. Das ist der Punkt, an dem ich bei Arno einhake. In den nächsten Wochen arbeite ich mit dem Dreißigjährigen daran, ihn »umzupolen«. All die dummen Sprüche, die aufgesetzte Lässigkeit, mit der er bisher seine Opfer ungewollt verhöhnt hat, muss er ablegen. Arno, dem Macho, fällt dieser Wechsel nicht leicht. Vor allem die coolen Sprüche gehören zu dem Schutzschild, den er sich selbst zurechtgezimmert hat, um mit seiner Schuld klarzukommen.

Es gibt Richter, die gestehen einem Angeklagten so etwas zu. Sie überhören die falschen Töne. Der Vorsitzende des hiesigen Schwurgerichts verzeiht solche Auftritte hingegen überhaupt nicht. Ich weiß aus anderen Verfahren, dass er allenfalls echte Reue und Einsicht als positiv für den Angeklagten wertet.

Aber das ist es nicht allein, denn die Abfassung der Anklageschrift lässt das Schlimmste erahnen. Die Anklage lautet auf zweifachen Mord.

Die Staatsanwaltschaft betont darin zudem die besondere Schwere der Schuld. Spätestens da dämmert es Arno, dass seine Lage mehr als prekär ist. Er beginnt zu begreifen, dass seine Art der Selbstdarstellung für ihn nahezu tödlich werden könnte.

Kurz nachdem ihn die Anklage in der JVA erreicht hat, suche ich ihn auf. Er wirkt wie ausgewechselt: »Was soll ich sagen?«, »Wie soll ich es sagen?« Plötzlich beginnt er zu fragen, ich bemerke, wie er Feuer fängt, wie er realisiert, dass es um alles oder nichts geht. Plötzlich hört Arno zu, plötzlich arbeitet er mit, wirkt konzentriert, geradezu devot.

Tagelang basteln wir an seiner Aussage. Dabei übernehme ich die Rolle des Advocatus Diaboli. Ich, Krechel, gebe den Lehrer, den Trainer und den Sparringpartner zugleich. Mal spiele ich den Vorsitzenden, mal den Staatsanwalt. Ich löchere Arno mit bohrenden Fragen, übe Kritik, sporne ihn an oder mahne zur Vorsicht. Der Durchbruch ist geschafft. Mein Mandant fügt sich mir wie ein Lämmchen seiner Mutter.

Am letzten Tag vor dem Prozessbeginn gehen wir noch einmal alles durch. Arno macht sich gut, er hat gelernt, gibt sich demütig, lässt jede aufgesetzte Coolness fahren. Nur ein Mal verheddert er sich. »So nicht«, blaffe ich ihn an. »Wenn du anfängst zu stocken, den Text vergisst und wieder anfängst, alles zu verharmlosen, hast du schon verloren, dann brauchen wir gar nicht mehr weiterzumachen. Das lässt dir dieser Vorsitzende nicht durchgehen. Also noch mal von vorne.« Am späten Nachmittag setze ich mich zufrieden in meinen Wagen. Mein Mandant scheint bestens präpariert für seinen schweren Gang am nächsten Morgen.

Doch meine Zuversicht sollte anderntags schnell der Ernüchterung weichen. Fiktion und Realität unterscheiden sich zuweilen doch erheblich. Auch ein noch so guter Coach kann nicht alles voraussehen. Die Begegnung zwischen dem Angeklagten und dem Vorsitzenden, der die Fäden der Verhandlung in den Händen hält, hat ihren ganz eigenen Spannungsbogen. Mitunter entscheidet bereits der erste Augenkontakt zwischen der Kammer und dem Angeschuldigten über etliche Jahre mehr Knast oder einen Strafnachlass. Oft weiß ich schon nach wenigen Verhandlungstagen, wohin die Reise in dem Prozess gehen wird.

Die Art und Weise, wie der Vorsitzende meinen Mandanten anspricht, ob er ihm zuhört oder ihn barsch abkanzelt, ob er etwa meine Beweisanträge mit Interesse zur Kenntnis nimmt oder sie abschmettert, ob er sich Zeit nimmt, den Fall in all seinen Facetten aufzuklären, oder ob er nur stupide das Zeugenprogramm der Anklage abarbeitet – all dies zeigt mir, was am Ende herauskommen wird.

Es gibt jedoch Richter, die es verstehen, einen auch nach Jahren immer wieder zu überraschen, die sich nicht so einfach berechnen lassen. Bei dieser eher seltenen Spezies fällt es selbst erfahrenen Verteidigern schwer, eine Tendenz zu erahnen. Hier hilft nur das

Trial-and-Error-Verfahren und eine gehörige Portion Glück.

Arno zumindest braucht jedes Glück dieser Welt, das wird mir bereits wenige Minuten nach Prozessbeginn klar.

Punkt neun Uhr betritt die große Strafkammer den Schwurgerichtssaal. Arno steht der Schweiß auf der Stirn, nervös trommelt er neben mir mit den Fingern auf den Tisch, als der Vorsitzende Richter Anton Pendergast unterkühlt seine Personalien abfragt: »Angeklagter, Sie heißen wie? Sind geboren wo? Ihre letzte Wohnanschrift lautete ...?«

Arno antwortet schnell, geradezu hektisch. Beruhigend lege ich ihm die Hand auf den Arm. »War das gut so?«, fragt er mich. Ich nicke ihm aufmunternd zu. Dabei weiß ich ganz genau, dass die Katastrophe schon naht, falls nicht irgendein Wunder geschieht.

Pendergast drängt es offenbar, sich Arno vorzunehmen. Während der Staatsanwalt die Anklage verliest, fixiert er meinen Mandanten andauernd. Jede noch so kleine Regung Arnos wird aufmerksam registriert. Ich ahne, dass sich hier Schlimmes zusammenbraut, dass mein Mandant mit dem vollen Pfund rechnen muss.

Und gleich bei der ersten Frage des Vorsitzenden tappt Arno in die Falle. »Bitte schildern Sie uns doch einmal den Tatablauf aus Ihrer Sicht«, fordert der Richter den Angeklagten auf. Arno weiß, worauf es nun ankommt. Er muss vor allen Dingen glaubhaft sein, er muss sein Bedauern über das Verbrechen ausdrücken.

Mit gesenktem Kopf und leiser Stimme bekennt er reumütig:»Ich weiß, dass ich was Schreckliches getan habe, ich habe zwei Menschen erschossen.« Barsch kontert Richter Pendergast:»Erschossen? Sie haben sie liquidiert.« Arno sackt in sich zusammen und schweigt zunächst. Er weiß nicht mehr weiter. Hilfe suchend schaut mich der Koloss an. Ich sage nichts. Ich kann ihm jetzt nicht helfen, ich darf ihm jetzt nicht helfen. Sonst wäre in diesem Moment schon alles verloren. Wenn ich den Angeklagten nämlich wortreich lenke, wirkt sein Schuldbekenntnis nicht. Niemand würde ihm sein ehrliches Bedauern abnehmen, müsste sein Anwalt ihm dabei die Hand führen. Außerdem würde ich Richter Pendergast mit dieser Taktik ins Handwerk pfuschen.

Er will jetzt mit Arno in medias res gehen, er will ihn für sich, möchte ihn so lange provozieren, bis er weiß, wie sehr den Angeklagten seine Tat bedrückt, ob er sie tatsächlich bereut. Der Vorsitzende verfolgt seine Fährte wie ein Bluthund. Man muss ihm freien Lauf lassen, sonst beißt er nach allen Seiten. Das Verkehrteste wäre jetzt, wegen der untragbaren Formulierung»liquidieren« an einen Befangenheitsantrag zu denken. Schließlich legt der verbale Fauxpas des Vorsitzenden nahe, dass er sein Urteil schon gefällt hat.

Während ich noch darüber nachdenke, hebt Arno plötzlich sein Gesicht. Mit fester Stimme entgegnet er Pendergast:»Sie haben vollkommen recht, Herr Vorsitzender, ich habe die beiden liquidiert wie Vieh, und dafür muss ich büßen.«

Touché! Mein Gott, das war eine Antwort summa cum laude. Unwillkürlich weicht die Spannung aus dem holzgetäfelten Schwurgerichtssaal. Das Eis ist gebrochen. Zufrieden lehnt sich Richter Pendergast zurück. Seine strenge Miene wird milder, sein Ton sanfter, während er Arno weiter in die Mangel nimmt. Der Druck ist raus aus dem Kessel.

Arno bekommt vom Vorsitzenden eine echte Chance, und er nutzt sie. Seine Antworten passen. Nach und nach verstärkt sich bei der Kammer der Eindruck, dass Arno nicht der kaltblütige Mörder ist, als der er in der Anklage erscheint. Für jeden wird sichtbar, dass der anscheinend so starke Hüne auf der Anklagebank in Wahrheit ein hilfloser Schwächling ist, der mit seinen überbordenden Emotionen nicht zurande kam.

Offen gibt der Landwirt zu, dass er als Marieles Liebhaber genauso wenig taugte wie als Familienvater. Die ganze Situation habe ihn einfach überfordert. »Irgendwann wusste ich nicht mehr ein noch aus, ich hatte nur noch Angst, Herr Richter. Angst, dass ich meine Mariele verliere. Weiter habe ich nicht gedacht. Das war wie ein Tunnel, aus dem man nicht mehr heraus ins Helle kommt«, erzählt Arno in seiner schlichten Art. Schließlich sei er einfach ausgerastet. »Ich weiß, dass das falsch war.«

Eins zu null für Arno. Aber das reicht längst nicht aus, um von der Schippe zu springen. Noch immer steht der Mordvorwurf im Raum. Zumal der psychiatrische Gutachter eine Tat im Affekt ausschließt. Arno ist also voll schuldfähig. Immerhin meint der Sachverständige es gut mit ihm. Er konstatiert zumindest eine hohe affektive Gereiztheit. Das bringt meinen Mandanten einen Schritt näher an ein Lebenslänglich ohne den drohenden »Doppelpack« der besonderen Schwere der Schuld. Die Hoffnung wächst, dass Arno im Höchstfall »nur« 15 Jahre hinter Gittern wird verbüßen müssen und nicht womöglich sein ganzes Leben.

Arno hat alles getan, um dieses Ziel zu erreichen. Nun liegt es an mir, im Plädoyer den entscheidenden Treffer zu landen. Es sollte eine meiner größten Herausforderungen werden, denn mein Gegner, Staatsanwalt Wilhelm Reiter, der mir während der Verhandlung nicht besonders aufgefallen war, entpuppt sich als ein Meister juristischer Rhetorik.

Reiter lässt sich nicht von Arnos Aussagen blenden, sondern beantragt das volle Strafmaß für meinen Mandanten. Eher schleppend beginnt er seinen Vortrag. Er erinnert mich an meinen Professor im zweiten Semester, der in einem ermüdend lahmen Referat seinen Fall entwickelt. Klar, dass er sich an den Mordmerkmalen »niedriger Beweggrund« und »Heimtücke« abarbeitet. Nüchtern leiert er zunächst die üblichen Argumente herunter. Während der Ausführungen denke ich noch einen Moment lang: »Wie leidenschaftslos der Mann agiert, was hätte ich hier an seiner Stelle auf den Putz gehauen.«

Im selben Moment wird meine Arroganz böse bestraft: Denn nach einer kurzen Pause wechselt der Ankläger die Tonart. Wie ein scharf geschliffenes Beil schlägt er nun zu, wechselt anschließend behände zwischen dem eleganten Florett und dem schweren Säbel. Seine Tonart steigert sich zum Crescendo. Seine anfängliche Trägheit weicht einer flinken Attacke auf meinen Mandanten: »Dass hier ein Doppelmord vorgelegen hat, dass hier nur auf eine lebenslange Freiheitsstrafe erkannt werden kann, wurde ja freundlicherweise auch vom Herrn Verteidiger nie bestritten«, führt Reiter aus. »Aber damit wird man diesem Fall und seinen Folgen nicht gerecht. Kein gewöhnlicher Mord, wenn man davon überhaupt sprechen kann, sondern ein außergewöhnlich brutaler Mord an zwei Menschen liegt hier vor, der selbstverständlich auch die Annahme einer besonderen Schwere der Schuld gebietet.«

Da ist sie also wieder, die besondere Schwere der Schuld. Klar, das war zu erwarten, aber ich habe einen lapidaren Nebensatz erwartet, Randnotizen, Stereotype.

Mein Gegenüber legt jedoch los, als sei das der Fall seines Lebens, als sei Arnos totale Vernichtung für ihn eine Frage von Sein oder Nichtsein.

Mir graut es innerlich. Ich fange an zu schwitzen, während der Ankläger dem Höhepunkt seiner Ausführungen entgegenstrebt. Geschickt tippt er die wirklich wesentlichen Punkte an, haut mir Argument für Argument um die Ohren wie Backpfeifen.

Er macht seine Sache gut, ich könnte es selbst nicht besser. Zunächst krallt er sich an den Tatumständen

fest. Im Plauderton beschreibt er das Szenario, den schwülen Sommertag im Waldstübchen, die Musik, den Lambada, Mariele und Armin, die sich vergnügt im Kreis drehen, die fröhliche Stimmung, die Arno »in seiner krankhaften Eifersucht, ja Eigensucht, seinem verletzten Stolz sinnlos zerstören wird«.
»Rhetorisch erste Sahne«, denke ich. Man bekommt – gleichsam verdichtet – das Bild völliger Glückseligkeit geliefert. Wie im Märchen möchte man in Gedanken noch nachträglich mitfeiern. Plastisch führt das Plädoyer des Staatsanwalts dem Zuschauer die drastischen Gegensätze vor Augen: Zuerst die schöne Musik, die ausgelassene Stimmung, die lachenden Gäste – nur der eifersüchtige Arno passt nicht ins Bild. Und dann knallen die Schüsse des egomanischen Mörders wie Peitschenhiebe durch den Raum. Arno erscheint als das personifizierte Böse, das alles Schöne zerstört hat.

Schließlich kommt Reiter auf die Opfer zu sprechen, auf das Leid der trauernden Angehörigen. Und das alles nur wegen »eines lächerlichen Tänzchens, eines eng getanzten Lambadas, hinter dem nichts weiter steckte und der nichts bedeutete. Wenn das nicht die Feststellung der besonderen Schwere der Schuld gebietet, dann mag man mir sagen, wann das der Fall sein soll?!« Ende. Gekonnt wirft der Staatsanwalt seine Robe nach hinten und lässt sich nieder. Aus seiner Sicht ist nichts mehr zu sagen.

Im Gerichtssaal entsteht eine Pause. Sogar die Protokollführerin scheint vom Plädoyer des Staatsanwalts völlig fasziniert, weshalb sie seinen Strafantrag nicht mehr ganz mitbekommen hat. Rat suchend schaut sie zu Richter Pendergast. »Der Herr Staatsanwalt hat eine lebenslange Freiheitsstrafe und die Feststellung der besonderen Schwere der Schuld beantragt«, bellt der Vorsitzende sie an.

Vielleicht wirkt das nur auf mich so beängstigend, aber der Satz kommt so herüber, als habe die Kammer das Urteil bereits gefällt.

Arno hockt völlig in sich zusammengesunken neben mir. Je schärfer die Angriffe des Staatsanwalts wurden, desto tiefer duckte er sich. Ich höre ihn nur noch völlig eingeschüchtert leise vor sich hin murmeln: »Also doch für immer weggesperrt.«

Richter Pendergast sieht in meine Richtung. Fast väterlich fragt er mich, ob ich direkt im Anschluss plädieren wolle oder ob ich eine Vorbereitungspause bräuchte.

Ich straffe mich innerlich und denke: »Nein, den Gefallen tu ich dir nicht, jetzt Schwäche zu zeigen.« Nach außen hin gebe ich mich unbeeindruckt. »Sicher nähme ich eine solche Vorbereitungspause gerne in Anspruch, wenn ich das Gefühl hätte, im Plädoyer der Staatsanwaltschaft etwas wirklich Neues, wirklich Beeindruckendes gehört zu haben. Da es jedoch nicht an dem ist, möchte ich meinerseits sofort loslegen.«

Vom Staatsanwalt ernte ich ein arrogantes Lächeln. Er nickt huldvoll zustimmend, so als habe er den Sieg schon in der Tasche.

»Der erste Satz muss sitzen«, das wurde mir in der Ausbildung eingebläut. Gleich zu Beginn muss jeder erkennen, wer spricht, was er will und ob sein Vortrag Substanz hat. Keine Plattitüden von Milde oder Gnade vor Recht, vielmehr müssen knallharte Argumente und ein fester Standpunkt zu erkennen sein. Ein Plädoyer ist kein Abgesang für die Zuschauer, keine rhetorische Eigendarstellung und selbstverliebte Kür eines Juristen, nein, ein Plädoyer muss die Ohren der Kammer erreichen. Zudem muss es überraschen und fesseln. Es macht wenig Sinn, um den heißen Brei herumzureden.

Ich beginne also mit dem Unausweichlichen: »Der Angeklagte wird wegen Mordes in zwei Fällen zu lebenslanger Freiheitsstrafe verurteilt.« Kurze Pause. »Allerdings muss die Kammer von der besonderen Schwere der Schuld absehen, wenn das Gericht nicht eine Tat, sondern einen Täter gerecht bestrafen will, so wie es das Gesetz erfordert.«

Hehre Worte sicher und auf Anhieb wenig aufregend. Sie bilden jedoch nur die Einleitung zu der theatralischen Pose, die ich dann folgen lasse: Ich nehme den Kommentar zum Strafgesetzbuch in die Hand, halte die »graue Bibel« aller Strafrechtler gut sichtbar hoch, drehe mich erst zur Zuschauerbank und wende mich dann wieder an das Gericht.

Nach einer weiteren Kunstpause lese ich nur einen Satz vor: »Schuld ist Vorwerfbarkeit im Sinne des Belastetseins mit der Verantwortung für rechtswidrige Erfolge oder gefährliche Handlungen.« Diesen Grundsatz hat der Bundesgerichtshof schon in den Fünfzigerjahren als Basis jeglicher Schuldsprüche vorgegeben. Eigentlich ist es ein alter Hut.

Richter Pendergast und seine Kollegen wissen dies genauso gut wie die Staatsanwaltschaft es weiß, aber die beiden Schöffen nicht, die ebenso entscheiden müssen wie die drei Berufsrichter der großen Strafkammer.

Mit meinem »amtlichen« Zitat wecke ich ihr Interesse. Es ist ein Trick, um die ehrenamtlichen Beisitzer zum Zuhören zu bewegen. Als juristische Laien begegnen Schöffen uns Profis stets mit einem gewissen Minderwertigkeitsgefühl, wenn es um das Fachliche geht. Oft erlebe ich, dass sie den Verteidiger respektieren, wenn er nicht allzu sehr auf die Tränendrüse drückt. Denn nichts anderes erwartet der Normalbürger, der da oben mit zu Gericht sitzt, als dass der Anwalt um Gnade für seinen Mandanten bittet. Und nichts langweilt ihn mehr. Da wirkt so ein kleiner Ritt durch die komplexe Paragrafenwelt wie ein Hallo-wach–Ruf. Es geht nicht darum, dass die Laienrichter meinen juristischen Erguss verstehen, sondern darum, dass sie mich ernst nehmen.

Und dann rede ich über Arno. »Sicher, er hat ein schweres Verbrechen begangen«, räume ich ein, »war das aber alles? Machen wir hier schon den Sack zu und sagen einfach »ex und hopp«? Der Mann hat geschossen, also soll er auch für immer ins Gefängnis, lebendig begraben – womöglich bis ans Ende seiner Tage?«

Langsam komme ich in Fahrt und erkenne an den Blicken der Richter, dass sie mir zuhören. Ein Anfang ist gemacht. Ich komme auf Arnos Persönlichkeit zu sprechen, auf seine Gefühle, sein recht einfältiges Wesen: »Er ist ein einfacher Mann vom Land, der mit dem Thema ›Liebe‹ nicht viel anfangen konnte. Seine Frau hat auf dem Bauernhof seiner Eltern als Magd gearbeitet, man heiratete. Drei Kinder wurden geboren, und später führte das Paar gemeinsam die kleine Landwirtschaft. Arno Willsegger ist nie aus seinem Dorf herausgekommen. Er kannte die große, weite Welt nicht, feierte keine Partys, ging nie aus, besaß keine großartige Schulbildung und kaum Freunde. Er hat gearbeitet tagaus, tagein. Hätte man ihn gefragt, was er von der Liebe hält, hätte er Sie, meine Damen und Herren, verständnislos angeschaut. Liebe, was ist das? Gefühle, wie sehen die aus? Schauen Sie ihn sich doch an. Was sehen Sie? Einen groben Klotz mit Riesenpranken, der verschämt grinsen würde, wenn Sie ihn auf das Thema ›Sex‹ ansprächen. Mein Mandant ist kein Mensch, der sein Herz auf der Zunge trägt, ein Denker weiß Gott nicht. Er hatte keine Erfahrung mit der Liebe, als er das spätere Opfer kennenlernte.«

Ich halte kurz inne. »Mariele Rietenschläger muss so etwas wie eine Märchenfee für ihn gewesen sein. Ja, lachen Sie nicht! Die traurige Geschichte geht noch weiter. Als mein Mandant Mariele begegnete, begann sich in dem Mann plötzlich etwas zu regen, das er so nie kennengelernt hatte. Glauben Sie mir, er könnte es bis heute nicht in Worte fassen, wie er dieser Frau binnen Minuten verfallen ist. Eine Sturmflut der Gefühle donnerte über ihn hinweg und riss ihn mit fort. Mariele verkörperte das Unfassbare, das unaussprechlich Faszinierende. Eine wunderschöne Frau, so klug, so gewandt in allem, was sie tat, was sie sagte. Eine weit gereiste Frau, die dem ungelenken Bauern aus der Eifel sicher auch sexuell weitaus mehr zu bieten hatte, als er es von zu Hause gewohnt war. Verstehen Sie mich bitte richtig: Ich habe keineswegs vor, das spätere Opfer zu beleidigen oder zu verunglimpfen. Es geht mir nur darum, das seelische Dilemma meines Mandanten zu erläutern. Er betrat eine völlig neue Welt, der er nicht gewachsen war.«

Erneute Pause. Ich greife zur Wasserflasche und fülle mein Glas, um meine Worte sacken zu lassen. Dann setze ich erneut an. Ich rede, gestikuliere, wechsle das Tempo, gebe mich fügsam, werde leise, dann wieder laut, kritisiere den Staatsanwalt wegen seiner einseitigen Darstellung des Falles, um dann wieder auf Arnos Motiv zu sprechen zu kommen – mal in sachlicher Form, mal appelliere ich an die Gemüter.

»Das Tragische an der Geschichte ist doch, dass diese Beziehung von Anfang an zum Scheitern verurteilt war. Für Mariele war es nach ihrer verkorksten Ehe einfach schön, eine Weile einen Mann zu haben, der alles für sie tat. Aber die Erfüllung war es für sie sicher nicht. Mein Mandant hatte ihr nichts zu bieten außer dicke Muskeln. Sein Intellekt ist nicht sonderlich ausgeprägt. Er muss damals herumgelaufen sein wie ein liebestoller Waldschrat, der zum ersten Mal merkt, wie es sich anfühlt, wenn man das sichere Unterholz verlässt. Für ihn bedeutete Mariele Abenteuer, die große, weite Welt. Endlich verspürte er, was es hieß, glücklich zu sein. Das Gefühl von Liebe, das einem bis zum Hals pocht. Für ihn war sie die Frau seines Lebens, während er für sie eine Durchgangsstation darstellte – nicht mehr!!! Gewiss entsprach mein Mandant nicht Marieles Wunschvorstellungen. Er war weder charmant noch vermögend. Sicher war er auch kein Womanizer, der die Frauen mit links auf die Matte legte. Im Gegenteil: Eigentlich war er ein armer Tropf, ein einfacher Bauer, der stampfend wie ein wild gewordener Ochse eine Weide betrat, die ihm völlig fremd war und die ihn damals um den Verstand brachte.«

Erneut blicke ich vielsagend in die Runde. »Und dann kam jener fürchterliche Sommertag, an dem die tödlichen Schüsse fielen. Und mal ehrlich: Würden Sie Ihren Liebsten oder Ihre Liebste umbringen, nur weil er oder sie mit einem anderen oder einer anderen tanzt? Sicher nicht. Mein Mandant hat es getan. Für den Herrn Staatsanwalt ist der Fall damit klar. Das war Mord. Und aus. Schuldig im Sinne der Anklage. Und dann noch das große Paket mit der Schwere der Schuld obendrauf. Herr Reiter hat sich gar nicht erst die Mühe gemacht, die Tat zu hinterfragen. Wieso auch – es ist doch alles klar. Mein Mandant hat gestanden – weshalb sich also noch weiter Gedanken machen. Man fragt sich, wer sich einfältiger benimmt: mein Mandant oder der werte Herr Ankläger. Nun vergessen Sie das bisher Gesagte bitte einmal und versetzen Sie sich in die Lage meines Mandanten. Lassen Sie sich Zeit und tun Sie einfach mal so, als wären Sie Arno Willsegger. Er hat alle Brücken hinter sich abgebrochen, hat sich mit Haut und Haaren seiner neuen Liebe verschrieben. Für ihn gibt es kein Zurück mehr: entweder Mariele oder gar nichts. ›So ein Idiot‹, werden Sie sicherlich denken. Und Sie haben recht. Aber mein Mandant hoffte auf mehr. Mariele war alles, was er sich je erträumt hatte. Und das sollte so bleiben. Er war total auf die neue Frau fixiert. So sehr, dass es zur Manie wurde, die geradezu zwanghafte Züge annahm. Doch Mariele wollte erkennbar nicht so, wie mein Mandant wollte. Bei ihm gewann die Angst immer mehr die Oberhand – die Angst, er könnte seine große Liebe verlieren. Und dann kam Armin Neurath, das genaue Gegenteil des Angeklagten: 30 Jahre alt, attraktiv, gewandt, beredt – und ein ausgezeichneter Tänzer. Schon als mein Mandant den Neuankömmling sah, müssen bei ihm die Alarmglocken geschrillt haben. Das soll seine Tat nicht beschönigen, aber vielleicht verdeutlicht Ihnen meine Erklärung den Zwiespalt, in den sich der Angeklagte längst hineinmanövriert hatte. So komisch es klingen mag: Mein Mandant hatte seine Existenz derart von Mariele abhängig gemacht, dass er nichts mehr fürchtete, als dass er seine Geliebte verlieren könnte. Deshalb hat ihn ein harmloser Lambada zu guter Letzt so in Rage gebracht, dass er zur Waffe griff.«

Strafmildernd führe ich Arnos Geständnis ins Feld und greife noch einmal auf die Ausführungen des Sachverständigen zurück, der Arnos Tat in die Nähe eines Affekts gerückt hat.

»Schauen Sie sich meinen Mandanten an«, komme ich zum Ende und schaue auf Arno hinunter, der so dümmlich grient wie ein Honigkuchenpferd. »Sieht so ein berechnender Killer aus? Dieser Mann hier ist gewiss kein kühler Kalkulierer, der einfach zwei Leben vernichtet hat, weil die Menschen in ihrem Verhalten nicht seinen Vorstellungen entsprachen. Nein, wir haben es hier mit einem Mann zu tun, der aufgrund seiner Biografie nicht in der Lage war, seine beinahe krankhaft ausgeprägte Eifersucht zu kontrollieren.«

Nach eineinhalb Stunden bitte ich die Kammer, einzig auf »lebenslänglich« zu erkennen und nicht die besondere Schwere der Schuld festzustellen. Ich blicke nochmals eindringlich in die Gesichter der Richter. Der Vorsitzende gibt sich völlig ungerührt. Höflich-unterkühlt, wie es seine Art ist, bedankt er sich bei mir. Arno verzichtet auf sein Schlusswort, das Gericht zieht sich zur Beratung zurück.

In der Pause drehe ich mir eine Zigarette nach der anderen, laufe nervös draußen auf dem Flur herum. Es dauert nicht lange, da bittet mich der Gerichtsdiener wieder herein. Arno schaut mich grinsend an. Er hat sich nach meinem Plädoyer wieder gefangen und schöpft neue Hoffnung. Ich hingegen bin mir diesbezüglich gar nicht so sicher.

Richter Pendergast betritt durch eine kleine Tür am Kopf des Gerichtssaals den Raum, gefolgt von seinen Kollegen und den beiden Schöffen.

»Im Namen des Volkes«, hebt er an – ich schließe für einen Moment meine Augen –, »wird der Angeklagte zu einer lebenslangen Freiheitsstrafe verurteilt.« Gespannt warte ich auf den Zusatz. Doch der bleibt aus. Die große Strafkammer schließt sich meiner Sichtweise an – und Arno bekommt die Chance auf ein neues Leben.

Der Fall liegt nun 17 Jahre zurück. Arno ist vor ein paar Jahren wieder freigekommen. Er lebt heute zurückgezogen als Waldarbeiter in Süddeutschland.

UNGARISCHE RHAPSODIE

Mensch, kann das Leben schön sein! Ich sitze auf der Terrasse meines Büros, rauche in Ruhe eine Zigarette und genieße meinen Feierabend. Die Rauchwölkchen steigen gen Himmel, entspannt blicke ich ihnen nach. Die Beine auf den Tisch gelegt, die Selbstgedrehte in der Hand, fläze ich mich in meinem Sessel und lasse den hektischen Tag Revue passieren.

Nach über 30 Tagen Hauptverhandlung in einem äußerst komplizierten Mordfall hatte ich nachmittags einen Freispruch für meinen Mandanten »errungen«. Bedenkt man, dass weit mehr als 90 Prozent aller Kapitalverbrechen mit einem Schuldspruch enden, darf ich mich über einen grandiosen Erfolg freuen.

Schon auf dem Weg in die Kanzlei hatte ich meine Sekretärin gebeten, alle weiteren Gesprächstermine mit Mandanten zu verlegen. An so einem Tag will ich keine Telefonate mehr führen, will mit meinem »Sieg« alleine sein. Ich bin innerlich auf dem Olymp angelangt und möchte nicht gestört werden. Gespräche sind mir in einem solchen Moment lästig, sie könnten mich herunterziehen - ins trübe Alltagsgeschäft. Ich habe mich ausgeklinkt, abgeschaltet und bin - selten genug - rundherum zufrieden mit mir und meinem Erfolg.

Wenn überhaupt, teile ich solche Triumphe mit meinem Sozius, dem Kollegen Thomas Ohm. Wir arbeiten seit 30 Jahren Tag für Tag zusammen und können wechselseitig unsere Gedanken lesen - eineiige Zwillinge sozusagen. Nach dem Freispruch hatte ich ihn sofort mit dem Handy angerufen und ihm die Siegesmeldung auf seine Mailbox gebrüllt. Ohm ist gerade, 400 Kilometer entfernt, als Verteidiger in einem Mammut-Drogen-Komplex tätig; das ist unser Alltag, der Broterwerb eines Strafverteidigers, wir sehen uns manchmal über Tage nicht, telefonieren aber mehrmals täglich.

Mein Handy klingelt. Weil ich meinen Partner am anderen Ende wähne, hebe ich ab. Fehlanzeige! Es ist meine Sekretärin. Inständig bittet sie mich, doch noch ein Telefonat anzunehmen. Die Anruferin lasse sich nicht abwimmeln, es sei ihr enorm wichtig.»Es geht um einen Mord«, flötet meine Mitarbeiterin und bemerkt süffisant:»Ein Mord am Abend geht doch wohl immer noch ...«

Widerwillig nehme ich das Telefonat an. Am anderen Ende ist eine junge Frau. Sympathische, aber sehr bestimmte Stimme:»Guten Abend, Gisela Steltzer mein Name, tut mir leid, wenn ich Sie störe, aber es ist etwas Schreckliches passiert, und Sie müssen mir helfen. Mein Verlobter befindet sich seit einigen Tagen in Untersuchungshaft, er soll eine Frau ermordet haben, aber ich weiß ganz genau, dass er es gar nicht getan haben kann, denn er war zu diesem Zeitpunkt bei mir.« Der letzte Satz ist es, der in meinem Kopf nachschwingt: »Er kann es gar nicht getan haben, denn er war bei mir.« Das macht mich neugierig. Einerseits sitzt der Verlobte der Frau unter Mordverdacht in Untersuchungshaft, andererseits gibt ihm seine Verlobte für den Tatzeitpunkt ein glasklares Alibi. Merkwürdig. Irgendwelche Fragen zu stellen, dazu komme ich aber gar nicht. Ein langatmiger Redeschwall ergießt sich über mich. Gisela Steltzer redet ohne Punkt und Komma, sodass ich nur schwer einhaken kann.

Solche Gespräche am Telefon sind mir zuwider, ich will mein Gegenüber sehen, desgleichen seine Reaktionen auf meine Zwischenfragen und ob man mir in die Augen schauen kann oder nicht – einfach alles.

Aus diesem Grund unterbreche ich Frau Steltzers Ausführungen: »Kommen Sie morgen in mein Büro, dann können wir alles besprechen.« – »Nein, lieber jetzt gleich hier bei mir«, entgegnet sie schrill. »Ich habe zwei vier Monate alte Babys, Zwillinge, ich kann sie nicht alleine lassen.« Dann nennt sie mir ihre Adresse.

Eigentlich sind Hausbesuche nicht mein Fall, es ist auch schon spät. Gleichwohl willige ich ein, weil mich die Sache mit dem Alibi fasziniert. »Okay, in einer halben Stunde bin ich da«, antworte ich, verlasse die Kanzlei und schwinge mich in meinen Wagen.

Die Wohnung der jungen Frau liegt in einem sozialen Brennpunkt Bonns: schmucklose Fünfzigerjahrebauten, im Laufe der Zeit heruntergekommen, Sozialwohnungen; man sucht den betreffenden Namen auf einer langen Leiste von Klingelknöpfen, tastet in einem muffigen Hausflur nach dem Knopf, mit dem die Flurbeleuchtung angeht, und muss dann auch noch in die oberste Etage hinaufklettern. Einen Aufzug gibt es nicht.

Die junge Frau steht bereits in der geöffneten Wohnungstür und begrüßt mich überschwänglich – der Anwalt als Retter in der Not. Drei Zimmer, Küche, Diele, Bad; im Wohnzimmer ein Fliesentisch aus den Fünfzigern, schmutzige Kaffeetassen, leere Colaflaschen, jede Menge Zigarettenschachteln, ein übervoller Aschenbecher, Säuglingsspielzeug, Babyflaschen – und das alles auf Tisch und Sofa verteilt, augenscheinlich hastig ein wenig beiseitegeräumt, damit der ersehnte Gast wenigstens Platz findet. »Verzeihen Sie die Unordnung, aber mit den Kleinen kommt man zu überhaupt nichts«, hebt Frau Steltzer entschuldigend die Hände.

Als ich zu meiner ersten Frage ansetze, ertönt das Geschrei eines Babys aus dem Kinderzimmer. Gisela Steltzer springt auf, eilt hinaus und kehrt mit dem schreienden Mädchen auf dem Arm zurück. In meinem Beruf hat man gelernt, sich an beinahe alles zu gewöhnen, auch daran, dass Säuglinge einer Besprechung über einen grausamen Mordfall beiwohnen.

Die junge Frau wirkt äußerst angespannt. Der Stress der vergangenen Tage ist ihr anzusehen; gleichwohl versucht sie, sich so ruhig wie möglich zu geben. Mit leicht zittriger Stimme schildert sie die letzten Tage chronologisch, die Verhaftung ihres Verlobten sowie ihre eigene Rolle in diesem Fall. Konzentriert höre ich ihr zu.

»István und ich sind seit etwa einem Jahr zusammen«, beginnt sie und tätschelt dabei beruhigend ihr Töchterchen. »Er stammt aus Ungarn und lebt erst seit zwei Jahren in Deutschland. Er hat leider noch keinen Job, sodass wir von der Stütze leben.«

Leicht verschämt hält sie inne: »Ich weiß, dass mein Verlobter nicht der Märchenprinz ist und auch kein Familienmensch, mit den Kleinen hat er nicht viel am Hut, die meiste Zeit verbringt er mit Landsleuten in der Stadt, und abends treibt er sich in Bars herum, er ist wenig zu Hause. Ich habe erst durch die Polizeibeamten, die ihn verhafteten, erfahren, dass István die ganze Zeit, während ich schwanger war, ein Verhältnis hatte. Die Frau heißt Julika Horthy, die hat er die ganze Zeit über gevögelt, das Schwein«, sie holt tief Luft.

»Und jetzt soll er sie ermordet haben, was totaler Quatsch ist, denn er war die fragliche Zeit bei mir. Verstehen Sie mich richtig, ich bin echt fertig. Der Mann, den ich liebe, führt ein Doppelleben – ein Doppelleben! Aber ich liebe ihn trotzdem, und er kann doch nicht für etwas bestraft werden, was er nicht getan hat.«

Ihre braunen Augen blicken mich vertrauensvoll an. Sie kommt mir vor wie ein Rehkitz, das bei seiner Mutter Schutz vor dem großen Sturm sucht. Die Mutter bin in diesem Fall ich. Beruhigend nehme ich ihre Hand: »Erzählen Sie weiter!«

»Laut der Polizei hat diese Frau mit István am Tag ihres Todes gefeiert, er hat mir erzählt, dass er sie um acht Uhr abends vor ihrer Wohnung abgesetzt hat. Eine Stunde später tauchte er zu Hause auf, das habe ich auch der Polizei erzählt«, sagt sie und schnäuzt sich mit Tränen in den Augen in das Spucktuch des Säuglings.

»Er kann also gar nicht der Mörder sein«, berichtet sie weiter, »denn die Gerichtsmediziner haben festgestellt, dass die Frau erst gegen zehn Uhr getötet wurde.«

Meine Antwort kommt mit einem leicht ironischen Unterton: »Dann ist doch eigentlich alles klar, ihr Verlobter hat ein klares Alibi.«

Verlegen greift die junge Frau erneut zu dem Spucktuch: »Wenn das mal alles wäre.« Mein Kopf ruckt hoch: »Was meinen Sie damit?« – »Ich habe wohl große Scheiße gebaut«, seufzt Frau Steltzer, »und ich weiß nicht, wie ich da wieder rauskomme. Zuerst habe ich sein Alibi bestätigt, aber als die Polizei mir von der anderen Frau erzählte, sind mir die Sicherungen durchgeknallt. Ich war furchtbar wütend und habe meine Aussage geändert.«

Nun beginnt sie zu schluchzen: »Die Polizisten haben mir sowieso nicht geglaubt, immer wieder haben sie mir gesagt, ich soll doch bitte schön die Wahrheit sagen. Lügen würde die Sache nur noch schlimmer machen, und am Ende wäre ich dann zusätzlich dran wegen einer Falschaussage oder gar wegen Beihilfe zu einem Mord. Und dann kam der Satz: ›Wie kann man denn nur so blöd sein, so einem Betrüger ein falsches Alibi zu geben, wo er Sie doch nur belogen und betrogen und gleichzeitig mit einer anderen rumgevögelt hat, während Sie treu und brav die gemeinsamen Kinder gehütet haben?‹ Da hat mich die Wut gepackt«, erzählt sie schniefend weiter, »ich wollte es ihm heimzahlen und auch Ruhe vor der Polizei haben. Deshalb habe ich gelogen.«

Und dann kommt es heraus: Gisela Steltzer hat ihren Freund ans Messer geliefert und behauptet, tatsächlich sei der Verlobte erst morgens um fünf Uhr heimgekehrt – mit einem Hemd voller Blut. Sie hätte die Kleider sogar noch entsorgt. »Aber das war eine Lüge«, gesteht sie mir tränenreich, »ich war nur so sauer auf István, dass ich mich rächen wollte – und jetzt sitzt er im Knast! Was soll ich nur tun?«

Mittlerweile ist es zwei Uhr nachts. Müde winke ich ab. Der Tag hat mit dem Ende eines Mordprozessses begonnen und endet mit einem neuen Mordverfahren.

»Okay. Genug ist genug, es ist schon spät«, beschließe ich die Unterhaltung, »ich muss jetzt erst mal die Ermittlungsakten einsehen, danach werde ich zu Ihrem Verlobten ins Gefängnis fahren und mit ihm sprechen. Machen Sie sich mal keine Sorgen, das kriegen wir schon hin«, beruhige ich die mittlerweile völlig aufgelöste Frau.

Am nächsten Morgen marschiere ich zum zuständigen Staatsanwalt, Dr. Helmut Biergarten, bei dem die Ermittlungsakten liegen. Er empfängt mich mit einem triumphierenden Lächeln und der für ihn typischen Bemerkung:»Der hängt so sicher, wie das Amen in der Kirche, dagegen können auch Sie nichts mehr ausrichten.«

Trotz seiner dummen Sprüche mag ich Biergarten. Er ist keiner von diesen staubtrockenen Bürokraten und Geheimniskrämern, eher ein Jungdynamiker mit forschem Auftreten, der seinen Beruf erkennbar liebt. Stets picobello im dunkelgrauen Anzug, schlank, durchtrainiert, schneidig, manchmal etwas zu großmäulig, aber mit viel Humor gesegnet, der es ihm erlaubt, auch über sich selbst zu lachen.

Er überreicht mir die Strafakte mit den Worten: »Überführter Mörder, glasklarer Mord, kommen Sie mir also bitte nicht mit irgendeiner Geschichte von Affekt und Beziehungskrise. Da gibt's nichts außer lebenslänglich – und wo ich Sie gerade hier habe, richten Sie der Verlobten bitte aus, dass ich bei Falschaussagen gnadenlos bin, also bitte das Alibi so schnell wie möglich vergessen.«

Eine klare Ansage. Noch am selben Abend beginne ich mit dem Aktenstudium. Erst am frühen Morgen lege ich die Ordner zur Seite. Eine grässliche Tat, aber ein faszinierender Fall.

Staatsanwalt Biergarten hat auf den mehreren Dutzend Seiten seiner Anklageschrift seine Tätertheorie minuziös beschrieben:
István Kuttny ist meist knapp bei Kasse. Am Abend des 1. September 1999 begibt sich der arbeitslose dreiunddreißigjährige Ungar in das Einzimmerapartment der vierundzwanzigjährigen Prostituierten Julika Horthy. Aus unerfindlichen Gründen schlägt der Angeklagte zwischen 22 und 23 Uhr der Frau mit einem stumpfen Gegenstand den Kopf ein. Und um ganz sicherzugehen, dass sie nicht doch überlebt, rammt er ihr zudem gleich siebenmal ein beidseitig geschliffenes Messer in Unterkiefer und Hals. Die Stichverletzungen oberhalb des Kehlkopfs sind tödlich. Julika Horthy verblutet binnen weniger Minuten. In seinem Zerstörungswahn packt der Täter nun den reglosen Körper und schmettert ihn gegen die Wand. Anschließend stößt er der Leiche auch noch einen vierzehn Zentimeter langen und sieben Zentimeter breiten hölzernen Salzstreuer in die Scheide – als Zeichen seiner Verachtung. Nach der Tat nimmt er den Inhalt einer Keksdose an sich – in der sich 5000 DM befinden – und verschwindet. Vielleicht bloß ein trivialer Raubmord, vielleicht aber steckt auch mehr dahinter; die Ermittler sind bei der Frage nach dem Motiv bislang keinen Schritt weitergekommen.
Viele Punkte sprechen gegen meinen Mandanten. Die Kriminalpolizei hat einen Haufen Indizien gegen István Kuttny zusammengetragen, vieles davon wiegt

schwer, so manches rückt meinen Schützling in ein arg schlechtes Licht. Der durchschlagende Beweis für seine Schuld fehlt den Ermittlern allerdings. Kuttny wurde bis zu diesem Zeitpunkt sechsmal vernommen. Stets beteuerte er seine Unschuld. Wie ein Trommelfeuer ließen die Kriminalbeamten die belastenden Indizien verbal auf ihn herniederprasseln, immer wieder gingen sie die Tatnacht und deren Umstände mit ihm durch. Doch er blieb dabei: »Ich habe es nicht getan.« Selbst als sie ihm sagten, dass sein Alibi geplatzt sei: »Ihre Verlobte hat ihre Aussage zurückgenommen«, beharrte Kuttny darauf, dass er den Mord an Julika Horthy nicht begangen habe.

Unter dem Druck der Vernehmungen offenbarte er der Kripo, dass er nicht ausschließlich von der Sozialhilfe gelebt habe. Schon vor Monaten war er ins Drogengeschäft eingestiegen. Gemeinsam mit dem Mordopfer und einem Italiener hatte er in den Niederlanden Heroin besorgt und in der Bonner Rauschgiftszene unter die Leute gebracht. Zweimal in der Woche sei man nach Holland gefahren, um Drogen zu kaufen, die man entweder in der ehemaligen Bundeshauptstadt vertickt oder nach Italien weitergeleitet habe.

»Ich war auf Julika angewiesen«, steht im Protokoll, »sie war ein fester Bestandteil des Geschäfts: Sie musste immer das Auto nach Holland fahren, weil ich keinen Führerschein besitze. Warum, Herr Kommissar, sollte ich so eine wertvolle Mitarbeiterin töten?«

Ich finde diese Frage berechtigt, auch wenn Heroinhandel sicher kein Kavaliersdelikt ist und mein Mandant auch nicht als ausgesprochener Prinz charming rüberkommt. Aber es macht doch einen Unterschied, ob man mit Rauschgift handelt oder einen Menschen umbringt.

Das erste Gespräch zwischen mir und Kuttny würde ich getrost als Desaster bezeichnen. Er schimpft andauernd über Justiz und Polizei, während ich vergeblich versuche, entscheidende Punkte des Falls mit ihm durchzugehen. Es klappt nicht.

Dafür beteuert er auch mir gegenüber unablässig seine Unschuld. Er zetert, wütet, brüllt, schimpft. Mit seiner Reibeisenstimme erklärt er mir immer wieder, dass er zur Tatzeit sehr wohl zu Hause bei Frau und Kindern gewesen sei: »Ich weiß nicht, warum meine Verlobte so einen Mist erzählt hat. Meine Klamotten waren sauber, auf keinen Fall waren sie voller Blut, so ein Quatsch.«

Wenn ich jemandem nicht so recht glaube, dann zieht sich meine buschige rechte Augenbraue nach oben, und ein leicht ironisches Lächeln spielt um meine Lippen. So hat es mir mein Freund und Sozius Thomas Ohm beschrieben, als er mich wieder einmal mit dieser bedeutungsvollen Mimik ertappte.

István Kuttny bemerkt meinen zweifelnden Blick und gerät noch mehr in Rage. Damit klären sich die Fronten schneller, als mir lieb sein kann.

Wir mögen uns nicht, das ist klar. Ich empfinde ihn als Kotzbrocken, und seine ständige Lamentiererei geht mir auf die Nerven. Ich bin für ihn offensichtlich einer von der »anderen Seite«, nicht besser als die Polizei und die Staatsanwaltschaft, die ihn angeblich zu Unrecht verhaftet haben. Für István, den Ungarn, bin ich auch nur Repräsentant eines ihm fremden Rechtssystems, das er nicht kennt und das ihn deshalb verunsichert.

Also steht etwas für mich von Anfang an fest: Ich muss diesen Mann ohne seine Mithilfe so gut verteidigen, wie es eben geht. Von ihm habe ich keine Unterstützung zu erwarten. Das kommt vor in unserem Beruf. Schön ist es nicht, aber auch nicht schlimm. Und es heißt ja noch lange nicht, dass ich nicht mein Bestes geben will. Denn sämtliche Sympathie-Antipathie-Konstellationen hin oder her – im Kern geht es doch darum, einem Menschen allen ihm zustehenden rechtlichen Schutz zukommen zu lassen. So will es das Gesetz, und es ist ein gutes Gesetz.

Ich muss allerdings im Nachhinein gestehen, dass es mir bei István Kuttny schwerfiel, bei der Stange zu bleiben. Zumal ich von seiner Unschuld keineswegs restlos überzeugt war. Er hatte kein Alibi und soll in der Tatnacht blutverschmiert zu Hause aufgetaucht sein. Warum, so fragte ich mich, sollte nicht ein Dealer den anderen um die Ecke gebracht haben? Das passiert doch häufig.

»Egal«, dachte ich dann, »weitermachen.« Akribisch ging ich ein Indiz nach dem anderen durch. Belastende

Indizien, die ich widerlegen oder an denen ich wenigstens Zweifel säen musste, wenn mein Mandant eine Chance haben sollte.

Eigentlich hasse ich Indizienprozesse; jeder Richter, jeder Staatsanwalt hasst sie, wenn er sich selbst gegenüber ehrlich ist. Sie nehmen einen mehr mit, als man glaubt. Solche Fälle lassen einen während des gesamten Verfahrens und oftmals auch lange Zeit danach nicht zur Ruhe kommen. Über Monate kreisen die Gedanken um die eine Frage: War es der Angeklagte denn nun, oder war er es nicht? Je intensiver man die Indizien betrachtet, umso mehr verlieren sie ihre deutlichen Konturen, die jene alles entscheidende Schuldfrage unumstößlich klären.

Bei István war es so. Es existierte kein Geständnis des Angeklagten, das den Mord einräumen würde, ebenso fehlte ein Zeuge, der den Täter hätte überführen können. Es gab auch keine Spur am Tatort, die nur von einem stammen konnte: vom Mörder.

In solchen Fällen behelfen sich die Ermittler und wir Juristen lediglich mit »Anzeichen« oder »Hinweisen«, die ein Gestrüpp aus diffusen Verdachtsmomenten oder gar Verdachtswahrscheinlichkeiten andeuten und dann hochtrabend als »Indiz« tituliert werden oder als »Indizienkette«, wenn sie in der Mehrzahl vorkommen. In ihrer Summe können sie eine lückenlose Beweisführung ergeben, genauso können sie sich aber als totale Irrläufer entpuppen. Dumme Zufälle verdichten sich plötzlich zu einem schlimmen Verdacht, Indizien unwillkürlich zu einem engmaschigen Netz, das den Beschuldigten umgibt und ihn nicht mehr herauslässt. Im schlimmsten Fall führt ein blöder Zufall zu einem Fehlurteil und einer langen Haftstrafe, obwohl der Verdächtige vollkommen unschuldig ist. Gewiss, dabei handelt es sich um Ausnahmen, der Justizalltag sieht anders aus. Aber wir kennen solche Fälle zur Genüge aus den Medien. Indizienprozesse erinnern mich immer an eine mathematische Wahrscheinlichkeitsrechnung, bei der man sich einem Wert nur annähert, ihn aber nie ganz erreicht. Das Gericht, das womöglich anhand der ermittelten Fakten einen Unschuldigen verurteilt, und der Verteidiger, der durch sein geschicktes Taktieren einen Freispruch erzielt, obschon sein Mandant die Tat tatsächlich begangen hat.

Nicht dass wir in einem völlig rechtsfreien Raum agieren. Die Strafkammer muss in ihrem Urteil genau begründen, weshalb sie einen Angeklagten ins Gefängnis schickt oder freispricht. Im sperrigen Juristendeutsch hat der Bundesgerichtshof als höchste Instanz folgende Formel vorgegeben: »Es genügt für die Überzeugungsgewinnung ein nach Lebenserfahrung ausreichendes Maß an Sicherheit, dem gegenüber vernünftige Zweifel nicht mehr aufkommen, wobei ein bloß theoretischer Zweifel an der Schuld des Angeklagten unberücksichtigt bleibt ... Die Anforderungen an eine Verurteilung dürfen daher nicht überspannt werden und gar eine mathematische Gewissheit wird nicht verlangt.«

Das ist der Rettungsanker für einen Richter, der ein Fehlurteil damit rechtfertigen kann, die BGH-Richtlinien strengstens befolgt zu haben: Schuldig im Sinne der Anklage.

Wie aber geht der Verteidiger mit dieser Situation um? Normalerweise legt sich der Anwalt ins Zeug, weil er seinem Mandanten glaubt. Er zieht alle Register, um doch noch den Freispruch für ihn zu erringen.

Schwierig wird es, wenn man dem Mandanten seine Geschichte nicht abnimmt, wenn die Zweifel überwiegen, wenn man dem Angeklagten ins Gesicht schaut und denkt: »Vielleicht war er es ja doch.« Was dann?

Bei István Kuttny war das so. Klar, ich hätte es mir leichtmachen und das Mandat niederlegen können. Andererseits fordern mich solche Fälle heraus. Ich will nicht loslassen, ich möchte mitwirken. Borniert wie ich bin, denke ich, ohne mich ginge es nicht. Ein Stück weit treibt mich auch die Angst an, dass ich den einen, der unschuldig sein könnte, alleingelassen und als Verteidiger nicht alles für ihn getan habe.

Kuttny gab mir so ein Gefühl. Warum, weiß ich nicht. Er kam mir vor wie eine Gewürzmischung, bei der ich nicht herausschmecken konnte, ob sie Basilikum oder Estragon enthält. Er ließ mich aber auch nicht an sich heran.

In so einem Fall kann man nur nach Aktenlage verteidigen, man verliert den Kontakt zu dem Mandanten und das Gefühl für ihn, analysiert kein denkbares Alternativverhalten, konfrontiert ihn nicht mehr mit einer anderen Verteidigungsstrategie, sondern marschiert ohne Wenn und Aber auf die Zerstörung der »Beweisfestung« der Anklage los. Frei nach der Devise: »Sekt oder Selters, wenn's gutgeht, geht's gut, wenn's schiefläuft, dann droht mir halt das Lebenslänglich.«

Ein Vabanquespiel, das juristische Hasardeure befriedigen mag, mir jedoch völlig widerstrebt. Wie oft habe ich meine Referendare vor dieser Art von »Lotterie« gewarnt. Und nun befinde ich mich selbst in dieser Situation: Denn ich bin nicht überzeugt, dass István Kuttny die Wahrheit sagt, und ich glaube auch nicht an seine Unschuld.

Ich ziele auf einen Freispruch ab. Ich habe ein schlechtes Gefühl dabei, das sich während der nächsten Besuche bei meinem Mandanten noch verstärkt. Er spürt meine Vorbehalte. Ich versuche, sie so gut wie möglich zu kaschieren. In diesem Fall bin ich allerdings ein schlechter Schauspieler. Er traut mir nicht, und ich traue ihm nicht.

Ich befasse mich erst einmal intensiv mit den belastenden Indizien. Ich beginne damit, mir eine Aufstellung zu machen, notiere sie säuberlich, so wie sie sich aus den Ermittlungsakten ergeben. Alles scheint erträglich, nur nicht die Aussage der Verlobten, die ich zunächst ans Ende meiner Analyse setze.

István Kuttny behauptet steif und fest, dass er seine Geliebte Julika Horthy gegen 20 Uhr vor ihrem Haus abgesetzt habe. Danach sei er nach Hause gefahren. Julika Horthy wurde laut Gerichtsmedizin höchstwahrscheinlich etwa drei Stunden später, das heißt gegen 23 Uhr, getötet.

Nach den Erkenntnissen der Kriminalpolizei hat die junge Frau ihrem Mörder die Wohnungstür geöffnet. Daraus ergibt sich, dass die Vierundzwanzigjährige Ungarin den Täter gekannt haben muss.

Zeugen haben angegeben, dass István Kuttny und Julika Horthy am frühen Abend eine Party besucht haben. Dabei sei es zu einem heftigen Streit gekommen. So etwas ist ein gefundenes Fressen für die Ermittlungsbehörden.

Und dann die Sache mit den gestohlenen 5000 DM. Nur mein Mandant wusste von der Keksdose.

Blöderweise hat Kuttny im Verhör auch noch von dem Geldversteck erzählt: Die Dose sei »die Bank« für die Drogengeschäfte gewesen. Gut, gut, mache ich mir selbst Mut, das muss ja noch nichts heißen.

Als Nächstes nehme ich mir die Vermerke über die grausig enstellte Leiche vor: Den Salzstreuer in der Vagina des Opfers deuten die Ermittler als wichtiges Indiz, dass mein Mandant Julika Horthy noch im Tode erniedrigen wollte. Die beiden hatten sich schon auf der Party lautstark gestritten, möglicherweise fand der Konflikt in der Wohnung der Frau seine Fortsetzung, wobei István Kuttny am Ende schließlich ausrastete. Eine These der Ermittler, mehr nicht. Kein Richter der Welt würde meinen Mandanten allein deswegen in den Knast schicken.

Der dickste Brocken aber war und ist nach wie vor die Aussage von Kuttnys Verlobter Gisela Steltzer. Mit ihr steht und fällt der Fall. Natürlich könnte ich versuchen, ihre Glaubwürdigkeit infrage zu stellen. Nach dem Motto: Erst gibt sie ihrem Freund ein Alibi, dann rückt sie wieder davon ab.

Rasch verwerfe ich diesen Gedanken. Aus meiner langjährigen Erfahrung weiß ich, dass die Kammer mir dabei nicht folgen würde. Die Frau hat mir zwar gestanden, dass sie bei ihrer zweiten Vernehmung nicht die Wahrheit gesagt habe. Mir ist jedoch klar, dass Gericht und Staatsanwalt mir dies nicht abnehmen werden. Sie würden den Rückzieher der Verlobten als Schutzbehauptung zugunsten des Vaters ihrer beiden Babys werten.

Und ich könnte sie verstehen. Denn meine Zweifel an der Schuld meines Mandanten haben sich nach wie vor nicht verflüchtigt.

Vielleicht, so spinne ich den Faden weiter, hat seine Freundin mich auch angelogen, um seinen Hals zu retten. Obwohl ihr Verlobter fremdgegangen ist und sie ihn eigentlich büßen lassen wollte, wie sie es mir bei unserem ersten Treffen beichtete. Aber entsprach ihre damalige Aussage auch der Wahrheit?

Vielleicht war sie sich erst nach ihrem Wutanfall der verhängnisvollen Folgen bewusst geworden. Möglich, dass sie an ihre Kinder dachte, die im Falle eines Schuldspruchs ohne den Vater würden aufwachsen müssen. Möglich, dass sie mich anlog, als sie mir die liebende, reumütige Verlobte vorspielte.

Der Fall macht mich ganz kirre. Gefangen in meinen Zweifeln beginne ich, die krudesten Verschwörungstheorien zu kreieren. Tagelang grübele ich über die komplexe Materie nach, wälze sämtliche Argumente hin und her, versuche, die Dinge logisch aufzulösen, und scheitere grandios.

Schließlich rufe ich mich selbst zur Ordnung. Der Prozess naht, und ein Schlachtplan muss her. Mit der Zeugin Steltzer würde vor Gericht kein Staat zu machen sein, das ist mir klar. Egal, ob sie lügt oder die Wahrheit sagt. Auch wenn sie ihre belastenden Angaben nun revidiert hat, das Gericht wird ihr nicht glauben.

Nein, es muss einen anderen Weg geben, diese Aussage zu erschüttern. Es ist ja nicht so, dass Gisela Steltzer nur behauptet hat, ihr Freund sei mit blutbesudeltem Hemd frühmorgens um fünf Uhr zu Hause aufgetaucht. Vielmehr hat die Verlobte auch zu Protokoll gegeben, Kuttny habe ihr den Mord in allen Einzelheiten geschildert.

Während ich die Seiten der Vernehmung noch einmal studiere, kommt mir eine Idee. Was wäre, wenn ich dem Gericht beweisen könnte, dass die Frau aus verletztem Stolz gelogen hat, ohne sie dabei in den Zeugenstand zu bitten? Wenn ich beweisen könnte, dass alles, was Frau Steltzer über die Tat wusste, aus Zeitungsberichten stammte. Was wäre, wenn ich glaubhaft darstellen könnte, dass sie ihn aus Rache hingehängt und ihre Geschichte mit einigen Details über den Mord garniert hat, die damals längst in den Medien ausgewalzt wurden?

Mir schwirrt der Kopf bei diesem Gedanken. Ich greife zum Hörer: »Besorgen Sie mir alle Zeitungen der letzten Wochen, die über den Fall berichtet haben«, weise ich meine Mitarbeiter an. Jetzt kommt Farbe ins Spiel.

Anschließend verbringe ich mehrere Tage damit, die Meldungen und Artikel über den Fall zu studieren und zu analysieren. Das Ergebnis bestätigt meine These: Alles, was die Kronzeugin der Polizei gesagt hat, war schon vorher in den Zeitungen zu lesen gewesen. Teilweise widersprechen ihre Einlassungen dem objektiven Geschehensablauf sogar. Manches hat die Frau schlichtweg erfunden. So viel ist klar.

Es gibt Momente, da fühlt man sich wie Sherlock Holmes und Hercule Poirot in einer Person: »Sie hat gelogen, und das kann ich beweisen«, jubele ich, während der Rauch meiner Selbstgedrehten in wilden Mustern durch mein Büro weht. Dann werde ich wieder ernst: Und dennoch könnte er es gewesen sein, fährt es mir durch den Kopf.

Schlagartig weicht meine Euphorie der Ernüchterung. In Gedanken schelte ich mich einen Narren, der sich irgendwelche juristischen Fantasiegebäude zurechtzimmert, die einer sachlichen Analyse nicht standhalten. Wenn ich an meinen Mandanten denke, schwingt stets unterschwellig ein ungutes Gefühl mit. Ich weiß nicht wieso, aber etwas nagt ständig an mir, so als wolle es mir zuflüstern: »Irgendwas stimmt mit dem Mann nicht.« Aber was?

Nach einer längeren Pause fahre ich wieder zu István Kuttny. »Wollen Sie nicht doch vor Gericht eine Aussage machen und schildern, wie es wirklich war?«, dränge ich ihn. Er stoppt mich mit einer abweisenden Handbewegung: »Das hat keinen Sinn. Ich bin Ausländer. Mir glaubt man doch ohnehin nichts. Ich werde kein Sterbenswort sagen. Wenn sie mich schon hängen möchten, dann will ich ihnen nicht noch dabei helfen.«

Eine klare Ansage. Wenn ein Mandant sich nicht äußern will, werde ich ihn nicht dazu zwingen.

Der März hat begonnen wie immer: Es regnet, und die Bäume vor meiner Kanzlei erwachen langsam aus ihrem Winterschlaf. Mit gemischten Gefühlen fahre ich zum Landgericht. Der erste Hauptverhandlungstag ist einer der wichtigsten. Insbesondere bei dem Vorsitzenden Richter, den ich seit Jahren kenne. Er ist ein Gemütsmensch. Bei ihm geht es vor allem um Sympathie oder Antipathie. Erleichtert registriere ich, dass er meinen Mandanten reden lässt, als der sich wenigstens dazu herablässt, seine Lebensgeschichte zu erzählen.

Aufmerksam hört der Vorsitzende Richter zu. An seinen Blicken erkenne ich, dass er genau beobachtet, wie mein Mandant auftritt, wie er sich benimmt, sich ausdrückt. »Wollen Sie zur Sache etwas aussagen?«, fragt er Kuttny pflichtgemäß. »Nein, ich kann nur immer wiederholen: Ich bin unschuldig, ich habe nichts getan!«, entgegnet der Angeklagte mit fester Stimme. Das kurze Statement scheint den alten, erfahrenen Schwurgerichtsvorsitzenden zu beeindrucken. Entgegen seiner sonstigen Gewohnheit antwortet er mit einem freundlichem Unterton: »Wir werden sehen.«

Die nächsten Hauptverhandlungstage ziehen sich hin. Stundenlang beharke ich mich mit Staatsanwalt Biergarten, wende jedes Indiz hin und her, versuche zu entkräften, abzuschwächen, wo es geht, wechsle zwischen Defensive und Offensive. Ein kräftezehrender Marathon, der allerdings Erfolge zeitigt.

Auf meinen Rat hin verweigert Gisela Steltzer im Gerichtssaal die Aussage. Als Kuttnys Verlobte darf sie das. Daraufhin trägt der Vorsitzende Richter die belastenden Protokolle der Zeugin vor. Am zufriedenen Nicken des Staatsanwalts stelle ich fest, dass er sich nach einigen Schlappen nun wieder obenauf wähnt.

Schnell hole ich ihn herunter. Mein Vortrag dauert Stunden, ich vergleiche beinahe jede Zeile in der Aussage mit Zeitungsartikeln und Medienberichten. »Frappierende Übereinstimmungen, finden Sie nicht auch, Herr Staatsanwalt?« Kalt lächelnd komme ich auf gravierende Ungereimheiten in den Einlassungen der Verlobten zu sprechen: »Frau Steltzer hat behauptet, ihr Partner habe den Tod von Julika Horthy als Unfall hingestellt. Demnach wäre das Opfer nach einem Streit in ihrer Wohnung unglücklich gegen eine Tischkante gefallen. Tatsache ist aber, dass Frau Horthy nicht gestürzt ist, sondern brutal zusammengeschlagen und danach erstochen wurde. Die heftigen Schläge hat die Zeugin jedoch nie erwähnt.« Ich fahre fort: »Und dann ist da noch die Sache mit dem Salzstreuer, den man in der Vagina des Opfers fand. Von dieser Schändung der Leiche hat die angebliche Belastungszeugin auch nichts berichtet. Alles in allem steht wohl fest, dass sich Frau Steltzer mit dieser Falschaussage an meinem Mandanten rächen wollte für die Demütigungen, die er ihr durch die Liebschaft mit der Ermordeten zugefügt hat.« Zufrieden setze ich mich wieder. Dem Staatsanwalt gegenüber entgleisen hingegen ein wenig die Gesichtszüge.

Von Tag zu Tag verliert die Indizienbeweiskette an Kraft, was den Ankläger auch persönlich zu kränken scheint. Seine Attacken werden heftiger, mitunter gehen sie unter die Gürtellinie. Manchmal schäumt er so sehr, dass er mich und meinen Mandanten persönlich angreift. Der Prozess beginnt, mir Spaß zu machen. Ich schätze Emotionen, sie mögen für alles Mögliche gut sein, aber keineswegs unterstützen sie die Kraft des Geistes. Aufbrausende Staatsanwälte sind leichte Beute - man kann sie leicht gegenüber dem Gericht bloß stellen.

Biergarten ist jung, Biergarten ist dynamisch, doch er ist nicht abgeklärt genug, um diese Situation in den Griff zu bekommen. Und ich sammle weiter fleißig Pluspunkte - dennoch bleibt der Ausgang des Verfahrens bis zum letzten Hauptverhandlungstag spannend.

Staatsanwalt Biergarten legt alle Wucht und Wut in sein Plädoyer. Er fordert die volle Härte des Gesetzes: Lebenslange Freiheitsstrafe und dazu die besondere Schwere der Schuld. Umgerechnet wären dies mindestens 20 bis 25 Jahre Gefängnis, wenn nicht länger. Kuttny wäre beinahe schon Opa, wenn er wieder freikäme.

Als ich mich erhebe, bemerke ich bei der Strafkammer eine gewisse Müdigkeit. Ihr Urteil, so scheint es, steht bereits fest. Aus Pausengesprächen mit einem Richter weiß ich, dass man sich einen Freispruch vorstellen könnte. Aber was ist schon sicher bei der Justiz?

Ich wähle für mein Plädoyer die ruhige und sachliche Form, von der ich weiß, das sie insbesondere der Vorsitzende zu schätzen weiß. Zum hundertsten Mal gehe ich jedes einzelne Indiz durch, wäge es mit geschliffenen Worten ab, um es dann über Bord zu werfen.

Als ich auf die Falschaussage der Verlobten zu sprechen komme, habe ich das unbestimmte Gefühl, als würde der Vorsitzende mir leicht zunicken. »Hohes Gericht«, lautet mein Resümee, »in der Mordsache Horthy kann es nur eines geben: einen Freispruch für meinen Mandanten.« Ein bisschen Theatralik muss am Ende eines solchen verwirrendspektakulären Verfahrens sein. It's showtime.

Die Beratung der großen Strafkammer währt nicht lange. »Im Namen des Volkes ergeht folgendes Urteil: Der Angeklagte ist vom Tötungsvorwurf im Sinne der Anklage freizusprechen.« Mit einer unprätentiösen Geste bittet der Vorsitzende die Anwesenden, sich zu setzen.

Erleichtert werfe ich den Kugelschreiber auf den Tisch. »Sieg«, schießt es mir durch den Kopf, »du hast gewonnen! All die Mühe, all der Wahnsinn mit deinem Mandanten, all die Arbeit, sie hat sich gelohnt!«

Die Begründung des Urteils deckt sich eins zu eins mit meinem Plädoyer. »Dieses Hin und Her in der Aussage der Verlobten des Angeklagten weckte erhebliche Zweifel an der Richtigkeit ihrer Angaben«, führt der Vorsitzende aus.

Doch da höre ich schon gar nicht mehr zu. Am Ende wende ich mich freudestrahlend meinem Mandanten zu. Trotz all unserer Differenzen reiche ich ihm die Hand, natürlich rechne ich mit einem Dankeschön. Nichts dergleichen geschieht: István Kuttny schaut mich nur böse an: »Da brauchen Sie nicht stolz drauf zu sein, Sie haben mir doch ohnehin nie geglaubt.« Grußlos marschiert er an mir vorbei.

Einen Moment lang bin ich fassungslos. »So viel Undank, und dieser Type habe ich auch noch den Hals gerettet«, grumble ich vor mich hin. Ich bin bedient. Zornig rausche ich aus dem Saal. Erst auf der Heimfahrt komme ich langsam runter. »Vielleicht hat er ja recht«, sinniere ich lange über seine Worte. Ehrlicherweise muss ich zugeben, dass ich ihm seine Geschichte bis zum Ende nicht abgekauft habe. Eigentlich hätte ich das Mandat abgeben müssen – wegen Verstoßes gegen eines meiner ehernen Prinzipien. Denn ich habe nicht den Menschen István Kuttny vertreten, sondern nur den Fall István Kuttny. Für mich war der Ungar schuldig, ich habe ihm misstraut, das Verfahren von der Person abgekoppelt und versucht, es an ihm vorbei mit juristischen Kniffen zu gewinnen. Nicht für ihn, nein, sondern für meine Eitelkeit, in der ich mich durch seine Ablehnung mir gegenüber verletzt fühlte. Ein Fehler, aus dem ich für die Zukunft gelernt habe.

Übrigens: Das Rätsel um den Mord an Julika Horthy wurde zwei Jahre später gelöst. Offenbar hatte der beste Freund meines Mandanten zusammen mit einem als äußerst brutal bekannten ungarischen Gangster die Frau umgebracht und ihr das Drogengeld aus der Keksdose gestohlen.

Irren ist menschlich, nicht wahr?

Und trotz allem bin ich der Meinung: Das Leben kann so schön sein!

RADARBILD
IN DIE FREIHEIT

Am 23. Mai 2002 wird Metin Erbil in einer hessischen Kleinstadt in der Erdgeschosswohnung eines grauen Hauses am Niedern Pfad 10 erstochen aufgefunden. In Flur, Bad und Wohnzimmer finden sich Blutspuren in rauen Mengen. Auf dem Boden filtert ein Experte des LKA mit einem eigens entwickelten chemischen Verfahren vier Fragmente von unterschiedlichen Schuhabdrücken aus den Blutlachen heraus.

Erbil ist ein Kurde, der Ende der Neunzigerjahre in Norddeutschland um Asyl ersucht hat. Ihn interessiert in erster Linie das Bleiberecht. Darum heiratet er die Deutsche Donata Schmitz. Nach der Hochzeit entpuppt er sich als ein totales Ekelpaket. Das Ehepaar muss von Sozialhilfe leben, weil Erbil gar nicht daran denkt, sich einen Job zu suchen. Er schläft meist bis nachmittags; die Nächte verbringt er mit Zocken in türkischen Cafés. Mitunter handelt er ein bisschen mit Drogen oder mischt bei anderen krummen Sachen mit. Wenn er getrunken hat, wird er aggressiv, rastet aus, schlägt seine Frau grün und blau. Des Öfteren sucht sie Zuflucht in einem Frauenhaus. Doch immer wieder schafft er es, sie zur Rückkehr zu bewegen. Wie und warum, weiß sie selbst nicht genau.

Sein Lebensstil ändert sich auch nicht, als seine Frau das erste Kind zur Welt bringt. Im Gegenteil: Alles wird nur noch schlimmer. Die Familie zieht aus dem Norden in eine hessische Kleinstadt. Der dreiunddreißigjährige Taugenichts verzockt so ziemlich alles, was die Familie vom Sozialamt bekommt: Selbst das Geld für neue Möbel landet auf dem Spieltisch. Es fehlt an allem – es gibt kein Kinderbett, keine richtige Küche, keine Windeln für den kleinen Jungen, und die Familie kampiert notdürftig auf zwei Matratzen.

Donata Schmitz beklagt sich immer wieder über ihren brutalen und cholersichen Mann, aber sie schafft es nicht, ihn zu verlassen. Als sie dann zum zweiten Mal schwanger wird, drängt der Kurde auf eine Abtreibung. Sie weigert sich. Das Paar streitet immer wieder. Dabei gerät Erbil häufig in Rage und misshandelt seine Frau auf übelste Weise.

Mitte April 2000 tritt der gewalttätige Mann seine schwangere Frau mit voller Wucht in den Bauch. Endlich findet Donata Schmitz den Mut, einen Schlussstrich zu ziehen. Sie packt ihre Habseligkeiten und zieht mit ihrem Sohn zu Freunden.

Mit dieser brutalen Attacke verscherzt sich Erbil endgültig alle Sympathien auch seiner Nachbarn, denen er überdies noch Geld aus Rauschgiftgeschäften schuldet –, Geld, das er längst verzockt hat. Weitaus übler nehmen sie ihm aber jetzt, dass er seine Frau gequält hat, denn sie gehören zur Volksgruppe der Sinti, und bei ihnen ist es verpönt, Frauen zu schlagen.

Die Spurenlese der Mordkommission ergibt, dass mindestens zwei, vermutlich eher vier Personen den Kurden gegen zwei Uhr nachts getötet haben müssen. Anhand der Blutspritzer in der Wohnung können die LKA-Beamten das Geschehen in der Todesnacht haarklein rekonstruieren. Demnach muss Erbil seine späteren Mörder gekannt haben, denn arglos lässt er sie in seine Wohnung. Der tödliche Messerangriff ereignet sich an der Tür zur Küche. Die Angreifer halten Erbil an seiner Lederjacke fest, während mindestens zwei von ihnen den kleinen Mann mit heftigen Stößen niederstechen. Im Wohnungsflur sinkt Erbil auf die Knie, wieder saust ein Messer nieder, zwei weitere Stiche geben ihm den Rest.

Zwei Wochen später nimmt die Kripo eine Frau und drei junge Männer unter dem Verdacht des Totschlags fest.

Der neunzehnjährige Marco ist einer von ihnen. Inzwischen haben wir Juni, und ich sitze dem jungen Mann im Besucherraum der JVA gegenüber. Es ist einer dieser herrlichen Frühsommertage, an denen man sich klammheimlich überlegt, ob es nicht besser wäre, in einem netten Biergarten oder auf der Veranda die Sonne zu genießen und einfach die Seele baumeln zu lassen.

Stattdessen lausche ich dem Lamento meines neuen Schützlings: »Sie müssen mir glauben, ich war's wirklich nicht«, beteuert der Jugendliche. Dieser Satz könnte auch aus einem der alten *Kommissar*-Streifen mit Erik Ode stammen.

Mit meiner Geduld steht es an diesem Tag nicht zum Besten, ich bin übermüdet, zu viele Verfahren, zu wenig Zeit, es war ein bisschen viel in den zurückliegenden Wochen. Vielleicht reagiere ich deshalb auch ein wenig unwirsch auf Marcos Unschuldsbeteuerungen. Ich weiß nicht, wie oft ich diese Formel schon gehört habe, meist war sie gelogen. Obschon ich bereits in Hunderten von Totschlags- und Mordverfahren aufgetreten bin, habe ich bislang nur neun Freisprüche errungen. Oft ist die Beweislage so erdrückend, dass es nur noch zu Punktsiegen reicht, eventuell zu einem leichten Strafnachlass.

Nirgends arbeiten Justiz und Polizei so akribisch wie bei Kapitalverbrechen, nirgends sind die Beweisanforderungen so hoch wie bei Totschlag und Mord. Über 90 Prozent der Prozesse enden deshalb auch mit einem Schuldspruch, im Schnitt sitzen die Straftäter 22 Jahre im Gefängnis – vielleicht liegt die Rate sogar noch höher. Ich weiß nur eines: Man braucht einen langen Atem, das richtige Gefühl für den Fall und das nötige Glück, um einen Klienten herauszupauken zu können.

Bei diesem Gedanken schaue ich mir Marco genauer an. Von seinem Gehabe und seinem Äußeren her macht er einen äußerst sympathischen Eindruck: hochgewachsen, dunkler Teint, dunkle, kurze Haare, braune Augen, aufgeweckter Blick, Jeans und T-Shirt – ein hübscher junger Mann. »Okay, ich glaube Ihnen«, unterbreche ich seinen Redefluss, »jetzt schildern Sie mir mal, was genau geschehen ist.«

Seufzend beginnt er zu erzählen: »Wissen Sie, ich bin Sinto, zwischen unseren Sippen besteht ein besonderes Zusammengehörigkeitsgefühl, da gibt es einen ganz eigenen Ehrenkodex, deshalb verstehe ich auch nicht, wie mich zwei der anderen drei Verdächtigen in diese Sache hineinziehen konnten. Die Yvonne und der Manuel sind doch auch Sinti, wir kennen uns flüchtig und sind sogar entfernt verwandt. Wie können die erzählen, ich sei bei dem Mord an Erbil dabei gewesen. Ich kannte den Mann nicht mal.«

Der junge Mann kommt so ehrlich rüber, dass ich beginne, ihm seine Geschichte abzunehmen. Interessiert betrachte ich mein Gegenüber noch genauer: eine freundliche, offene Stimme, fast noch jungenhaft, nichts Verschlagenes, nichts Verlogenes, keine Taktiererei, geradeheraus; helle Augen, die einen klar ansehen, nichts verbergen wollen, nicht wegschauen bei unangenehmen Gegenfragen.

Seine Hände wandern unruhig über den Tisch, während er fortfährt: »Eigentlich kann ich Ihnen gar nichts erzählen, ich weiß nicht mehr als Sie und das, was im

Haftbefehl steht. Das habe ich auch schon der Polizei gesagt, und zwar immer wieder, aber keiner glaubt mir.«

Der Haftbefehl liegt vor mir. Marcos Mutter hat ihn mir am Vortag im Büro übergeben und mich mit dem Mandat beauftragt. »Bringen Sie mir mein Kind zurück«, sagte sie unter Tränen und nahm meine Hand in ihre, »der Junge hat nichts gemacht, der hat noch nie was gemacht, war immer lieb und fleißig, ganz anders als die anderen.«

Der Haftbefehl ist kurz und knapp gefasst: Danach haben der siebzehnjährige Manuel, die sechszehnjährige Yvonne und der neunundzwanzigjährige Silvio gemeinsam mit meinem Mandanten ihren kurdischen Nachbarn Metin Erbil getötet.

Wobei Yvonne behauptete, das Quartett habe sich in der Tatnacht in ihrer Wohnung im ersten Stock getroffen und Erbils Tod beschlossen. Die Gründe ließ sie im Dunkeln. Eine Stunde später sei der Kurde unter ihren Messerstichen gestorben. Marco, mein Mandant, soll laut Yvonnes Aussage als Erster auf Erbil eingestochen haben. Danach hätten alle anderen auch zum Messer gegriffen. Die erste Attacke soll im Wohnzimmer erfolgt sein, schwer verwundet habe das Opfer zur Wohnungstür flüchten wollen, dabei sei er gestürzt, habe sich wieder aufgerappelt, aber den Ausgang nicht mehr gefunden und sei im Flur von den Tätern gestellt worden. »So hat es mir die Polizei erzählt«, berichtet Marco schaudernd, »immer wieder haben sie mir diese

Geschichte vorgehalten, immer und immer wieder. Es war furchtbar, ich wusste gar nicht mehr, was ich sagen sollte.«

Bei der Erinnerung an das stundenlange Verhör, so sagt er, überkommt ihn noch heute das Grausen. »Eine Ewigkeit haben die auf mir herumgehackt, dass ich einer der vier Täter sein müsse. ›Nach dem Spurenbild sind es vier Täter gewesen‹, hat der Kripomann gebrüllt, ›Und du warst dabei, gib's zu! Yvonne hat klar und deutlich ausgesagt, dass du dabei warst, dass du als Erster zugestochen hast‹«. Unwillkürlich bricht er ab, Tränen schießen ihm in die Augen, die schreckliche Erinnerung an das Verhör hat den Jungen sichtbar mitgenommen. Er zittert am ganzen Leib, ein Weinkrampf schüttelt ihn. »Ich kann es nicht glauben, es ist wie ein Albtraum«, flüstert er unter Tränen.

Beruhigend fahre ich über seine Hand. Er tut mir leid, ich glaube ihm und schäme mich zugleich für meinen leicht genervten Auftritt zu Anfang unserer Begegnung. Und dabei weiß ich gar nicht, warum ich ihm glaube. Schließlich bezichtigt eine Mitbeschuldigte ihn der Mittäterschaft. Warum sollte sie das tun?

»Hattest du Streit mit Yvonne, hasst sie dich, hat sie irgendeinen Grund zur Rache?«, frage ich ihn, bemüht, etwas Licht in die ganze Sache zu bringen. Energisch schüttelt Marco den Kopf: »Nein, ich kenne Yvonne selbst kaum, wir sind wie gesagt entfernt verwandt und haben uns immer mal wieder flüchtig auf größeren Familienfesten gesehen.«

Das Einzige, was er von ihr zu berichten weiß, sind die Verhältnisse, in denen Yvonne lebt: Sie habe sich schon früh herumgetrieben, bereits mit 15 Jahren ein Kind zur Welt gebracht. »Bis heute weiß niemand, wer der Vater ist«, erläutert Marco. Im Moment sei sie mit ihrem mutmaßlichen Komplizen Manuel zusammen. »Dem hat sie den Kopf verdreht«, legt er zögernd nach, »das jedenfalls erzählt man sich in der Familie.« Im Übrigen sei Yvonne mehrfach vorbestraft und gelte in der Verwandtschaft als Gewohnheitskriminelle. »Bei uns Sinti ist sie eine Ausgestoßene.«

»Verstehe«, entgegne ich knapp und erhebe mich, um mich zu verabschieden.

»Bitte«, Marco klammert sich laut schluchzend an meinen Arm, »bitte, helfen Sie mir! Ich halte das hier nicht mehr lange aus. Ich habe bisher nie etwas angestellt, das hier ist die Hölle für mich.«

Selten hat ein Mandant so an mein Herz gerührt wie dieser halb erwachsene Junge, der so ganz anders ist als viele meiner Klienten. Seine tiefe Verzweiflung wirkt echt. Bis jetzt gibt es zwar keinen objektiven Grund, weshalb ich ihm glauben sollte, aber mein Bauchgefühl, das mich selten trügt, sagt mir: Der Junge spricht die Wahrheit.

Ich habe selbst zwei Söhne, vielleicht reagiere ich deshalb besonders sensibel, vielleicht ist das auch der Grund, dass ich etwas tue, was es vorher noch nie gegeben hat in meiner beruflichen Laufbahn: »Ich hole Sie hier raus, das verspreche ich Ihnen.«

Ganz wohl ist mir zwar nicht dabei, denn zu viel Nähe zwischen Anwalt und Mandant schadet mehr, als sie nutzt, aber hier kann ich nicht anders. Marcos Gesichtszüge entspannen sich, zum Abschied lächelt er mich dankbar an. Hoffnung ist das Elixier, welches das Überleben hinter Gittern erleichtert.

Auf der Rückfahrt nach Bonn fällt mir ein, dass ich vergessen habe, Marco nach seinem Alibi zu fragen. Wenn er an der Tat nicht beteiligt war, wo hat er sich zur fraglichen Zeit aufgehalten?

Ich beruhige mich damit, dass es vermutlich in den Akten stehen wird. Sicher hat die Polizei meinen Mandanten danach gefragt. Die Unterlagen zu diesem Fall liefern eine glänzende Tatrekonstruktion der Kripo. Sie enthalten allerdings auch gravierende Ermittlungslücken.

So fand sich trotz des Blutbads in Erbils Wohnung nicht eine einzige DNA-Spur von Marco. Das wundert mich, denn der Tatort muss das reinste Chaos gewesen sein, und von Täterspuren Yvonnes und Manuels wimmelte es nur so – schließlich hatte es einen heftigen Kampf gegeben. Dennoch fanden die Ermittler dort kein Haar, keine Hautpartikel, keine Textilfaser meines Mandanten.

Gleiches gilt für den Mitverdächtigen Silvio, einen Freund meines Klienten. Der neunundzwanzigjährige Sinto hat zwar schon einiges auf dem Kerbholz, jedoch keine Gewaltdelikte. Auch er streitet wie Marco alles ab, was zu den fehlenden DNA-Spuren passen könnte.

»Seltsam«, murmele ich vor mich hin. Noch stutziger macht mich der Umstand, dass Silvio bereits in seiner ersten Vernehmung ein Alibi angegeben hat: Zum Tatzeitpunkt kurz nach zwei Uhr nachts will Silvio in der Nähe von Hamburg gewesen sein – und zwar zusammen mit meinem Mandanten! »Marco und ich sind mit dem Auto Richtung Norden gefahren, wohin genau weiß ich nicht mehr. Es war spät, wir haben über Tage in der Gegend rumgegammelt, Partys besucht, Freunde getroffen und viel getrunken, einfach ein bisschen abgefeiert«, steht in Silvios Protokoll.

Leider komme ich mit dieser Aussage nicht weiter, weil mein Mandant Silvios Angaben im Verhör nicht bestätigt. Seltsamerweise kann er sich auch nicht daran erinnern, wo er in der Tatnacht gewesen ist. »Das mit der Spritztour in den Norden ist möglich«, sagt Marco lapidar, »ich weiß es aber nicht mehr.« Folglich könne er es nicht wirklich bestätigen. Das spricht eigentlich für seine Ehrlichkeit, halte ich ihm innerlich zugute, er springt nicht auf einen Zug auf, der zufällig vorbeifährt und ihm die nächstbeste Chance bietet.

Die Krönung der Akten sind die Aussagen von Yvonne und Manuel – ein einziges Chaos, nicht vergleichbar mit allem, was ich bisher gesehen habe: Mal gibt Yonne das Verbrechen zu, mal will sie gar nicht dabei gewesen sein.

In gleicher Weise verhält es sich mit den Auskünften ihres Geliebten Manuel. Einmal hat er es alleine getan, dann wieder hat angeblich Yvonne geholfen, Erbil umzubringen. Zu guter Letzt behauptet er dann, Silvio und Marco seien mit von der Partie gewesen.

Ähnlich windet sich Yvonne: Erst belastet sie zwei türkische Bekannte, die allerdings ein Alibi vorweisen können, dann schießt auch sie sich, wie ihr Freund, auf meinen Mandanten und Silvio ein.

Für Polizei und Staatsanwaltschaft ist damit der Fall klar. Für mich überhaupt nicht.

Mir macht aber noch ein weiteres, allzu menschliches Problem zu schaffen: Marcos Mutter ruft mich täglich an, mindestens einmal pro Woche taucht sie nebst ihrem Clan bei mir in der Kanzlei auf. Jedes Mal erinnert sie mich an mein Versprechen: »Wann kommt mein Junge endlich raus, Sie haben es ihm doch versprochen.«

Peinlich berührt versinke ich tiefer in meinen Bürosessel. Ich habe befürchtet, dass meine vollmundige Ankündigung ein Fehler war, aber sie ließ sich nun nicht mehr rückgängig machen. Was soll ich der Familie nun sagen? Dass es nicht so einfach ist, den Jungen aus der Untersuchungshaft zu holen, dass belastende Aussagen gegen ihn existieren, dass die Ermittler fest von Marcos Schuld überzeugt sind?

Wie soll diese einfache Frau verstehen, dass mir als Verteidiger im Ermittlungsverfahren nur wenige Waffen zur Verfügung stehen? Klar, ich kann gegen den Haftbefehl vorgehen und beantragen, dass der Mandant bis zum Gerichtstermin freigelassen werden soll. Das Zauberwort heißt »schriftliche Haftbeschwerde«. Ich könnte auch einen mündlichen Haftprüfungstermin beantragen. Klingt mächtig, klingt geschäftig. Auf diese Weise suggeriert man dem Mandanten und seinen Angehörigen, dass endlich etwas passiert. In der Realität erweisen sich besagte strafprozessuale Mittel häufig als reines Blendwerk, insbesondere bei Tötungsdelikten. Zuständig für solche Fälle sind die Haftrichter. Sie erlassen auf Antrag der Staatsanwaltschaft Haftbefehle, Durchsuchungsbeschlüsse oder bewilligen Telefonüberwachungen und können diese auch rückgängig machen. Der juristischen Theorie nach entscheiden sie völlig unabhängig, lassen aber in der Praxis Untersuchungsgefangene selten frei, wenn sich der Staatsanwalt dagegen sträubt.

Wie erwartet, schaut mich Marcos Mutter verständnislos an, nachdem ich meinen juristischen Erklärungssermon beendet habe. »Aber Herr Krechel, denken Sie daran: Versprechen bricht man nicht«, ermahnt sie mich mit brüchiger Stimme und zieht mit ihren Verwandten von dannen.

Also versuche ich es mit einem Antrag auf Haftverschonung für meinen Mandanten. Keiner soll mir nachsagen können, ich hätte nicht alle Register gezogen, zumal mir die Beweislage gegen Marco äußerst dünn erscheint.

Einige Tage später suche ich den zuständigen Staatsanwalt Norbert Nabil auf. Einen sympathischen und jovialen Mann, der gerne plaudert, insbesondere über seinen geplanten sechswöchigen Südafrikaurlaub. Doch ist schlagartig Schluss mit dem freundlichen Ton, als er den Grund meines Besuchs erfährt.

»Wie soll ich einen rauslassen, der von zwei Mitbeschuldigten als Mittäter bei einem Mord bezeichnet wird?«, fragt er mich.

Da hilft auch mein Lamento über die mickrige Beweislage nicht. Lachend wehrt er ab: »Das können Sie sich für Ihr Plädoyer aufsparen.« Immerhin gibt mir Nabil den Tipp, es bei dem zuständigen Vorsitzenden der Jugendstrafkammer zu probieren. »Der ist für sein weiches Herz stadtbekannt«, bemerkt er süffisant.

Zwei Tage später folge ich seinem Rat. »Ach, da lerne ich Sie auch mal persönlich kennen und sehe Sie nicht nur im Fernsehen«, empfängt mich ein netter älterer Herr in seinem Büro. Milde Stimme, ruhiges Wesen, grau meliertes Haar – freundlich bietet mir der Vorsitzende einen Platz in seiner gemütlichen Sitzecke an, bevor er zur Sache kommt.

»Eine wirklich mysteriöse Angelegenheit«, beginnt er, »man weiß gar nicht, wem man hier glauben soll. Wir müssen wohl konstatieren, dass die Kammer vor allem den Angeklagten Yvonne und Manuel hinsichtlich ihrer Glaubwürdigkeit mit erheblichen Bedenken begegnet.«

»Genau aus diesem Grund, Herr Vorsitzender, habe ich das Gespräch mit Ihnen gesucht. Die Aussagen stimmen hinten und vor nicht«, hake ich eilfertig ein, »ich möchte, dass Marco vom weiteren Vollzug der Untersuchungshaft verschont bleibt.«
Milde lächelnd schüttelt mein Gastgeber den Kopf: Sicher, vieles spreche für meinen Mandanten, aber: »So kurz vor der Hauptverhandlung wollen wir doch keine unnütze Unruhe ins Verfahren bringen, die Haftbefehle sollten schon in Vollzug bleiben; ich denke doch, die Zeichen der Hauptverhandlung stehen für Ihren Mandanten aus Sicht der Kammer unter einem guten Stern.«
In meinem Inneren koche ich wegen dieses aufgesetzten Juristengeschwafels. Zigmal hat man mir solchen Blödsinn schon aufgetischt. Unnütze Unruhe, wenn ich das bloß höre! Was würde es denn schon groß ändern, wenn der Richter Marco freiließe? Hatte er nicht selbst gerade eben von Zweifeln an der Schuld meines Mandanten gesprochen? Warum sollte man Marco nicht weitere Wochen in der U-Haft ersparen? Zumal bei ihm keine Fluchtgefahr besteht. Marco hat kein Geld, wohin sollte er flüchten? Ich bin richtig verärgert, kann nur mit Mühe an mich halten.
Bemüht freundlich bedanke ich mich, stehe auf, reiche meinem Gastgeber zum Abschied die Hand. Mit sonorer Stimme teilt er mir mit, dass er am Vortag die Prozesstermine an die Beteiligten versandt habe: »In drei Wochen geht's los, so lange hält es Ihr Mandant doch sicherlich noch aus.«

Ich sage nichts mehr, es nützt ja nichts, und warum sollte ich mir diesen Mann jetzt durch eine unbedachte Bemerkung zum Feind machen? Marco hilft es beileibe nicht, wütend grummelnd stapfe ich durch die Flure des Landgerichts zu meinem Wagen.

Drei Wochen später lenke ich mein Auto durch die Straßen der hessischen Kleinstadt. Ich bin früh dran, der Prozess beginnt erst in zwei Stunden. Punkt sieben Uhr passiere ich das Landgerichtsgebäude auf der Suche nach einem Parkplatz. Allenthalben patrouillieren Polizeifahrzeuge. Vor dem Eingang warten bereits Hunderte von Menschen auf Einlass. Nach meinem Gefühl sind fast alle Sinti Deutschlands hier zusammengekommen. Schon im Vorbeifahren spürt man die Unruhe, den Zorn, der einen Keil zwischen die unterschiedlichen Sippen der einzelnen Angeklagten treibt.

Mit offener Feindseligkeit stehen sich zwei Fraktionen gegenüber: auf der einen Seite die Clans von Yvonne und Manuel, die durch ihre Aussagen meinen Mandanten und seinen Freund Silvio in diese furchtbare Geschichte mit hineingezogen haben; auf der anderen Seite Marcos Mutter mit ihrer Sippe.

Hastig steige ich aus meinem Wagen und schleiche mich unerkannt in ein Café schräg gegenüber vom Gericht. Während die Schlange vor dem Justizgebäude stetig wächst, widme ich mich in aller Ruhe meinem Frühstück.

Als das Gericht um 8.30 Uhr seine Türen öffnet, drängeln sich die Menschenmassen hinein. Mühsam kämpfe ich mich zur Verteidigerbank durch. Um nichts in der Welt werde ich diesen meinen Platz verlassen, denn dort darf selbst Marcos Mutter nicht hin und kann mich folglich nicht zur Einhaltung meines Versprechens auffordern.

Ich weiß, das ist keineswegs nett von mir, aber ich muss mich nun auf den Auftritt der Gegner meines Mandanten konzentrieren: Manuel und Yvonne, die Marco den Ermittlern zum Fraß vorgeworfen haben. Sie werden vor der Strafkammer als Erste aussagen müssen.

»Mal schauen, welches Märchen sie heute auftischen«, raune ich meinem Mandanten zu, als die Wachtmeister Manuel hereinführen. Dieser lässt seinen Verteidiger ein kurzes Statement verlesen und hüllt sich in Schweigen.

Yvonne dagegen tritt mit ihren 16 Jahren beklemmend selbstsicher auf und behauptet jetzt mit wenigen Sätzen, dass sie mit der ganzen Sache überhaupt nichts zu tun habe. Ihres Wissens sei Manuel der Haupttäter, die beiden übrigen Angeklagten hätten ihm dabei geholfen, Metin Erbil in jener Mainacht zu töten.

Sie wirkt, als sei sie das reine Unschuldslamm schlechthin. So dreist habe ich noch keinen Angeklagten vor einem Gericht lügen hören – und ganz bestimmt keine Jugendliche. Inzwischen hat Yvonne ihre siebte Variante über die Umstände von Metin Erbils Tod zum Besten gegeben.

Nun ist Marco an der Reihe. Ich fordere ihn auf, seine Erklärung abzugeben, wie wir es vereinbart haben. Er soll sich mit seinen eigenen Worten zu dem erhobenen Vorwurf äußern: »Ich bin unschuldig, ich habe mit alledem nichts zu tun, ich werde hier zu Unrecht belastet, und ich weiß noch nicht einmal warum.«
Natürlich hätte auch ich diese kurzen Sätze vortragen können – im Namen meines Mandanten. Ich will aber, dass Yvonne die Worte aus Marcos Mund hört. Dahinter steckt die Hoffnung, dass Marcos Beteuerungen ihr Gewissen erreichen und das Mädchen endlich die Wahrheit sagt. Yvonne reagiert jedoch nicht, hockt völlig ungerührt auf ihrem Platz und verfolgt scheinbar unbeteiligt das Geschehen.

Die folgenden Prozesstage dümpeln so dahin. Sachverständige wechseln sich mit Zeugen ab, die Jugendgerichtshilfe schildert Manuel und Yvonne als völlig verkrachte Existenzen.
Meist höre ich nur mit halbem Ohr hin. Ich bin so fest von der Unschuld meines Mandanten überzeugt, dass ich weder Zeugenaussagen noch Experten oder Sonstiges fürchte. Bisher konnte niemand im Zeugenstand irgendetwas Negatives gegen Marco vorbringen. Bisher läuft zwar alles in meinem Sinne, aber freigesprochen ist mein Mandant deswegen noch lange nicht.
Auch die Sätze des Vorsitzenden bei unserer letzten Begegnung: »Die Kammer hegt erhebliche Zweifel an den Aussagen von Yvonne und Manuel«, besagen nicht

unbedingt etwas. Wohlwollen stellt beileibe keine Garantie für einen Freispruch dar!

Am zehnten Hauptverhandlungstag spricht mich Marcos Mutter erneut an. »Sieht doch gut aus, finden Sie nicht, Herr Krechel?« Ich nicke ein wenig geistesabwesend. »Ich habe übrigens noch eine Bitte«, fährt sie dann fort. »Vor wenigen Tagen habe ich einen Brief vom Ordnungsamt bekommen. Mein Sohn soll 40 Euro Bußgeld wegen zu schnellem Fahren bezahlen, können Sie mir da helfen?«

Im ersten Moment bin ich fassungslos: Ihr Sohn wird des Totschlags verdächtigt. Schlimmstenfalls droht ihm lebenslänglich – und seine Mutter behelligt mich in diesem Moment mit irgendeiner Ordnungswidrigkeit über 40 Euro. In Sekundenschnelle gewinne ich jedoch mein seelisches Gleichgewicht und meine Sprache wieder: »Bringen Sie mir das Schreiben bei der nächsten Sitzung mit, ich werde mich um die Sache kümmern«, antworte ich ihr höflich.

Gedanklich habe ich den Brief vom Ordnungsamt schnell abgehakt. Drei Tage später überreicht mir die Mutter vor Sitzungsbeginn das Kuvert mit dem Bußgeldbescheid: »Die Sache eilt«, betont die kleine Frau und schaut ernst zu mir auf: »Sie müssen die Sache schnell aus der Welt schaffen, damit mein Junge nicht noch mehr Scherereien bekommt!« Schicksalsergeben nehme ich das Papier entgegen und stecke es zu den Akten, ohne mich zunächst weiter darum zu kümmern.

An diesem Tag schildert ein psychiatrischer Gutachter den Seelenzustand von Yvonne. Langatmig holt er aus, und ich fange bald an, mich zu langweilen. Aus den Akten vor mir auf dem Tisch lugt das Kuvert mit dem Bußgeldbescheid hervor. Desinteressiert hole ich das Formblatt aus dem Umschlag heraus. Abgelenkt durch den Psychiater überfliege ich oberflächlich den Schrieb, schaue mir das Radarbild an, das tatsächlich Marco hinter dem Lenkrad zeigt, sowie eine weitere Person auf dem Beifahrersitz, die allerdings aus datenschutzrechtlichen Gründen geschwärzt wurde.

Gedankenverloren nehme ich meinen Kuli zur Hand und beginne auf dem Bußgeldbescheid herumzukritzeln. Plötzlich halte ich inne: Gebannt schaue ich auf die Zeit, den Ort und das Datum, an dem die Aufnahme gemacht wurde: 23. Mai, 2.30 Uhr in Hamburg-Harburg. Noch einmal lese ich den dürren Text des Schreibens durch. Ein freudiger Schreck durchfährt mich, ich muss an mich halten, um nicht laut loszubrüllen: Marco ist just zu dem Zeitpunkt in die Radarfalle geraten, als Metin Erbil 500 Kilometer weiter südlich erstochen wurde.

Silvio, Marcos Kumpel, der zwei Meter von mir entfernt auf der Anklagebank sitzt, hat also nicht gelogen, als er aussagte:»Wir sind in der Nacht 500 Kilometer gefahren, irgendwo in der Hamburger Gegend, und haben Party gemacht.« Vermutlich ist er der Beifahrer, dessen Gesicht die Ordnungsbehörde unkenntlich gemacht hat.

Was für ein Volltreffer! In meinen kühnsten Träumen hätte ich nie zu hoffen gewagt, den Fall einmal im Alleingang zu lösen. Ein amtliches Lichtbild mit elektronisch gemessener Zeitbestimmung und Ortsangabe – könnte es überhaupt ein besseres Alibi geben?

Ich komme mir vor wie Perry Mason, ein berühmter TV-Anwalt aus einer Uralt-US-Serie, der seine Klienten stets mit seinem unnachahmlichen kriminalistischen Gespür aus den vertracktesten Situationen herausholte. Seit 25 Jahren übe ich nun schon diesen Beruf aus, aber so etwas habe ich noch nie erlebt. Krechel, der Spürhund. Mir wird abwechselnd heiß und kalt. Nervös wippe ich mit den Beinen hin und her, den Bescheid lege ich behutsam vor mich auf den Tisch. Ich zittere ein wenig, so als dürfte ich ein großes Weihnachtsgeschenk nicht auspacken.

Ungeduldig warte ich die nächste Verhandlungspause ab. »Bitte auf ein Wort, Herr Vorsitzender, ich brauche auch nicht lange«, sage ich und gehe mit dem Radarbild zum Richtertisch. »Was gibt's denn?«, fragt der Richter freundlich.

Wortlos überreiche ich ihm den Bußgeldbescheid. Offensichtlich verfügt der Vorsitzende über eine raschere Auffassungsgabe als ich. Ein sekundenschneller Blick auf das Papier genügt ihm, um die Dramatik der Situation zu erfassen. Mit einer hektischen Handbewegung bittet er den Staatsanwalt zu sich.

»Schauen Sie sich das mal an«, sagt er und reicht dem Ankläger das Schreiben. »Damit ist wohl die Unschuld der beiden jungen Herren erwiesen, meinen Sie nicht?«

Staatsanwalt Nabil wird blass, als er Ort, Datum und Zeit registriert. Ihm ist auf der Stelle klar, dass seine Ermittler einen gravierenden Fehler gemacht haben, indem sie den Alibis von Silvio und meinem Mandanten nicht nachgegangen sind – und er weiß auch, dass er jetzt dafür geradestehen muss.

Dennoch zeigt er sich unbeeindruckt. »Wir müssen die Mitteilung erst einmal auf ihre Echtheit hin überprüfen, noch ist das kein Beweis.« Zornig sehe ich ihn an, halte mich aber zurück. »Dann rufen Sie bitte die zuständige Bußgeldstelle an und überprüfen Sie das«, drängt der Vorsitzende.

Anschließend vertagt sich die Strafkammer um eine halbe Stunde. Es werden die längsten 30 Minuten meines Lebens. Pünktlich erscheinen die Richter wieder im Saal. Der Vorsitzende schildert dem Publikum die sensationelle Wende, die der Fall genommen hat. »Es hat sich herausgestellt, dass der vorliegende Bußgeldbescheid echt ist, womit amtlich erwiesen ist, dass die beiden Angeklagten Marco Herzig und Silvio Trens nicht an der Tat beteiligt waren.«

Auf den Zuschauerbänken brandet lauter Jubel auf. Marcos Mutter umarmt und drückt jeden, der nicht schnell genug das Weite suchen kann. Auch Silvios Familie kennt kein Halten mehr. Der Vorsitzende hat große Mühe, die aufgewühlte Menge wieder zur Ordnung zu rufen.

Dann unterbricht er die Verhandlung erneut. Nach einer Viertelstunde kehrt die Kammer zurück und verkündet die Aufhebung der Haftbefehle gegen Marco und Silvio. Die beiden sind frei.

Ich kann es immer noch nicht fassen. Während Silvio als der Ältere die Nachricht gelassen aufnimmt, bricht mein Mandant fast zusammen. Er vergräbt seinen Kopf in den Armen und schluchzt hemmungslos vor Erleichterung. Aller Druck fällt von ihm ab – sogar die Wachtmeister um mich herum sind gerührt, so etwas erleben selbst diese hartgesottenen Profis nicht alle Tage.

Draußen auf dem Flur empfängt uns Marcos Mutter. Sie fliegt mir regelrecht in die Arme. »Danke, Herr Krechel, ich wusste, Sie würden Ihr Versprechen halten!« Ich verzichte darauf, ihr von meinen Selbstzweifeln zu erzählen – wie oft in den vergangenen Wochen habe ich meine prahlerische Ankündigung schließlich bereut!

Eine Woche später endet der Prozess. Silvio und Marco sind rehabilitiert. Fairerweise entschuldigt sich der Vorsitzende im Namen der Justiz bei beiden für die zu Unrecht erlittene Untersuchungshaft.

Für Yvonne und Manuel dagegen geht das Ganze weniger glimpflich aus: Die beiden müssen jeder für acht Jahre ins Gefängnis. Die Kripo ist aufgrund der Spurenlage zu der Erkenntnis gelangt, dass Yvonne und Manuel zusammen mit zwei weiteren Tätern Metin Erbil in jener Mainacht des Jahres 2002 erstochen haben.

Doch der Fall gibt nach wie vor einige Rätsel auf: Zum einen ist nie herausgekommen, weshalb Yvonne und Manuel meinen Mandanten Marco und seinen Freund Silvio der Komplizenschaft beschuldigt haben. War es Zufall? Dummheit? Oder geschah es einfach nur aus einer unerklärlichen Laune heraus? Zum zweiten ist bis heute nicht geklärt, wer die anderen beiden Täter waren.

BILLY THE KID AUS DEM RUHRPOTT

Ein Schwurgericht irgendwo an der Ruhr. Der Justizapparat hat sein gesamtes Sicherheitsarsenal aufgefahren. Gleich mehrmals muss ich Kontrollen passieren; maskierte Männer eines Spezialeinsatzkommandos mit Maschinenpistolen besetzen die ersten Zuschauerreihen, sieben uniformierte Polizeibeamte umringen ein schmächtiges Bürschlein, das hinter einer kugelsicheren Glasscheibe auf der Anklagebank sitzt, mit Fußfesseln und Handschellen »unschädlich« gemacht.

Der Jüngling heißt Peter Ronda. Gerade mal 21 Jahre alt, hat er schon so viel Angst und Schrecken im Ruhrpott verbreitet, dass ihn viele mit dem berüchtigten Wild-West-Desperado Billy the Kid vergleichen.

Der Revolverheld starb im Jahr 1881 mit 21 Jahren während des Lincoln-County- Rinderkriegs durch eine Kugel, die sein größter Widersacher, Sheriff Pat Garrett, aus dem Hinterhalt abgefeuert hatte. Zeitgenossen beschrieben Billy als eiskalten Killer, der trotz seiner Jugend eine natürliche Autorität besaß und selbst in brenzligen Situationen einen kühlen Kopf bewahrte.

Mehr als 120 Jahre später sitzt das Pendant mit seiner Bande auf der Anklagebank im größten Saal des Landgerichts, von Dutzenden wachsamer Augen misstrauisch beäugt. Man bescheinigt Ronda ähnliche Charakterzüge wie dem gesetzlosen Billy the Kid alias William H. Bonney.

Als Kopf einer Bande von Spätaussiedlern soll Ronda laut Anklage zwischen Juli 2003 und Januar 2004 sieben Rivalen ermordet haben. Meist per Kopfschuss mit einer Halbautomatik Kaliber 7,65 Millimeter.

Der Fall bildet nur den Scheitelpunkt einer Welle der Gewalt, die kurz nach der Jahrtausendwende durch die Bundesrepublik schwappt. Eine junge Garde Russlanddeutscher schießt sich ohne große Skrupel den Weg frei.

Ronda wirkt ruhig und gelassen, abgeklärt, nüchtern bis zum Anschlag, einer, der nie zögert, sondern sofort abdrückt, wenn es die Situation für ihn erfordert – ein moderner Bandit, ausgestattet mit einer Prise schwarzen Humors.

»In Russland waren wir die Deutschen, und hier sind wir die Scheißrussen«, resümiert Todesschütze Ronda die Situation im Prozess. Er hat schon als Kind mit der Gewalt gelebt: Als er fünf Jahre alt ist, rammt sein jähzorniger Vater der Mutter ein Messer in den Bauch. Die

Mutter überlebt und siedelt mit Peter Mitte der Neunzigerjahre nach Deutschland über – gegen den Willen des Sohnes.

Sein mangelhaftes Deutsch stempelt Ronda bald zum Außenseiter ab. Mit 16 Jahren verkauft er Drogen, mit achtzehn schafft er aus Angst vor Überfällen im Milieu eine scharfe Waffe an. Er legt einen rasanten Aufstieg in der gewalttätigen Rauschgiftszene an Rhein und Ruhr hin. Rücksichtslos räumt er seine Gegner aus dem Weg – gemeinsam mit seinen Komplizen Wladimir Pentovski und Viktor Weiß. Die drei anderen Mitglieder seiner Bande schleusen als Kuriere Heroin aus Holland im großen Stil über die offene Grenze in die alte Zechenstadt Bottrop.

Im Sommer 2003 gerät Ronda mit zwei Dealern aneinander. Es geht um 100 Gramm Heroin und eine Maschinenpistole, die Ronda den beiden Landsleuten versprochen hat, aber bisher nicht liefern konnte. Die Männer werden ungemütlich. Wütend stellen sie dem Jungdealer ein Ultimatum: Entweder er bringt das Heroin bis zum nächsten Tag, oder es gibt Ärger.

Anderntags beordert Ronda seinen Gehilfen Pentovski zu einem Waldstück nahe einer stillgelegten Zeche. Er hat Spaten mitgebracht. Auf einer Lichtung, die von der Straße aus nicht zu sehen ist, graben die beiden Gangster ein 2 Meter langes, 60 Zentimeter breites und 1,50 Meter tiefes Loch.

Seelenruhig erläutert Ronda dem Kumpan seine Mordpläne. Die beiden Typen, die auf die Lieferungen warten, müssen sterben: »Es muss sein, entweder wir oder sie, wenn ich sie nicht töte, töten sie mich.«

Der einundzwanzigjährige Gangsterboss schickt seinen Handlanger wieder nach Hause, ehe er einen der beiden Konkurrenten unter einem Vorwand in den Wald zu der Grube lockt. Er erschießt den Ahnungslosen, zieht ihm die Kleider aus, um seine Identifizierung zu erschweren, und wirft die Leiche in das Erdloch.

Anschließend fährt Ronda in aller Seelenruhe zu einer Fahrschule, um eine Nachschulung für Verkehrssünder zu absolvieren. Auf dem Weg dorthin instruiert er seine Leute, den anderen Rivalen zu suchen und auf ihn, Ronda, zu warten, sobald man diesen ausfindig gemacht habe.

Nach Unterrichtsschluss erreicht den Boss die Nachricht, man habe den Gesuchten in der Wohnung eines Bekannten aufgespürt.

Ronda begibt sich zu der besagten Adresse. Vor den Augen seines Komplizen richtet er den Mann mit zwei Kopfschüssen hin. Der Ermordete verschwindet ebenfalls in der Grube auf dem ehemaligen Zechengelände, und vorsorglich wechselt Ronda den blutbesudelten Linoleumboden in der Wohnung des Bekannten gegen einen neuen aus.

Danach überschlagen sich die Ereignisse: Auf Bitten seines Freundes Bestvan Simbose kümmert sich Rondas Bande um einen türkischen Immobilienhändler, der Probleme macht. Der Makler hat noch Geld zu bekommen: 15 000 Euro. Doch Rondas Freund Simbose ist pleite und bittet den Drogenboss um Hilfe.

Die beiden locken den Gläubiger zu einem Treffpunkt nahe der Autobahn. Als der Türke aus seinem Porsche steigt, zieht Ronda eine Pistole und hält sie ihm an den Kopf, zwei seiner Bandenmitglieder nehmen ihn in die Mitte und dirigieren ihn auf die Rückbank eines bereits wartenden Geländewagens. Den Schlüssel des Porsche übergibt Ronda einem weiteren Komplizen.

Zunächst fährt die Truppe zum Haus der Geisel, rückt dort allerdings bald wieder ab, weil kaum Bargeld zu finden ist. Dann steuert Ronda den Rover ziellos durch den Pott. Irgendwann lenkt er den Wagen in eine Brache nahe Gelsenkirchen. Er drückt seinem Freund Simbose eine Pistole in die Hand mit den Worten: »Jetzt musst du ihn töten!«

Einer der Gangster zerrt den türkischen Makler aus dem Auto. Simbose treibt den gefesselten Mann mit seiner Waffe vor sich her. Die beiden laufen ein paar Meter. Simbose hält seinem Opfer den Lauf dicht an den Kopf und drückt dreimal ab.

Die Bande lässt die Leiche an Ort und Stelle liegen. Mehr Sorge als die Polizei bereitet dem Anführer Ronda der Wagen des Opfers: »Der Porsche muss so schnell wie möglich nach Holland gebracht werden, dort können wir ihn verkaufen.«

Fünf Tage später klingeln Polizeibeamte bei dem einundzwanzigjährigen Arbeitslosen und nehmen ihn fest. Es geht um einen Überfall auf eine Lottoannahmestelle einige Monate zuvor. Widerstandslos lässt sich Ronda abführen, sitzt drei Wochen in Untersuchungshaft. Die Polizei ahnt weder etwas von den Morden noch von dem lukrativen Drogenhandel mit drei marokkanischen Großdealern in Rotterdam. Mit diesen Lieferanten bahnt sich jedoch Ärger an: Der Stoff, den die Marokkaner den Deutschrussen verkaufen, ist schlecht. Die Klagen der Abnehmer häufen sich, die Bande muss um ihren Ruf fürchten.

Anfang Januar kommt Ronda frei. Als er von dem Problem hört, fährt er mit seinem Kumpel Pentovski in die niederländische Hafenstadt. Wie im legendären US-Kinohit *The Blues Brothers* tragen sie dunkle Anzüge, um an der Grenze nicht aufzufallen. Die Ganoven haben sich bei den Marokkanern angemeldet. Angeblich wollen sie für 5000 Euro eine neue Ladung Heroin einkaufen.

Vor dem Haus angekommen, steckt sich Ronda eine Pistole mit Schalldämpfer unter dem Sakko in den Hosenbund. Das Treffen verläuft in angenehmer Atmosphäre, kurz vor Mitternacht verlässt Ali Tenoubri die Wohnung und holt 200 Gramm Heroin aus seinem Drogenbunker. Man raucht ein bisschen davon, um den Stoff zu testen. Nickend meint Ronda: »Gute Qualität.« Auf Russisch bedeutet er seinem Komplizen, dass sich dieser bereithalten soll: »Es geht gleich los.«

Ronda verzieht sich für einen Moment auf die Toilette. Er holt seine Waffe hervor, stürmt ins Wohnzimmer und richtet den Lauf auf die drei Rauschgifthändler.
»Legt euch auf den Bauch, Hände auf den Rücken«, befiehlt er barsch. Rondas Helfer Pentovski fesselt das Trio mit Kabelbindern. »Was soll der Scheiß?«, fragt der Marokkaner Tenoubri, »nehmt den Stoff und haut einfach ab.«
Ronda schnappt sich das Heroinpäckchen und schickt seinen Komplizen nach unten zum Wagen. Dann stellt er den Fernseher auf volle Lautstärke, umwickelt den Schalldämpfer der Pistole noch mit einem Tuch und erschießt die drei Männer auf dem Boden.
Sein Kumpel Pentovski empfängt den Todesschützen mit Vorwürfen. »Ich hatte gedacht, du wolltest den Typen nur einen Schreck einjagen, musste das denn wirklich sein?« Ronda beugt sich zu ihm hinüber: »Das musste sein, das war nötig.«
Zu mehr kommt er nicht, weil eine Polizeistreife neben seinem BMW stoppt: Zwei Polizisten steigen aus und nähern sich dem Wagen. Sie machen Ronda auf das kaputte Rücklicht am linken Heck des BMW aufmerksam. »So dürfen Sie nicht fahren«, erklärt einer der Polizisten förmlich. Pentovski wird furchtbar nervös, blickt starr geradeaus, während Ronda äußerst gelassen reagiert. Ja gewiss, mit dem Rücklicht, das sei so eine Sache, entgegnet er betont freundlich und erklärt dann mit treudoofem Blick: »Wir haben in dem

Auto geschlafen und wollen jetzt auf dem Markt Fisch kaufen.« Den Ordnungshütern kommt das Ganze zwar seltsam vor, schließlich liegt der Fischmarkt kilometerweit weg, aber sie verzichten auf weitere Kontrollen, steigen wieder in ihren Wagen und fahren davon.

Auf der Heimfahrt meldet sich Ronda bei seiner Familie: »Ich lebe noch«, gibt er durch, und seiner Freundin erzählt er tags darauf: »Du kannst den Namen Tenoubri von unserer Liste streichen.«

Doch damit sind ihre Probleme noch nicht zu Ende. Inzwischen zeichnet sich weiterer Stress mit Geschäftspartnern im Aachener Raum ab. Rondas Vertrauter Viktor Weiß berichtet von massiven Schwierigkeiten mit einem Dürener Drogenhändler. Der verlange immer höhere Provisionen und habe kürzlich auf einen von Rondas Handlangern geschossen.

Ronda reagiert sofort. »Der Typ ist ein hinterlistiges Vieh«, schimpft er am Telefon, einigt sich dann zum Schein mit dem Kontrahenten. Dieser müsse sich keine Sorge mehr machen. Er, Ronda, habe seine Leute zurückgepfiffen und einige sogar in die Wüste geschickt. »Die werden dich nicht mehr belästigen, die verlassen die Stadt«, beruhigt der Deutschrusse den Dürener Gangster.

Ronda arrangiert ein Treffen mit dem Drogenboss – angeblich, um neue Geschäfte zu besprechen. Tatsächlich aber lotst er den Mann zum Ort seiner eigenen Hinrichtung. Viktor Weiß und sein angeschossener »Soldat« erwarten das Opfer bereits am Treffpunkt und strecken den Mann vor Rondas Augen mit gezielten Schüssen nieder.

Viktor Weiß und Ronda hatten sich im Jahr zuvor in der Szene kennengelernt. Weiß, ebenfalls ein GUS-Staaten-Aussiedler, war gerade aus dem Knast gekommen. Und der immerhin vier Jahre jüngere Ronda nahm ihn in seine Bande auf. Seitdem fungiert Weiß als Statthalter Rondas im Aachener Raum.

Im Frühjahr 2004 fliegt die schießwütige Bande schließlich auf. Ermittlungen im Umfeld der getöteten Drogendealer führen zur rechten Hand des Chefs, Wladimir Pentovski.

Die Mordkommission knackt den etwas labilen Sechsundzwanzigjährigen binnen Stunden. Pentovski packt umfassend aus. Als »Mann für die Schmutzarbeit«, der immer die Tatspuren verwischen musste, weiß er bestens Bescheid. Er ist es dann auch, der die Beamten zu den auf dem Zechengelände verscharrten Leichen führt.

Eine Hundertschaft Beamte der Polizei sowie Spezialeinheiten umstellen die Häuser und Wohnungen der übrigen Bandenmitglieder. Die Festnahmen laufen nach einer speziell geplanten Großoperation ab. Man findet mehr als 50 Schusswaffen, dazu Pässe und andere Utensilien aus dem Besitz der Ermordeten.

Die Beweislage scheint ziemlich klar zu sein, insbesondere nach der lückenlosen Aussage Pentovskis, die haarklein die Rolle jedes einzelnen Mitglieds der Mörderbande beschreibt. Gerichtsmedizinische Untersuchungen, Telefonverbindungsdaten und kriminaltechnische Analysen untermauern die Aussagen des Kronzeugen.

Für die Staatsanwaltschaft stellt sich der anstehende Mordprozess als Spaziergang dar. Vor uns Verteidigern hingegen liegt eine Sackgasse, weil es praktisch nichts zu verteidigen gibt.

Herbst 2004. Ich fahre mit meinem Geländewagen durch das Ruhrgebiet. Mein Weg führt mich zu Viktor Weiß, einem der schweren Jungs aus der »Killergang«. Vor einigen Tagen hat er mich angeschrieben und dringend um einen Besuch gebeten. Der Brief enthielt nur einige wenige dürre Sätze: »Ich sitze in der JVA, besuchen Sie mich bitte so schnell wie möglich. Man wirft mir vor, einen Mord begangen zu haben. Wegen des Honorars brauchen Sie keine Angst zu haben, meine Schwester bezahlt alles. Bitte kommen Sie so schnell wie möglich!«

Einen Mandanten in der JVA zu besuchen, ist der reinste Horror für mich. Schon bei der Einfahrt auf den Parkplatz vor der Anstalt schlägt mir die triste Atmosphäre aufs Gemüt: düstere Mauern, massive Wachtürme mit Glaslogen, in denen Beamte hinter getönten Scheiben das Geschehen drinnen wie draußen beobachten. Die Architektur ist genauso beängstigend und abstoßend wie die Prozedur, die jeder Rechtsbeistand über sich ergehen lassen muss, bevor er zu seinem Mandanten vorgelassen wird.

Zunächst einmal hat der Anwalt am Haupteingang zu warten, bis sich das Wachpersonal seiner annimmt, Ausweis und Besuchserlaubnis prüft. Dann folgt die obligatorische Taschenkontrolle und so weiter und so fort. Anschließend geht es durch zahlreiche Sicherheitsschleusen und -türen, bevor man – meist erst nach über einer Stunde – dem Mandanten gegenübertreten darf.

Der Schauplatz unserer Zusammenkünfte ist recht übersichtlich: sechs Quadratmeter, zwischen uns ein mit Resopal beschichteter Eisentisch. Es gibt weder etwas zu trinken noch etwas zu essen – selbst wenn die Besprechung Stunden dauert. Eine Atmosphäre, die sich keineswegs dazu eignet, um so komplexe Dinge wie eine Tötungsabsicht oder etwaige Mordmotive zu erörtern.

In manchen Gefängnissen existiert sogar eine besondere Abteilung, die den normalen Vollzug weit hinter sich lässt: der Hochsicherheitstrakt. Dort sitzen jene ein, vor denen sich Justiz und Bevölkerung am meisten fürchten, besonders abgeschirmt und gesichert in einem Gefängnisbunker: Terroristen, Serienkiller und solche Typen wie mein Mandant Viktor Weiß. Ein Besuch in diesem Hochsicherheitsbereich erscheint mir jedes Mal wie ein Abstieg in die Hölle. Während man die normalen Besuchsräume noch allein und ohne Begleitung über die allgemein zugänglichen Flure erreichen kann, wo das eine oder andere Bild an den Wänden hängt oder ein Schwarzes Brett banale

Dinge verkündet, fehlt in den besonderen Schutzabteilungen jegliche Spur von normalem Leben.

An der Pforte werde ich von einem JVA-Beamten abgeholt. Mich beschleicht die Angst, ihm nicht schnell genug folgen zu können, weil ich mich in dem Labyrinth aus Gängen, Abzweigungen und Türen verirren würde. In diesem Bereich findet jeglicher Kontakt mit den Aufsehern nur hinter Panzerglas und über Mikrofone statt. Im Besucherraum brennt eine nüchterne Neonleuchte, Stühle und Tische sind fest am Boden verschraubt, und an den Wänden hängt nichts.

Viktor Weiß erscheint erst nach geraumer Zeit, begrüßt mich freundlich mit Handschlag und legt zwei Bücher neben sich auf den Tisch: Dostojewskis *Der Idiot* und Tolstois *Krieg und Frieden* – schwermütige Kost aus seiner Heimat.

Es berührt mich seltsam: Dieser Fünfundzwanzigjährige, der vermutlich einen Drogendealer erschossen hat und möglicherweise um weitere Morde seiner Gang weiß, betritt die Besucherzelle mit freundlichem Lächeln und zwei Werken der Weltliteratur unter dem Arm, so als wolle er sich gepflegt über russische Schriftsteller des 19. Jahrhunderts unterhalten!

Viktor ist klein, gedrungen, muskulös, hat kurz rasiertes Haar und ein rundes Gesicht. Was mir gleich auffällt, ist seine höfliche Art. Weder wirkt er niedergeschlagen noch verunsichert wie so viele meiner Klienten in einer solchen Situation. Er gibt sich ausgesprochen gut gelaunt. Ein Sympathiepunkt für ihn.

Es fällt mir in diesem Fall also ausgesprochen leicht, meinen Mandanten zum Reden zu bringen. Viktor reagiert weder vorsichtig, noch ist er misstrauisch, noch wirkt er unerfahren. Im Gegenteil: Bereits seine ersten Sätze lassen erkennen, dass er weiß, worum es geht. Kein langes Drumherumreden – aufgrund seines langen Vorstrafenregisters vermag er wohl genau abzuschätzen, was ihn erwartet und wem er vertrauen muss: mir, seinem Anwalt. Lapidar stellt er fest, dass es erst Sinn mache, über die Mordgeschichte zu reden, wenn ich die Akte gelesen habe.

Bevor ich nachfragen kann, eröffnet er mir mit entwaffnender Höflichkeit: »Keine Sorge, Ihr Honorar ist kein Problem, wie ich bereits geschrieben habe, meine Schwester besitzt erhebliche Ersparnisse, und es steht fest, dass sie die Kosten übernehmen wird.«

Für sein Alter wirkt Viktor sehr abgeklärt. Unwillkürlich frage ich mich, ob das echt ist. Spielt er das nur, oder ist er es wirklich? Viktor beginnt mich zu interessieren. Ich möchte mehr über ihn wissen, vor allem soll er etwas von sich selbst erzählen, wo er herkommt, was er bisher gemacht hat, warum es in seinem Lebenslauf all diese Brüche gibt, all diese Strafen in seiner Akte.

Oft genug stoße ich mit solchen Fragen auf verschämtes Schweigen, stockend suchen die Mandanten nach Ausflüchten oder machen die schwierigen Umstände ihrer Kindheit für ihren Absturz verantwortlich. Viktor ist da ganz anders: Er hat die Frage offenbar erwartet und schildert kurz und bündig seinen Werdegang. Er sei als Ältester zusammen mit seiner jüngeren Schwester in Sibirien aufgewachsen. Sein Vater habe als Tierarzthelfer in einer Kolchose gearbeitet, und die Mutter sei Fabrikarbeiterin gewesen. Mit sechs kommt er in die Schule. Etwa 1991 übersiedelt er mit seiner Familie sowie anderen deutschstämmigen Bewohnern seines Dorfes in die Bundesrepublik Deutschland.

Es ist die Zeit, als sich die Regierung Kohl auf ihre Fahnen schreibt, alle Russlanddeutschen oder jene, die sich dafür halten, heimzuholen. Die Mauer ist gefallen, nun öffnet sich Deutschland auch für die Ausreisewilligen aus der ehemaligen UdSSR.

An dieser Stelle stockt Viktor, und sein bis dahin von Optimismus und Lebensfreude nur so strotzendes Gesicht gefriert zur Maske. Er senkt den Kopf, und von einer Sekunde auf die andere verändert sich seine Miene.

»Ich war damals 13 Jahre alt und wollte gar nicht nach Deutschland – was sollte ich dort auch. Zu Hause ging's mir doch gut.« Viktor setzt alles daran, um nicht ausreisen zu müssen. Vergebens. Nach einem kurzen Aufenthalt im Übergangslager bezieht die Familie im nordrhein-westfälischen Düren eine schöne, geräumige Wohnung. Langsam bezähmt der renitente Junge seine Wut. Er geht zur Hauptschule und schafft den Abschluss ohne Probleme. »Mein Zeugnis war sehr gut«, fährt er mit einer Spur Stolz in der Stimme fort.

Er fängt eine Lehre als Metallbauer an, kommt aber mit dem Meister nicht klar und bricht die Ausbildung nach drei Monaten ab.

1996 leistet er seinen Wehrdienst ab. Er fühlt sich wohl bei der Bundeswehr, denkt sogar über eine Karriere als Berufssoldat nach. Das Vorhaben scheitert jedoch, weil er im Jahr darauf einen Vorgesetzten verprügelt, der ihn als Russlanddeutschen verhöhnt hat. Er zieht wieder zu seinen Eltern, gammelt fortan herum und entdeckt ein lukratives Betätigungsfeld: Gerade mal 20 Jahre alt, mischt er schon in der Dürener Drogenszene mit.

»Wie sieht denn Ihr Vorstrafenregister aus?«, frage ich. Viktor schmunzelt: »Es ist eine ganze Latte. Das steht aber alles in den Ermittlungsakten, das werden Sie sehen.« Zufrieden klatsche ich meine Hände auf die Knie, um das Ende des Gesprächs anzukündigen: »Okay. Das sollte für den ersten Besuchstag reichen.«

Für heute reicht es mir wirklich: einerseits die bedrückende Situation in diesem Trakt der Schwerkriminellen, andererseits dieser vermeintlich so nette, smarte junge Mann, der allem Anschein nach kein Wässerchen trüben kann. Ich muss die Akten lesen, brauche ein paar Tage, um nachzudenken, über den Fall und über Viktor.

In meinem Büro türmen sich bereits Dutzende Leitz-Ordner zu der Causa. Die meisten der Angeklagten sind wie Viktor, mein Mandant, im Schnitt Mitte zwanzig, nur der Kopf der Drogenbande ist vier Jahre jünger. Für Peter Ronda, zum Zeitpunkt seines ersten Mordes ist er erst 19 Jahre alt – käme also zumindest formaljuristisch noch ein Urteil nach dem Jugendstrafrecht in Betracht. Bei Tätern im Alter zwischen 18 und 21 Jahren liegt es ja bekanntlich im Ermessen des Gerichts, den heranwachsenden Angeklagten nach den Paragrafen des milderen Jugendstrafrechts oder nach dem Erwachsenenstrafrecht abzuurteilen.

Im Fall von Peter Ronda habe ich allerdings meine Zweifel, ob sich die Richter darauf einlassen werden. Denn es spricht nichts dafür, dass er wie ein unreifer Jugendlicher gehandelt hat. Im Gegenteil: Bei seinen Kumpanen war er der unumstrittene Chef – abgebrüht wie ein Profikiller lockte er seine sieben Opfer in die Falle. Er ist ein kühler Stratege, ein ausgekochter Verbrecher, der seine jugendliche Unschuld längst verloren hat. Ich würde einen Hunderter darauf wetten, dass Peter Ronda so bald nicht wieder auf freien Fuß kommen wird.

Doch was kümmert mich das: Ich bin nicht Rondas Anwalt. Viktor Weiß, mein Mandant, hat lediglich die Befehle seines Anführers getreulich befolgt und muss nun dafür büßen. Allein für den Mord an dem Dürener Rauschgifthändler droht meinem Klienten eine lebenslange Freiheitsstrafe, da bin ich mir sicher. Viktor und ein weiteres Bandenmitglied haben ihren Konkurrenten mit drei Schüssen in den Rücken getötet. Damit sind mindestens zwei Mordmerkmale erfüllt: niedere

Beweggründe und Heimtücke. Angesichts des gnadenlosen Vorgehens der Verbrecherclique werden die Richter wohl kaum Milde walten lassen.

Wenn ich die Lebensläufe der Angeklagten miteinander vergleiche, fällt mir auf, dass alle sechs dieselben biografischen Brüche zeigen. Die Jungen müssen im Pubertätsalter gegen ihren Willen ihre russische Heimat verlassen, um nach Deutschland überzusiedeln – in eine ungewisse Zukunft. In früher Jugend werden sie entwurzelt, ihre mangelnden Sprachkenntnisse stempeln sie zu Außenseitern, sie bleiben isoliert, unter sich. Meist dauert es nur wenige Monate, bis sie zum ersten Mal in ihrer neuen Heimat in irgendeiner Kriminalakte auftauchen. Der Anfang vom Ende. Den einzigen Halt finden sie in ihrer Bande unter Gleichgesinnten. Hier herrschen einfache Regeln: einer für alle, alle für einen – und das Gesetz vom Überleben des Stärkeren.

Die Beschreibung der Taten selbst liest sich wie das Protokoll einer gelungenen Knieoperation, die punktgenau unter dem Mikroskop durchgeführt wurde. Den Angeklagten muss klar sein, dass es dieses Mal nicht mehr so glimpflich ablaufen wird wie in früheren Zeiten vor den Jugendgerichten.

Zwei Wochen später bin ich wieder im Sicherheitsbunker. Ich spreche Viktor auf die belastenden Punkte der Anklageschrift an. Darauf reagiert er mit einem abgeklärten Lächeln. »Sagen Sie, Herr Krechel«, erkundigt er sich in seinem stark osteuropäisch gefärbten Deutsch, »was erwartet mich wegen dieser Sache?«

Mein Blick wandert hinüber zur Tür, gleitet dann über die weißen Wände und bleibt schließlich an meinem Mandanten hängen: »Klar ist, dass Sie diesen Drogendealer vorsätzlich getötet haben«, setze ich an, »klar ist ferner, dass Sie und Ihre Komplizen den Mann in eine Wohnung gelockt und hinterrücks erschossen haben, was folgerichtig von den Ermittlungsbehörden als Heimtückemord bewertet wird. Klar ist auch, dass Sie schon elf Vorstrafen auf dem Buckel haben. Nicht zu vergessen, dass Sie erst vor einem Dreivierteljahr aus dem Gefängnis entlassen wurden.«

Einen Moment lang hole ich Luft, dann rede ich weiter: »Und klar ist überdies, dass so gut wie nichts für Sie spricht und dass Ihnen neben einer ohnehin lebenslangen Freiheitsstrafe auch noch die Feststellung der besonderen Schwere der Schuld durch das Gericht droht. Das heißt: Es werden dann nicht ›nur‹ 15 oder 20 Jahre Knast sein, sondern womöglich 25 oder mehr. Der Spielraum ist äußerst gering«, fahre ich fort. »Vielleicht können wir die Kammer vom Schlimmsten abhalten, wenn Sie sich im Prozess kooperativ zeigen. Dazu gehört ein Geständnis«, gebe ich noch zu bedenken, »das macht sich vor allem deshalb gut, weil Ihre Mitangeklagten, außer dem Kronzeugen Pentovski, bisher geschwiegen haben.«

Sicher würde Viktors Geständnis nicht mehr denselben strafmildernden Effekt haben wie das seines ehemaligen Kumpels Wladimir Pentovski. Und dennoch gilt auch für Viktor das altbewährte Justizmotto: »Die besten Karten hat der, der als Erster spricht.« Eine Aussage bietet ihm die einzige Chance, ein einfaches »Lebenslänglich« ohne die »Zugabe« der besonderen Schwere der Schuld zu erzielen. Mitunter muss man kleine Brötchen backen, um zu punkten. Bei Viktor sehe ich keine andere Möglichkeit.

Mein Mandant offenbar auch nicht. Er nickt zufrieden, als habe er genau das erwartet. Er hat schon zu oft auf der Anklagebank gesessen, als dass er seine Lage nicht einzuschätzen wüsste. Viktor akzeptiert meinen Vorschlag also ohne Umschweife. In ihm glüht offenbar noch ein Fünkchen Hoffnung, eines Tages vielleicht doch einmal einer legalen Tätigkeit nachgehen zu können.

So wie seine Schwester, die ihn nie hat fallen lassen. Nach jedem meiner Besuche bei Viktor ruft sie mich an und erkundigt sich nach dem Stand der Dinge. Marta Weiß ist das genaue Gegenteil ihres Bruders. Nur zwei Jahre jünger als Viktor klagt sie nie über Anpassungsprobleme in Deutschland. Die Schule meisterte sie mit Erfolg, genauso wie eine Lehre. In dieser Zeit lernte sie einen liebenswerten Mann kennen. Inzwischen hat das Paar zwei Kinder und bewohnt ein nettes Reihenhaus. Beide arbeiten fleißig, sie kümmert sich rührend um ihre Sprösslinge und pflegt ihren Garten.

Wir telefonieren oft miteinander. Marta Weiß fällt es nicht leicht, die Ursachen für diesen frappierenden

Unterschied zwischen sich und ihrem Bruder in Worte zu fassen. Fragen nach Problemen mit Viktor weicht sie meist aus, es ist ihr unangenehm, darüber zu sprechen. Bei einem Telefongespräch lässt sie eine lapidare, aber treffende Äußerung fallen: »So sind wir Deutschrussen nun einmal. Entweder schlagen wir alles kurz und klein, oder wir leben superangepasst in unseren kleinen Reihenhäuschen.«
Marta liebt ihren Bruder, sie hält zu ihm, obgleich sie sein Verhalten, die Gewalttaten, die Drogen, die kriminellen Machenschaften nicht verstehen kann. Dennoch hilft sie ihm, wo sie kann, zahlt sogar mein Honorar. Sie tadelt Viktor nicht, sie verurteilt ihn nicht, sie distanziert sich nicht von ihm. Manchmal fängt Marta Weiß an zu weinen, mitunter bricht es aus ihr heraus: »Wissen Sie, Herr Krechel«, schluchzt sie dann, »das ist alles so furchtbar, Sie glauben gar nicht, wie sehr mich diese Situation belastet.«

Wenige Monate später beginnt dann der Prozess gegen Billy the Kid alias Peter Ronda, Viktor und die anderen. Am siebten Verhandlungstag, als die Angeschuldigten und wir Anwälte uns nach einer Verhandlungspause wieder im Sitzungssaal einfinden, führt Bandenchef Ronda die massiven Sicherheitsvorkehrungen ad absurdum. Mit raschen Griffen löst der schmächtige Angeklagte seine Fußfesseln und knallt sie triumphierend auf den Tisch. Spöttisch grinst er seine sieben uniformierten Bewacher an. Die Sitzung wird unterbrochen, die Sicherheitsmaßnahmen werden nochmals verschärft.

Ich blicke immer wieder auf die erste Reihe, wo die vermummten Männer der Spezialeinheit mit ihren Maschinenpistolen sitzen. Unwillkürlich frage ich mich, worauf die Beamten zielen würden, sollte einer der Angeklagten tatsächlich den befürchteten Fluchtversuch wagen oder einen der Richter als Geisel nehmen. Vermutlich in meine Richtung – auf die Anklagebank. Mir ist nicht ganz wohl bei dem Gedanken. Doch der Vorsitzende geht auf meinen diesbezüglichen Einwand nicht ein, und die Männer vom SEK bleiben, wo sie sind. Irgendwann gewöhnt man sich ohnehin an diesen martialischen Anblick.

Ronda und seine Truppe geben sich ungerührt, verweigern monatelang die Aussage. Aufsehen erregt der Auftritt des Kronzeugen Wladimir Pentovski. »Verräter«, brüllen einige auf Russisch, während der Anführer Peter Ronda seinen ehemaligen Vertrauten mit eiskaltem Blick fixiert.

Die Angeklagten müssen nun die Suppe auslöffeln, die Pentovski ihnen eingebrockt hat. Er ist dafür verantwortlich, dass die Bande aufgeflogen ist, er hat den Behörden alles erzählt. Lautes Buhen schallt von der Anklagebank hinüber zum Zeugenstuhl; der Richter lässt sich von der Dolmetscherin jedes Wort der Männer um Ronda übersetzen. »Ich bitte die Angeklagten, ihre Unmutsäußerungen zu unterlassen, sonst muss ich sie aus der weiteren Hauptverhandlung ausschließen.«

Womit will man auch Killer & Co. beeindrucken? Mit ein paar Tagen Ordnungshaft etwa? Das wäre lächerlich. Den meisten winkt ohnehin die Höchststrafe. Das weiß die Kammer auch, und deshalb versucht der Vorsitzende, die Angelegenheit mit diplomatischen Mitteln zu lösen.

So laufen dann auch die nächsten 20 Hauptverhandlungstage weitgehend friedlich ab. Pentovski sagt als Kronzeuge aus, und wie ein Buchhalter geht der Vorsitzende Mord für Mord durch: Wer daran beteiligt war, wo er ausgeführt wurde, wer davon wusste und wer bei der Beseitigung der Leichen mitgeholfen hat. Hier wird nicht moralisiert. Hier gibt es keine persönlichen Ressentiments, keine Wortgefechte zwischen Staatsanwalt und Verteidigern. Hier wird nur das Pensum abgearbeitet – entlang den Eckdaten der Anklageschrift.

Beim Strafmaß wird es dann jedoch noch mal spannend. Dazu hat die Kammer jeden einzelnen Angeklagten durch einen psychiatrischen Sachverständigen sowie einen Fachpsychologen untersuchen lassen. Gleich zwei Gutachter haben sich den jungen Bandenboss vorgenommen, aber Ronda lehnt es ab, sich von den beiden befragen zu lassen. Somit müssen sich die Experten mit dem Aktenstudium begnügen und aus dem Verhalten des Gangsters im Prozess ihre Schlüsse ziehen. Für Ronda fällt das Ergebnis denkbar ungünstig aus: »Der Angeklagte ist eine gefühlskalte, gefühllose

Persönlichkeit, die ihre kriminellen Taten zielorientiert und konsequent geplant und durchgeführt hat«, referiert der psychiatrische Forensiker. Beide Fachleute empfehlen, Ronda nach dem Erwachsenenstrafrecht zu verurteilen.

Das Ende der Verhandlung rückt heran. Im Gegensatz zu seinem Anführer hat mein Mandant konstruktiv mit den Gutachtern zusammengearbeitet. Auf mein Geheiß hin erklärt er sich außerdem bereit, vor Gericht ein Geständnis abzulegen. Viktor macht den Anfang, und die anderen ziehen am vorletzten Sitzungstag nach. Selbst Ronda räumt über seinen Verteidiger sämtliche Anklagepunkte ein, um seine Haut zu retten. Überraschenderweise zeigt sich die Kammer gnädig. Viktor Weiß kommt mit einem einfachen »Lebenslänglich« davon, sein Gehilfe ebenfalls. Der Hauptbelastungszeuge Pentovski erhält den höchsten Strafnachlass: Trotz seiner Beteiligung an mindestens fünf Morden muss er nur für zehneinhalb Jahre hinter Gitter.

Und selbst Serienkiller Peter Ronda »schrammt« so gerade eben noch an der besonderen Schwere der Schuld vorbei. Zwar stuft das Gericht den siebenfachen Mörder und Totschläger von seinem Reifegrad her in die Rubrik »Erwachsene« ein und hätte ihm am liebsten das volle Strafmaß aufgebrummt, doch sieht die Strafkammer aus formaljuristischen Gründen davon ab – Ronda muss »nur« eine lebenslange Haftstrafe absitzen.

Dabei hatte der Gutachter den Bandenboss als lebende Zeitbombe charakterisiert: »Mit Gefühlskälte und Gefühllosigkeit ... hat er seine Geschäfte durchgezogen. Bei dem Angeklagten liegt eine verfestigte Energie krimineller Entwicklung vor ..., die keinerlei Ansatzpunkte für eine Therapie bietet. Bei dem Angeklagten ist keine wesentliche Entwicklung mehr zu erwarten. Es liegen keine Anhaltspunkte bei ihm vor, dass mit den im Rahmen der Strafvollstreckung zur Verfügung stehenden Mitteln noch groß etwas beeinflusst werden kann.«

Ich fürchte, von Peter Ronda werden wir noch hören.

DIE GAROTTEMÖRDER
UND DIE PHYSIK

Ein Jogger wird auf eine Plastiktonne aufmerksam, die auf einem See schwimmt. Da ihm die Sache suspekt erscheint, verständigt er die Polizei. Ihr grausiger Inhalt: die Leiche der neunzigjährigen Rosemarie Kunze. Sie besitzt einige Mietshäuser in der Stadt und lebt allein und zurückgezogen seit Jahren im Erdgeschoss eines dieser Anwesen, das schon leicht heruntergekommen ist. Seit Wochen ist sie wie vom Erdboden verschwunden, ist nicht mehr ans Telefon gegangen, hat Arzttermine nicht wahrgenommen, ohne abzusagen. Weil das ganz und gar nicht ihrer Art entspricht, hat ihr Hausarzt, Dr. Herbert Müller, Ende November bei der Polizei eine Vermisstenanzeige aufgegeben.

Als daraufhin noch am selben Tag jemand von der Vermisstenstelle in der Wohnung der Verschwundenen anruft, um den Sachverhalt zu überprüfen, meldet sich

ein Mann und versucht, den Beamten mit einer einfachen Erklärung zu beruhigen: »Frau Kunze ist in ein Sanatorium in die Schweiz gefahren und hat mich beauftragt, während ihrer Abwesenheit nach dem Rechten zu sehen«, erklärt er seelenruhig. »In der Zeit soll ich auch ihre Wohnung renovieren. Erst vor zwei Tagen habe ich noch mit Frau Kunze telefoniert, ihr geht es gut.«
Misstrauisch geworden, begeben sich zwei Fahnder zum Wohnhaus von Rosemarie Kunze. Doch der Mann, der dreiundfünfzigjährige Robert Ziems, behält auch diesmal die Nerven, gibt sich jovial und weist den Ermittlern Vollmachten mit der angeblichen Unterschrift der Witwe vor, woraufhin die Ordnungshüter zunächst beruhigt wieder abziehen.

Ziems und seine beiden Komplizen Michael Tunsing, 21, und Konrad Wenter, 20, geben sich mit fingierten Vollmachten als Vermögensverwalter der Rentnerin aus. Zunächst stellt niemand die Aussagen des Trios infrage. Auch die Bank der Witwe nicht, die den Gangstern immer wieder hohe Euro-Beträge auszahlt. Mithilfe gefälschter Überweisungen leiten diese mal 10 000 Euro, mal 5000 Euro auf ihre eigenen Konten um. Ziems, Wenter und Tunsing wähnen sich so sicher, dass sie bald beginnen, die maroden Häuser ihres Opfers zu renovieren. Sie schalten Anzeigen, um Immobilien entweder zu vermieten oder zu verkaufen. Gleichzeitig versuchen sie, die Mieter in den Häusern der alten Frau zum Auszug zu drängen, um die Objekte besser veräußern zu können.

Robert Ziems, der Kopf der Bande, gibt gegenüber Kaufinteressenten vor, seine Auftraggeberin sei eine alte Dame, die nun im Altenheim lebe und verhindern wolle, dass ihre nichtsnutzige Tochter in der Schweiz von ihrem Vermögen profitiere. Die Verkäufe scheitern jedoch allesamt, weil Ziems die gewünschten Verkaufsvollmachten nicht schnell genug beibringen kann.

Als aber die Tonne mit Rosemarie Kunzes Leiche gefunden wird, fliegen Ziems, Tunsing und Wenter auf: Sie kommen in Untersuchungshaft. Wohlweislich verschweigen die Beamten der Mordkommission den Tatverdächtigen allerdings, dass sie die Ermordete bereits gefunden haben. Diesen Trumpf will man sich für die Vernehmungen aufheben.

Noch am selben Abend holen die Ermittler die Inhaftierten in die Verhörräume des Präsidiums und befragen sie zeitgleich. Geschickt verstricken sie die Verdächtigen in erste Widersprüche: Während der eine beteuert, die Witwe Kunze halte sich angeblich bei ihrer Tochter in der Schweiz auf, erzählt der andere, sie befinde sich in einem Erholungsheim, der Dritte faselt etwas von einer Urlaubsreise.

Nach gut einer Stunde überrumpeln die Vernehmungsbeamten die drei Verdächtigen mit der Nachricht, dass man im See eine Tonne mit der Leiche gefunden habe. Dieser Schlag sitzt.

Hier unterbreche ich meine Lektüre des Vernehmungsprotokolls kurz und atme einmal durch. Ich habe das

Mandat für einen der drei Verdächtigen übernommen, die das Verbrechen begangen haben sollen: Ich vertrete Konrad Wenter, Gelegenheitsarbeiter, kein unbeschriebenes Blatt bei der Polizei und der Justiz.

Er bricht laut Protokoll als Erster zusammen, erzählt alles, was die Ermittler wissen wollen. Dabei spart er kein Detail aus – angefangen von der Idee seines wesentlich älteren Kumpels Ziems, Frau Kunze zu überfallen und zu töten, bis hin zu dem Tag, an dem er und Michael Tunsing das schreckliche Vorhaben tatsächlich ausführten. Es sprudelt regelrecht aus ihm heraus, wie ich bei der Lektüre merke: »Wir hatten ursprünglich vor, nur die Konten der Millionärin zu plündern, um mit dem Geld eine Cannabisplantage anzulegen. Dann heckte Ziems den Plan aus, sie zu ermorden. Etliche Wohnungen im ersten Stock ihres Hauses standen ja leer, und so würde sie nichts Böses ahnen, dachten wir uns, wenn jemand bei ihr klingelt und sich nach einer der Wohnungen erkundigt.«

Und genau so geschah es an einem Oktobertag des Jahres 2007 gegen 17 Uhr. Die alte Frau zeigt dem angeblichen Mietinteressenten die infrage kommende Wohnung, und dieser erbittet sich einige Tage Bedenkzeit. Rosemarie Kunze nickt zustimmend und steigt als Erste die Treppe hinab. Sie bemerkt nicht, dass sich inzwischen ein zweiter Mann ins Haus und in die obere Etage geschlichen hat.

Lautlos holt einer der Männer eine Garotte hervor und legt sie ihr um den Hals. Er zieht die Schlinge langsam zu, rutscht jedoch auf den Stufen ab und stürzt zusammen mit der alten Frau hinunter in den Hausflur. In panischer Angst ringt Rosemarie Kunze nach Luft, die Garotte umschließt ihren Hals wie eine Schraubzwinge. Immer fester, immer tiefer schneidet der Draht des Tötungswerkzeugs in ihr Fleisch. Sie wehrt sich verzweifelt, doch vergeblich – sie hat keine Chance.

Röchelnd bleibt die hilflose Frau liegen. Seelenruhig greift der Mann wieder nach dem Mordinstrument, um ihr endgültig die Luft abzuschneiden. Doch sie ist zäh, und irgendwie gelingt es ihr, eine Hand zwischen Hals und Schlinge zu schieben.»Nur mit Mühe konnten wir ihr die Finger wegreißen und unser Vorhaben zu Ende bringen«, erklärt Wenter.

Nach wenigen Minuten rührt sich die alte Dame nicht mehr. Zur Sicherheit packt einer der beiden den Gehstock der neunzigjährigen Millionärin und drückt ihn ihr gegen den Hals, stellt sich dann mit seinem ganzen Gewicht auf die Krücke und bricht der Strangulierten auch noch das Rückgrat.»Anschließend haben wir Ziems angerufen, er soll uns helfen, die Leiche zu entsorgen«, beendet mein Mandant die Schilderung des Tathergangs.

Nach begangener Tat beschließt das Trio jedoch, sich nicht nur an das Barvermögen heranzumachen, sondern auch an die Immobilien der Toten.

Zunächst aber stopfen sie gemeinsam den Leichnam der alten Dame in eine Plastiktonne, streuen ungelöschten Kalk darüber, um den Verwesungsgeruch zu übertünchen, und lassen den Behälter mit der Toten zunächst im Keller eines der Häuser verschwinden.

Doch dann sucht die Polizei Ziems in Rosemarie Kunzes Wohnung auf, und die drei bekommen es mit der Angst zu tun. Sie wissen, dass dies nicht der letzte Besuch der Polizei sein wird. Das bedeutet, dass die Leiche nun endgültig verschwinden muss.

Noch in derselben Nacht bringen sie die Plastiktonne mitsamt ihrem grausigen Inhalt zu einem See, bohren Löcher in die Wandung, damit der Behälter mit Wasser vollläuft, auf den Grund sinkt und nie mehr wieder nach oben gelangen kann.»Dann haben wir die Tonne in den See gestoßen und uns aus dem Staub gemacht«, beendet Wenter seine Aussage vor den Ermittlungsbeamten.

Nur bei einer Sache will mein Mandant zunächst nicht so recht mit der Sprache herausrücken: Wer der alten Dame denn letztendlich die Schlinge um den Hals gelegt hat. Sicher eine wichtige Frage, aber für mich zählt jetzt erst einmal etwas anderes.

Zunächst einmal muss ich tief Luft holen, denn die Geschichte hat es wirklich in sich. So eine ausgemachte Kaltblütigkeit begegnet einem schließlich nicht alle Tage, selbst mir nicht als mit Mördern doch recht vertrautem Anwalt. Erst ermorden sie eine wehrlose alte Frau, und dann hocken sie sich in deren Häuser, plündern ihre Konten und tun so, als wäre nichts geschehen. Das ist glasklar Mord, und ganz gleich, wer die

Garotte zugezogen hat, dran sind sie alle drei – auch mein Mandant.

Ich habe Wenter noch nicht gesehen und bin gespannt darauf, was mich erwartet, als ich mich zur JVA begebe. Ein Wachtmeister geleitet mich durch die langen Flure und die schweren Metalltüren in den Besucherraum. Da steht Wenter, und ich muss gestehen: Er überrascht mich. Hochgewachsen wie er ist, erinnert mich sein Äußeres an den berühmten New Yorker Rockmusiker Willy de Ville. Das Gesicht ist von langen, glatten, glänzend schwarzen Haaren umrahmt. Ein kleiner, mickriger Schnäuzer sprießt über dem Mund – offensichtlich möchte er wie ein gefährlicher Gangster aussehen. Konrad Wenter ist spindeldürr, er wiegt höchstens 60 Kilogramm. Zierlich, fast filigran sind seine Hände sowie sein gesamtes Erscheinungsbild.

Seine Begrüßung fällt ausgesprochen höflich und freundlich aus. Da sitzt mir ein junger Mann gegenüber, der alle Klischees über den Haufen wirft. Ich hatte einen grobschlächtigen Typen oder einen nervösen, jammernden Mickerling erwartet – doch mein Mandant ist nichts dergleichen. Er gibt sich äußerst zuvorkommend, ich habe beinahe das Gefühl, dass er mir besonders gefallen will.

Wenter spricht sehr gepflegt, ist ständig bemüht, Fremdwörter in seine Sätze einzuflechten. Allem Anschein nach versucht er, auf Teufel komm raus den Eindruck zu erwecken, er sei ein ungeheuer intelligenter

Bursche. Ein echter Überflieger.« »Ich weiß, dass mich eine lange Haftstrafe erwartet, aber ich habe Pläne, große Pläne«, plappert er. »Ich möchte das Abitur nachholen und mir dann meinen Lebenstraum erfüllen und Physik studieren.« Ein Gedanke, der umso vermessener erscheint, wenn man berücksichtigt, dass Wenter gerade einmal acht Jahre auf der Hauptschule durchgehalten hat.

Allmählich ahne ich, dass mir ein Fantast gegenübersitzt. Im Alter zwischen 16 und 18 Jahren habe er bei der Fremdenlegion anheuern wollen, so Wenter weiter. »Aber das habe ich dann gelassen. Später habe ich versucht, bei der Antiterroreinheit GSG 9 oder einem Krisenkommando der Bundeswehr unterzukommen, habe zahlreiche Fachbücher über Spezialeinheiten gelesen, darin ging es natürlich unter anderem um das Töten von Menschen.« Er hält kurz inne und fährt dann fort: »Letztendlich war mir das nicht fremd. Deshalb habe ich mich dann auch sofort bereit erklärt, die alte Frau umzubringen, denn mich lässt so etwas völlig kalt.«

So, ein kaltblütiger Mörder bist du also, du kleines Bürschchen, denke ich und schüttle unmerklich den Kopf. Auch wenn ich kein ausgebildeter Psychologe bin – es braucht nicht viel, um zu erkennen, dass dieser junge Mann entweder ein Spinner ist, der ständig zwischen Wirklichkeit und Wolkenkuckucksheim hin und her wechselt, oder der kaltblütigste Mensch, den ich je erlebt habe.

Und ich entscheide mich ganz eindeutig für den Spinner. Offenkundig tendiert Wenters Selbstwertgefühl gegen null. Anders lässt sich diese verwirrende Mischung aus dem martialischen Gerede vom Einzelkämpfer ohne Tötungshemmung und der fast filigranen Statur sowie seiner Sprechweise nicht erklären. Wie es aussieht, hat sich mein Mandant eine Fassade aufgebaut, die es ihm ermöglicht, sein Leben mit allen Schicksalsschlägen zu ertragen.

Konrad Wenter ist eigentlich das, was man landläufig als »armes Schwein« bezeichnen würde. Ein junger Mann von knapp 20 Jahren, an dessen Schuhsohlen stets das Pech klebt, der quasi ins Pech hineingeboren wird. Er wächst als Einzelkind auf. Seine Mutter arbeitet als Krankenpflegerin, sein Vater, ein gebürtiger Pakistani, ist als selbstständiger Einzelhandelskaufmann tätig. Die Ehe scheitert 1993.

Konrad macht schon in der Volksschule Probleme, er muss die erste Klasse wiederholen, muckt auf, reagiert ständig aggressiv und gibt auf dem Pausenhof den großen Maxe. Auf der Hauptschule wird es noch schlimmer: Meist schwänzt der Junge den Unterricht, mit zwölf droht ihm der erste Schulverweis. Seine Mutter weiß nicht mehr weiter und bittet ihren Exmann, den renitenten Sohn aufzunehmen.

Auch das klappt nicht. Fortan lebt Konrad meist auf der Straße. Die Schule verlässt er nach der achten Klasse. Seine Lehrer weinen ihm keine Träne nach, nicht zuletzt deshalb, weil ihnen Konrad des Öfteren Prügel angedroht und jüngere Mitschüler wiederholt auf dem Schulhof zusammengeschlagen hat. Später versucht er, bei Opel in Bochum als Praktikant Fuß zu fassen, dann als Tankwart. Doch er hält es nirgendwo lange aus. Ab und zu jobbt er bei Zeitarbeitsfirmen, der Kontakt zu seinem Vater bricht ab, als dieser nach England zieht, und seine Mutter sieht er nur noch sporadisch.

Mit zwölf hat er begonnen, Drogen zu nehmen, Joints zu rauchen, steigt später auf Kokain und Amphetamine um. Koks ist teuer. Daher versucht sich Konrad als Kleindealer auf der Straße. Kaum strafmündig verbüßt er mit 14 Jahren wegen Rauschgifthandels in 200 Fällen zwei Wochen Jugendarrest. Danach steht er immer wieder vor dem Richter, fährt in den Bau ein und dealt weiter, sobald er wieder draußen ist. Zweifellos beschreibt seine Biografie die typische »Karriere« eines Losers. Vielleicht ist das der Grund, weshalb er sich so viel Mühe gibt, den harten Mann zu mimen, überlege ich, der Junge kann vor sich und der Welt nicht zugeben, dass er bisher nichts auf die Reihe bekommen hat. Also versucht er, zumindest einmal im Leben erfolgreich zu sein: als Mörder.

Als er Anfang 2007 Robert Ziems kennenlernt, nimmt Konrads Leben die entscheidende Wendung. Ziems, 53, betreibt im Hinterhof eines Hauses der Witwe Kunze eine Fahrradwerkstatt. Die alte Dame hat ihm erlaubt, in dem dortigen Gartenhaus einen kleinen Reparaturbetrieb zu eröffnen. Damit hält sich Ziems notdürftig über Wasser. Er hat schon bessere Zeiten erlebt und kann eigentlich auf eine Bilderbuchkarriere zurückblicken: Vom Berufsschlosser steigt er zum gut verdienenden Ingenieur in einem Edelstahl verarbeitenden Betrieb auf. Doch dann, am Anfang der Achtzigerjahre, stürzt er ab. Offenbar lebt er über seine Verhältnisse. Er verübt Diebstähle im großen Stil, eine ganze Serie – zweieinhalb Jahre Knast sind die Folge. Danach reiht sich eine Verurteilung an die nächste. Betrügereien, Einbrüche, Steuerhinterziehung – Ziems schlägt sich mehr schlecht als recht mit kleinen Gaunereien durch.

Inzwischen steht es auch schlecht um seine Gesundheit. Schwere Arbeiten kann er nicht mehr ausführen. Er hat zwei Schlaganfälle hinter sich, und das Herz funktioniert auch nicht so, wie es sollte. So krebst er mit kleinen Reparaturen an Fahrrädern aus der Nachbarschaft vor sich hin.

Für junge Leute wie Konrad Wenter wird der Radschuppen bald ein beliebter Platz zum Abhängen. Zusammen mit seinem arbeitslosen Kumpel Michael Tunsing verbringt er dort meist den ganzen Tag. Man trinkt Bier, raucht ein Zigarettchen und unterhält sich über dies und jenes. Gelegentlich gehen Tunsing und Wenter dem älteren Ziems auch zur Hand. Mit der Zeit nimmt dieser bei den jungen Männern so etwas wie die Vaterrolle ein.

Eines plagt alle drei: Geldnot. Das Trio ist ständig klamm. Wenn mal nichts zu tun ist, sitzen die Männer paffend vor dem Schuppen und träumen davon, durch ein »gutes Ding« an reichlich Kohle zu kommen, um »gepflegt die Füße hochlegen zu können«.

Dabei gibt Ziems den Ton an. Trotz seiner körperlichen Schwächen strahlt er die nötige Autorität aus. Er ist es auch, der auf die Idee verfällt, seine Vermieterin Rosemarie Kunze zu ermorden. Der Überfall soll das erhoffte Startkapital für die große Cannabisplantage bringen. Dieses Hirngespinst hat er von seinem Bruder »geerbt«, der tatsächlich mit einer illegalen Cannabispflanzung zunächst immense Gewinne erzielte, bevor ihn die Polizei schnappte und er für sechs Jahre hinter Gitter wanderte. Aber Ziems will es klüger anstellen als sein Bruder. Dazu jedoch braucht er mindestens 50 000 Euro Anschubfinanzierung.

Ziems selbst kommt als Täter nicht infrage. Neben seiner Herzschwäche hat er auch Probleme mit seiner Beweglichkeit. Bei Michael Tunsing bezweifeln die anderen beiden, dass er den Plan alleine erfolgreich würde umsetzen können. Für seine 21 Jahre scheint er geistig ein wenig zurückgeblieben. Bleibt einzig mein Mandant, der Ziems' Idee grandios findet und sich sofort bereit erklärt, die Tat zusammen mit Tunsing auszuführen.

Mit Ziems' Hilfe bastelt Wenter eine Garotte aus dem Seilzug einer Fahrradbremse. An den beiden Enden des Drahts befestigt er zwei Holzgriffe, die von einem Springseil stammen. Diese Art Mordwerkzeug hat sich aus der alten Garotte, einem Hinrichtungsinstrument, das auch »Halseisen« oder »Würgeisen« genannt wurde, entwickelt. Sie bestand ursprünglich aus einem Holzpfahl mit vorne angebrachtem Sitzbrett, an den der Delinquent gefesselt wurde. Dann bekam er von hinten eine Schlinge um den Hals gelegt, die der Henker mithilfe eines Knebels zudrehte. Der Verurteilte wurde »erdrosselt«, das heißt, ihm wurde die Luftröhre zusammengequetscht, sodass er qualvoll erstickte.

Dieses Mordinstrument ermöglicht es einem Mörder, sein argloses Opfer von hinten zu überwältigen und es rasch sowie nahezu geräuschlos zu erdrosseln, denn es hat kaum eine Chance, sich wirklich zu wehren oder Hilfeschreie auszustoßen.

Genau das ist der Plan, den Wenter, Ziems und Tunsing verfolgen. Keiner soll mitbekommen, dass die alte Dame nicht mehr lebt. Schließlich will man sich nicht nur ihr Bargeld unter den Nagel reißen, sondern auch an ihre Konten heran. Und das braucht seine Zeit. Dabei begehen die drei allerdings schon ihren ersten entscheidenden Denkfehler: Ziems behauptet immer, Rosemarie Kunze sei die ideale Zielperson für einen Mordanschlag – sie habe keine Verwandten, keine Freunde, keinen, der sich um sie kümmere. Die Witwe sei ein rechtes Miststück, ein keifendes altes Weib, das niemand in der Gegend leiden könne. An ihren Hausarzt, Dr. Müller, denkt Ziems jedoch nicht.

Nun also sitzen Konrad Wenter und seine Komplizen in Untersuchungshaft, und ich bin mit meinem Mandanten noch keinen Schritt weitergekommen. Bei meinem nächsten Besuch konfrontiere ich ihn schonungslos mit der Realität: »Wenn Sie hier weiter den coolen Killer geben, dann bekommen Sie das volle Pfund und womöglich noch mehr«, mache ich ihm deutlich. »Das heißt: Im schlimmsten Fall droht Ihnen eine Verurteilung nach dem Erwachsenenstrafrecht. Summa summarum bedeutet das ›lebenslänglich‹. Und weil Sie allen gegenüber so großkotzig behaupten, es würde Ihnen nichts ausmachen, zu töten, käme noch die besondere Schwere der Schuld in Betracht, wenn nicht gar die Sicherungsverwahrung«, rede ich mich langsam in Rage. »Wollen Sie das? Wollen Sie Ihr restliches Leben in diesen Gefängnismauern verbringen, bis Sie womöglich erst als Tattergreis, völlig verarmt und orientierungslos, freikommen? Nur zu, dann machen Sie so weiter! Wenn das aber Ihr Wunsch sein sollte, junger Mann, dann bin ich der falsche Verteidiger für Sie, damit das zwischen uns ganz klar ist!«

Pause. Wenter schaut mich völlig verdutzt an. »Mir können Sie ohnehin nichts vormachen«, dröhne ich laut wie ein Dampfhammer durch den Haftraum, »ich nehme Ihnen diese Rolle nicht ab, Sie sind nicht der kaltblütige Killer, der alles im Griff hat und sich immer zu helfen weiß. Sie reden bloß, Sie sind ein Laberhannes, der in seinem Leben bisher nichts geleistet hat. Sie träumen vom Abitur, von einem Physikstudium, können aber nicht einmal einen Hauptschulabschluss vorweisen. Und jetzt brüsten Sie sich mit einem Mord, der so widerwärtig ist, dass einem die Spucke wegbleibt. Da steigt mir die Galle hoch!«

Niedergeschlagen blickt Wenter auf den Tisch, einen solchen Anschiss hat er nicht erwartet, offenbar ist er eine derartige Ansprache auch nicht gewohnt.

»So, mein lieber Freund. In einer Woche beginnt die Hauptverhandlung. Sie haben bis morgen Nachmittag Zeit, sich zu überlegen, wie es weitergehen soll mit uns beiden. Ich sage Ihnen gleich, wie die Alternative aussehen könnte: Bei Ihren 20 Jahren steht es dem Gericht frei, Sie nach Erwachsenen- oder Jugendstrafrecht abzuurteilen. Dieser Paragraf gilt für Heranwachsende im Alter zwischen 18 und 21 Jahren. Wenn Sie als Jugendlicher durchgehen, würde das im Höchstfall zehn Jahre wegen Mordes bedeuten, bei guter Führung kämen Sie vielleicht nach sieben Jahren wieder raus. Sie können sich aussuchen, wohin die Reise geht, adios!«

Ich greife nach meinem Mantel und meinen Akten und gehe aus dem Zimmer.

Wohlweislich verschweige ich ihm, dass es in seinem Fall ohnehin schwierig sein wird, noch eine Jugendstrafe zu erlangen. Je näher der Angeklagte nämlich an der 21-Jahre-Schallmauer dran ist, desto kritischer wird es für ihn. Konrad Wenter ist 20 Jahre und acht Monate alt. Im Kern geht es darum, den Entwicklungsstand des Beschuldigten abzuklopfen. Ist er reif genug, sein eigenes Leben zu führen, oder wohnt er noch bei seinen Eltern? Verdient er mit einem Job schon sein eigenes Geld, oder liegt er seinen Eltern oder wem immer auf der Tasche? Letztlich muss das Gericht mithilfe eines psychiatrischen oder psychologischen Sachverständigen alle Gesichtspunkte abwägen, die einen Jugendlichen von einem Erwachsenen unterscheiden. Daher wird der Fall auch vor einer Jugendstrafkammer verhandelt –, denn einer der drei Angeklagten – Wenter – ist unter 21 Jahre alt.

Als ich anderntags erneut in den Besucherraum der JVA komme, erwartet mich Wenter schon: »Herr Krechel, das war aber eine harte Nummer gestern«, sagt er und hebt die Arme, als ich mich wieder abwenden will. »Warten Sie! Ich denke, dass Sie recht hatten mit dem, was Sie gesagt haben. Ich werde mich bessern, glauben Sie mir. Ich weiß, dass ich einen großen Fehler gemacht habe, die Sache mit der alten Frau tut mir sehr, sehr leid. Ich weiß auch nicht, warum ich so einen Blödsinn erzählt habe. Ich hatte damals eine Heidenangst. Sie müssen mir helfen! Ich will nicht mein ganzes Leben im Knast verbringen. Sie wissen doch, dass ich Physiker werden will.«

Zweifelnd schaue ich ihn an, diesen Willy-de-Ville-Verschnitt. Dann gebe ich mir einen Ruck: »Okay, Sie tun jetzt nur noch das, was ich Ihnen sage, und dann hoffen wir, dass Sie an eine Kammer geraten, die es gut mit Ihnen meint.«

Wenn Konrad Wenter in seinem Leben jemals Glück hatte, dann mit dem Jugendschwurgericht, das den

Mord an der Witwe Kunze verhandeln sollte. Sowohl der Vorsitzende als auch seine beisitzenden Richter geben sich aufgeschlossen und verständnisvoll, als mein Mandant seine Aussage macht. Wie ein Schutzengel begleitet die Göttin Fortuna den jungen Angeklagten durch den gesamten Prozess.

Der Leiter einer jugendpsychiatrischen Abteilung kommt in seiner Expertise über Wenters Persönlichkeit zu einem ähnlichen Schluss wie ich. Er schildert meinen Mandanten als »eine inkonstante Persönlichkeit, die einerseits darum bemüht ist, maskulin, gewaltbereit und eiskalt rüberzukommen«. Konrad Wenter habe sich eine Figur gebastelt, hinter der er sich gerne verstecke, »weil ihm seine mangelnden Fähigkeiten nur allzu bewusst sind«. Hinter der Fassade verberge sich eine sensible, empfindsame Seele. »Bei dem Angeklagten ist durchaus eine Art von Verletzlichkeit und Empfindungsfähigkeit vorhanden«, konstatiert der Gutachter. Fazit: Nach außen ein Scheinriese, im Inneren aber ein kleiner Wicht. Konrad Wenters labile, unreife Persönlichkeit lässt nach Ansicht des Sachverständigen nur eines zu: das Jugendstrafrecht.

Alles läuft so, wie ich gehofft habe. Während Wenters Komplizen jeweils eine lebenslange Freiheitsstrafe bekommen, muss mein Mandant nur acht Jahre in einem Jugendgefängnis verbüßen. Dort hat er alle Möglichkeiten, doch noch etwas aus sich zu machen. Besser als im Erwachsenenvollzug bietet sich ihm hier die Möglichkeit, Schulungen und pädagogische Trainings zu absolvieren. Sollte er eine Ausbildung machen oder einen Schulabschluss nachholen, verkürzt das seine Haftzeit enorm. Konrad Wenter stehen alle Wege offen. Vor Gericht hat ihm Fortuna beigestanden, jetzt ist er selbst seines Glückes Schmied.

Aber schon bald muss ich mit Schrecken erkennen, dass mein Mandant den Wink des Schicksals offenbar nicht verstanden hat. Sechs Wochen nach dem Schuldspruch treffen wir uns in der JVA wieder.

Konrad Wenter ist erneut in seine alte Rolle verfallen: Nachlässig legt er seine Beine auf den Tisch und mimt wieder den coolen, abgebrühten Killer. »Können Sie nicht mal zusehen, dass ich aus dem Kindergarten hier herauskomme? Ich will in den Knast für die Erwachsenen. Ich will nicht bei diesen Bubis bleiben, sondern zu den richtigen Männern.«

Vergebens versuche ich ihm klarzumachen, dass er im Jugendvollzug wesentlich besser aufgehoben ist. »Hier haben Sie alle Chancen, noch etwas zu werden. Haben Sie schon vergessen, dass Sie gerade erst mit Riesenglück einer lebenslangen Freiheitsstrafe entgangen sind?«, frage ich ihn.

Wie eine Mutter auf ihr bockiges Kind rede ich auf ihn ein und muss feststellen, dass jedes Wort für die Katz ist. Wenter hat seinen Gerichtstermin überstanden, er ist relativ milde davongekommen, aber er ist durch das Urteil kein neuer Mensch geworden. Wie sollte er auch?

Ich erkenne allzu deutlich, was dem jungen Mann fehlt: der Ehrgeiz, der Antrieb, selbst etwas zu ändern. Als ich ihn während unseres letzten Gesprächs an all seine Lebenspläne erinnere – das Abitur nachmachen, das Physikstudium –, speist er mich mit neunmalklugen Sprüchen ab. »Die Zeit wird's bringen, Herr Krechel, glauben Sie mir, die Zeit bringt alles.« Da war es wieder, dieses coole Willy-de-Ville-Grinsen, fehlt nur noch, dass sich dieser Jungspund vor mir einen Brillanten in den Schneidezahn einsetzen lässt so wie der von mir so hochgeschätzte, leider zu früh verstorbene Altrocker.

Willy de Ville konnte sich das leisten, er war ein begnadeter Musiker. Sein Leben verlief sicher nicht immer geradlinig: Alkohol und Heroin gehörten jahrelang zu seinen besten Freunden. Doch irgendwann kam er davon los, rasierte sich den Schnurrbart ab, weil er genug hatte »von diesem Typen auf der Bühne. Mit so einem Hurensohn kann man nicht leben«, sagte er einmal in einem Interview, »ich habe ja selbst Angst vor ihm.«

Konrad Wenter ist noch längst nicht dort, wo Willy de Ville war, und ich weiß auch nicht, ob er jemals dorthin gelangen wird.

DER HOCHZEITSMÖRDER

»Hochzeitsgesellschaft wartet vergebens, Braut und Bräutigam zum Termin der standesamtlichen Eheschließung nicht erschienen...«

Ich bin gerade mit dem Wagen nach Dortmund unterwegs zu einem Mordprozess, als ich die Nachricht im Autoradio höre. »Jesses«, pruste ich los, »da haben wohl gleich beide kalte Füße bekommen!« Während ich meine Kilometer runterreiße, muss ich immer wieder an diese Ulkmeldung denken. Dass die Braut *oder* der Bräutigam vor diesem »letzten Schritt« sich aus dem Staub macht, ist ja schon beinahe ein Klassiker, dass aber *beide* ausbleiben und die ganze fein herausgeputzte Hochzeitsgesellschaft stehen lassen, gehört tatsächlich unter die Rubrik »Kuriositäten«.

Ich bin spät dran und drücke aufs Gas; meine Spekulationen zu dem irgendwo im Sauerland verloren gegangenen Brautpaar verlieren spätestens kurz vor dem Dortmunder Autobahnkreuz ihren Reiz. Wird sich wieder jemand einen echt blöden Scherz erlaubt haben, und während all seine Verwandten und Freunde vor dem Standesamt ausharren, lacht sich derjenige irgendwo ins Fäustchen, spinne ich den Gedanken weiter. Vielleicht sind die nach Las Vegas geflüchtet oder ins schottische Heiratsparadies Gretna Green, vielleicht haben die sich aber auch kurzfristig umentschieden und eine Flugreise in die Karibik gebucht ... Im Geiste hake ich den Fall ab: gehört und vergessen.

Die Ironie des Schicksals will es, dass ich vier Monate später in der JVA Bochum dem Mann gegenübersitze, der dieses Brautpaar getötet haben soll. Ich bin sein »neuer« Verteidiger. Schweigsam und mit gesenktem Kopf sitzt mein Mandant, Robert Rensing, vor mir. Zwischen uns türmen sich die Ermittlungsakten. Vor mir liegt die fertige Anklageschrift der Staatsanwaltschaft; die Hauptverhandlung soll bereits in drei Wochen beginnen.

Seit meiner Fahrt nach Dortmund hörte ich zunächst nichts mehr von der geplatzten Hochzeit. So entging mir auch, dass Carolin Pauli, die Braut, und ihr Verlobter, Jan Hess, bereits tot waren, als die Hochzeitsgesellschaft am 6. April 1995 vergeblich vor dem Standesamt wartete. Die Gäste machten sich schon nach kurzer Zeit nicht von ungefähr Sorgen um das nicht erschienene Paar, und bereits eine Stunde nach dem angesetzten Trauungstermin wurden Braut und Bräutigam bei der Polizei als vermisst gemeldet.

Robert Rensing ist Gelegenheitsarbeiter und der Polizei seit geraumer Zeit ein Begriff: Diebstähle, Einbrüche, gefährliche Körperverletzung. Er kokst, schnupft Amphetamine, trinkt Unmengen Bier und Schnaps. Konflikte löst er meist mit der Faust oder dem Messer. Er gilt als labiler, streitsüchtiger Bursche, der mit Zurückweisungen nur schwer zurechtkommt. Das gilt vor allem für die Beziehung zu seiner Halbschwester Carolin, die nach dem Tod seiner Mutter sein einziger Halt und Fixpunkt im Leben ist: Er liebt sie abgöttisch, rastet aber leicht aus, wenn sie sich nicht seinem Willen beugt. Des Öfteren prügelt er sie, schlägt sie brutal nieder und bittet sie dann wieder um Entschuldigung.

Auch Carolin hängt sehr an ihrem Halbruder und schreibt ihm zärtliche Briefe in den Knast, als er wieder einmal einsitzt – ein beinahe unnatürlich inniges Verhältnis der Geschwister. Als Rensing von der geplanten Hochzeit der Schwester erfährt, fürchtet er, sie an einen anderen Mann zu verlieren.

Gut zwei Wochen vor dem Hochzeitstermin lauert der Dreiunddreißigjährige dem Paar auf. Er brüllt, wütet, bedroht Carolins Verlobten Jan Hess mit einem großen Messer und richtet ihn mit Schlägen und Tritten übelst zu – erst die zu Hilfe gerufene Polizei kann noch Schlimmeres verhindern. Rensing muss auf der Wache eine Blutprobe abgeben: 2,6 Promille. Danach lassen die Beamten den Schläger wieder laufen.

Als das Brautpaar zur standesamtlichen Trauung nicht erscheint, muss man bei der Vermisstenstelle nur zwei und zwei zusammenzählen, um Rensing ganz oben auf die Liste der Verdächtigen zu setzen. Schnell wird der Verdacht der Polizei zur bitteren Gewissheit: Im Haus des Paares finden sich zahlreiche Kampfspuren. Rote Spritzer an den Wänden sowie eine große Blutlache vor dem Heizkörper deuten auf ein Kapitalverbrechen hin.

Die Gerichtsmediziner stellen binnen weniger Stunden fest, dass es sich um Carolins Blut handelt. Schleifspuren am Boden lassen vermuten, dass der Täter die Braut irgendwohin geschafft hat. Das Schicksal von Jan Hess bleibt vorerst mysteriös.

Hektisch fahndet die Polizei nach Robert Rensing. Die Kriminalbeamten können ihn nirgends aufspüren, er scheint wie vom Erdboden verschluckt.

Vier Tage lang verläuft die Fahndung erfolglos, bis sich Rensing, abgerissen und ausgezehrt, auf einer Polizeiwache selbst stellt. Offensichtlich hat er seit Tagen nichts gegessen und die kalten Frühjahrsnächte in Waldverstecken zugebracht.

Bereits bei der ersten Vernehmung gesteht er, seine Halbschwester Carolin und ihren Verlobten getötet zu haben: »Ich wollte nicht, dass sie heiraten. Carolin ist meine Schwester, meine Mutter und Frau.« Noch am selben Tag führt Rensing die Ermittlungsbeamten zu den beiden Erdlöchern im Wald, wo er die Leichen verscharrt hat.

Im Lauf der weiteren Verhöre zeichnet Rensing den Ermittlern ein anschauliches Bild des Szenarios: Einen

Tag vor ihrer Hochzeit passt er seine Schwester bei einem Spaziergang vor ihrem Haus ab. Mit den Worten: »Wir müssen reden!«, zerrt er Carolin rüde hinter sich her in die Küche. Aufgeschreckt durch das laute Rücken der Stühle, taucht Jan Hess im Türrahmen auf. Als er Carolins Bruder erkennt, zieht er wieder ab und lässt die Geschwister allein.

Rensing macht seiner Halbschwester Vorwürfe: »Du kannst doch nicht drei Monate nach dem Tod unserer Mutter schon heiraten, wie sieht denn das aus«, schimpft er. Carolin Pauli kontert kühl: »Ich bin alt genug, der Rest der Verwandtschaft kann mich mal. Es ist mir egal, was die Leute denken.«

Der Streit eskaliert. Nachdrücklich untersagt Rensing seiner Schwester die Hochzeit. Sie wehrt sich: »Das geht dich einen Scheißdreck an. Von einem Typen wie dir, der immer wieder im Knast sitzt, muss ich mir gar nichts vorschreiben lassen. Wegen dir habe ich immer noch Schulden.« Aufgebracht beschimpft sie ihren Bruder: »Wieso regst du dich überhaupt auf, was ist denn mit deiner Freundin, dieser Nutte?« Empört will sie an ihm vorbeieilen, doch Rensing erwischt sie am Bein und hält sie fest.

Wütend schnappt sich Carolin eine Blumenvase vom Küchentisch und wirft sie nach ihrem Bruder. Der rastet nun völlig aus: Mit einem Schlag befördert der kräftige Mann seine gut 20 Zentimeter kleinere Schwester zu Boden. Als sie wieder aufsteht, treibt er sie wie ein Boxer vor sich her. Carolin taumelt, verliert das Gleichgewicht und schlägt mit dem Hinterkopf gegen die Heizungsrippen. Blut quillt aus einer klaffenden Kopfwunde.

Nun gibt es für Rensing kein Halten mehr: Wie ein Irrer prügelt und tritt er auf die wehrlose Frau am Boden ein. Dann greift er sich ein Küchenmesser und rammt es seiner Schwester viermal in die Brust und in den Rücken. Unter der Wucht seiner Stiche bricht sogar die Klinge ab.

Nur langsam erwacht der Messerstecher aus seinem Blutrausch. Er braucht eine Weile, um die Folgen seiner Tat zu realisieren. Als ihm klar wird, dass er seine einzige wahre Liebe getötet hat, beginnt er zu weinen. Er hebt seine tote Schwester auf, setzt sich mit ihr in einen Sessel im Wohnzimmer und legt ihren Kopf in seinen Schoß. Eine Stunde lang sitzt er so da, verzweifelt wiegt er den malträtierten toten Körper hin und her.

In dieser Stellung findet ihn Carolins Verlobter Jan Hess. Rensing berichtet: »Hess hat sich mir nicht in den Weg gestellt. Hat nicht die Polizei angerufen – und auch nicht zu fliehen versucht. Er hat den Mord an Carolin ruhig hingenommen und meine Befehle befolgt. Er hat, wie ich ihm angeordnet habe, meinen Rucksack aus einem Versteck in einer nahe gelegenen Tannenschonung geholt, damit ich meine blutbespritzte Kleidung wechseln konnte. Am Abend hat er mir sogar geholfen, Carolins Leiche mit dem Auto in ein Waldstück zu bringen und dort zu vergraben. Dann habe ich am Grab meiner Schwester noch zwei Stunden lang Totenwache gehalten. Jan hat derweil in seinem Auto gewartet, denn es war auf dem morastigen Waldweg stecken geblieben. Danach haben wir in der Nacht versucht, gemeinsam das Auto wieder flottzubekommen, haben es aber bald aufgegeben und sind zurück auf die Landstraße. Gegen fünf Uhr morgens haben wir endlich einen größeren Ort erreicht, sind dann mit dem Taxi zu meiner Wohnung gefahren, haben Kaffee getrunken und uns einfach unterhalten. Anschließend haben wir uns getrennt. Ich bin zur Tankstelle an der Autobahn gelaufen, habe Zigaretten gekauft und mich in meinen Alkoholbunker unter einer Brücke verzogen und mir zwei Sixpack Krombacher Pils und eine Flasche Ouzo herausgeholt.«

Auf dem Weg zurück zu seiner Wohnung begegnet Rensing Jan Hess, der immer noch keine Anstalten macht, den Mord an seiner Verlobten der Polizei zu melden. Vielmehr bittet er nun Rensing um eine Aussprache. Die Männer wandern stundenlang durch die Gegend, ohne dass sich Hess traut, den Mund aufzumachen. Erst gegen neun Uhr, als sie eine Rast einlegen, bricht es aus ihm heraus. Lautstark fängt er an, Rensing zu beschimpfen: »Du bist ein totaler Versager, ein Verbrecher. Du bist das Letzte. Deine Mutter hätte dich nach der Geburt an die Wand klatschen sollen.«

Rensing hört zunächst geduldig zu, irgendwann reißt ihm jedoch der Geduldsfaden: »Halt die Schnauze, sonst passiert was!«, droht er. Doch Hess pöbelt immer weiter. Wild gestikulierend umkreist er den Halbbruder seiner getöteten Verlobten und giftet ihn an.

»Irgendwann war ich es leid«, erzählt Rensing. »Ich habe mein Messer gezogen und Jan Hess niedergeschlagen. Immer wieder habe ich die Klinge in seinen Körper gestoßen, bis Jan keinen Ton mehr von sich gegeben hat. Dann habe ich mit bloßen Händen die Leiche in einem Erdloch verbuddelt. Die nächsten Tage bin ich durch die Gegend gestreunt, ich wusste nicht, was ich tun sollte. Hunger und Durst haben mich schließlich zur Polizeiwache getrieben.« Ende der Vernehmung. Für die Staatsanwaltschaft ist der Sachverhalt klar. Sie klagt Rensing wegen zweifachen Mordes an. Die besondere psychische Ausnahmesituation, in der sich Rensing möglicherweise befand, spielt für die Ankläger überhaupt keine Rolle. Aus Sicht der Staatsanwaltschaft hat Rensing seine Halbschwester heimtückisch ermordet, bei dem Verbrechen an Jan Hess geht man von einem Mord in Verdeckungsabsicht der ersten Straftat aus. Immerhin sei der Verlobte der einzige Tatzeuge gewesen, so die Begründung.

Ich habe den Fall kurzfristig übernommen. Beim ersten Haftprüfungstermin trat eine junge, unerfahrene Kollegin als Pflichtverteidigerin Rensings auf. Nach kurzer Zeit fühlte sich die Anwältin allerdings überfordert und warf das Handtuch – sie hatte keinen Zugang zu ihrem Mandanten gefunden. Rensing stellte sich stur, war nicht bereit, mit ihr zu reden. Immer, wenn er nach dem Stand der Dinge fragte, wich sie aus. Die Chemie stimmte einfach nicht.

Verunsichert schrieb mir Rensing einen Brief. Weiß der Kuckuck, wie er auf mich gekommen ist. Die Sache interessierte mich. Es war ein Topfall, eines jener Verfahren, für die ich lebe. Eine Herausforderung, weil man als Verteidiger an die äußersten Grenzen gehen kann: eine dramatische Hintergrundgeschichte, mehrere hochinteressante juristische Aspekte, Ecken und Nischen, an denen ich ansetzen konnte – und vor allem einen ganz besonderen Angeklagten. Viel Geld war damit nicht zu verdienen, aber das war mir egal.

Von all den Mördern, die mir bislang begegnet sind, ist Rensing einer der wenigen, die mir wirklich leid taten. Damit will ich seine furchtbaren Taten keinesfalls beschönigen, doch allein schon seine Biografie, seine erbärmliche Kindheit hätte viele andere Menschen in den Wahnsinn getrieben.

Robert Rensing kommt 1961 in Essen als uneheliches Kind zur Welt, wird in eine Zirkusfamilie hineingeboren. Die Mutter, eine Sintiza, hat die Nazis und das Konzentrationslager überlebt. In der Folgezeit zieht sie mit Sohn, dem Lebensgefährten und dem jüngeren Halbbruder in einem Wohnwagen durch ganz Europa. Der Freund der Mutter kümmert sich rührend um die Familie. Für Rensing ist er so etwas wie ein Vater, der Junge verehrt ihn.

Es hätte ein unbeschwertes Leben sein können, wäre der Wohnwagen nicht wegen der neuen Nachkommenschaft irgendwann aus den Nähten geplatzt. Robert muss in ein Erziehungsheim. Von dort läuft er immer wieder weg. Als die Familie im Sauerland sesshaft wird, darf er wieder zurück.

Die Schule bricht er frühzeitig ab, ebenso eine Lehre. Mit 17 Jahren schließt er sich einem Schausteller an und zieht mit ihm über die Jahrmärkte quer durch Deutschland. »Das war eine tolle Zeit«, erzählt er mir, »die Arbeit machte mir Spaß.«

Doch dann zieht ihn der plötzliche Tod seines Stiefvaters völlig herunter: Robert entdeckt ihn erhängt über einem Türsims. Dieses Erlebnis wirft den jungen Mann aus der Bahn. In der Folge verbringt er mehr Jahre hinter Gittern als in Freiheit. Nach seiner Entlassung findet er kaum noch einen Job, kurzfristige Beziehungen mit Frauen gehen regelmäßig in die Brüche. Dafür steigert sich sein Hass gegen die Umwelt.

1992, als er seiner Halbschwester Carolin Pauli begegnet, ist Rensing 31 Jahre alt. »Sie war so etwas wie meine Lebensgefährtin«, berichtet er mir. »Wir hatten jahrelang ein intimes Verhältnis.« Carolin wird zu einer Art »Ersatzfrau« für Rensing. Er umschwärmt sie, macht ihr den Hof. Zugleich aber betrügt er sie mit anderen Frauen, verprügelt sie, macht ihr Vorschriften. Als Rensings Mutter Ende 1994 stirbt, nimmt die Beziehung der Geschwister pathologische Züge an. Carolin liebt und fürchtet ihren Halbbruder zugleich. Schließlich flüchtet sie sich in die Arme von Jan Hess und beschließt ihn zu heiraten. Für Rensing bricht eine Welt zusammen.

Offenbar handelt Robert Rensing in der Folge aus Enttäuschung und Verzweiflung. Die Angst, den nunmehr einzigen Menschen zu verlieren, der ihm etwas bedeutet, bringt ihn schließlich dazu, das Liebste zu töten, was er besitzt. Eine entsetzliche Tragödie, die am Ende eines völlig verpfuschten Lebens steht.

Ich habe schon viele Verbrecher erlebt, die ihre Taten mit einer mitleiderregenden Lebensgeschichte zu rechtfertigen versuchten. Die meisten Menschen haben es irgendwann in ihrem Leben einmal schwer gehabt – dennoch greifen sie nicht gleich zum Messer und bringen einen anderen Menschen um. Mit Robert Rensing verhält es sich anders. Unter all den vielen schrägen Typen, mit denen ich zu tun hatte, bildet der dreiunddreißigjährige Gelegenheitsarbeiter in meinen Augen eine Ausnahme: Er ist ein Mann mit einer von Brüchen gekennzeichneten Biografie, der seit seiner Kindheit ausnahmslos schwere Schicksalsschläge einstecken musste.

Zu diesem Lebenslauf passt auch seine Erscheinung: langes, ungepflegtes, fettiges Haar, starker Körpergeruch, schlechte Zähne, Hände und Arme übersät mit Narben und Tätowierungen, die bis zum Hals hinaufreichen. Rensing wirkt auf mich nicht gerade sympathisch.

»Wenn er so vor Gericht erscheint, kannst du direkt einpacken«, sage ich im Stillen zu mir, ehe ich Rensing die Hand gebe. Sollten sie ihn in diesem miserablen Zustand zu Gesicht bekommen, würden sich

Richter und Ankläger angeekelt abwenden, um ihn dann gnadenlos fertigzumachen. Eine Verteidigungsstrategie, in der ich ein wenig auf der Mitleidsschiene fahren kann, scheint folglich ausgeschlossen. »Nur wenn die Strafkammer sich darauf einlässt, die psychische Situation meines Mandanten in Betracht zu ziehen, wenn die Richter den Zwang erkennen, unter dem er stand, als er tötete – und der aus seiner ganz besonderen Lebensgeschichte herrührt –, nur dann werden wir eine Chance haben«, sagte ich mir. Es ist wie beim Schach: Ohne eine ausgeklügelte Taktik wird man bald mattgesetzt.

Ich beginne also mit einem kleinen Vortrag über den Zusammenhang zwischen gutem Auftreten, ausreichender Körperhygiene und dem Sympathiebarometer bei Richtern. Rensing schaut mich zunächst fragend an, ehe er begreift: »Ach so, Sie meinen, 'ne Dusche und Haareschneiden wär'n fällig. Na jut, wenn Se denn meinen.«

Gepflegtes Aussehen allein hilft Rensing allerdings nicht weiter: Die Staatsanwaltschaft hat für beide Taten Mordanklage erhoben. Dafür gibt es gewöhnlich eine lebenslängliche Haftstrafe.

Ich bin da ganz anderer Meinung: Je tiefer ich mich in die Akten versenke, je länger ich mich mit meinem Mandanten unterhalte, desto eindeutiger komme ich zu dem Schluss, dass Robert Rensing – völlig benebelt von Alkohol und Speed – zum Tatzeitpunkt nicht mehr Herr seiner selbst war.

Rensing hat sich in den Vernehmungen ausführlich dazu geäußert und detailliert beschrieben, wie er seine Schwester umbrachte: das Streitgespräch, das zur »Effekttat-Aggressivität« führte, wie wir Juristen sagen. Die verletzende Häme von Carolin Pauli, die ihn als Versager verhöhnte, ihn einen Dauer-Knacki nannte, der an der Flasche hänge und nun kaum aus den Augen schauen könne.

Auch die Irrfahrt mit Jan Hess durch das Sauerland hat mein Mandant in allen Einzelheiten beschrieben, den Nachtspaziergang, die plötzliche Verbalattacke des Verlobten, die letztlich zu der für ihn tödlichen Auseinandersetzung führte.

Selten bin ich begeistert darüber, wenn ein Mandant ohne mich bei der Polizei gesteht. Rensings Aussage hilft mir aber mehr, als dass sie schadet. In den Protokollen finden sich reichlich Belege gegen die Doppelmordtheorie der Ankläger.

Im Gegenteil: Ich gehe von einem Totschlag im minder schweren Fall aus, bedingt durch einen erheblichen Affekt. Wobei man in Carolin Paulis Fall sogar von einer Körperverletzung mit Todesfolge ausgehen könnte, da die geschilderten Geschehnisse zumindest über lange Passagen hinweg keinen Tötungsvorsatz erkennen lassen.

Einen wesentlichen Punkt in meinem Argumentationsgerüst stellt der erhebliche Alkoholkonsum dar, der daran zweifeln lässt, ob der Angeklagte zum Zeitpunkt seines Handelns imstande war, sich zu kontrollieren.

Mir erscheint Robert Rensings Lage alles andere als aussichtslos.

Zu Prozessbeginn schlägt meine Gemütsverfassung wahre Purzelbäume. Vorfreude mischt sich mit Spannung, auf meine Ungeduld antwortet eine mich zu nüchterner Analyse mahnende innere Stimme. Die Ausgangslage gibt mir viele Möglichkeiten an die Hand, das Prozessgeschehen in eine andere Richtung zu lenken.

Oft genug nutzen alle Künste des Verteidigers wenig, weil die Beweise gegen den Mandanten einen gewissermaßen erdrücken. Ein Geständnis, belastende genetische Fingerabdrücke am Tatort, Faserspuren, ein psychiatrisches Gutachten, das den Mandanten für voll schuldfähig erklärt, und dazu prozessuale Geplänkel, die den Unmut des Vorsitzenden nur noch erhöhen – da ist man schon gleich zu Beginn am Ende.

Diesmal aber ist es anders: In diesem Prozess eröffnet mir das »Waffenarsenal« der Strafprozessordnung einen großen Spielraum, um für Robert Rensing ein erträgliches Resultat zu erzielen.

Zum Prozessauftakt drängen wahre Menschenmassen in den Schwurgerichtssaal, zahlreiche Schaulustige müssen mangels freier Sitzplätze draußen bleiben. Journalisten füllen die ersten beiden Reihen bis auf den letzten Stuhl. Für eine kleine Stadt wie diese bietet der Hochzeitsmord seit Wochen reichlich Gesprächsstoff.

Robert Rensing wirkt ein wenig verlassen – er sitzt auf seinem Platz rechts vom Richtertisch. Unwillkürlich muss ich an ein Theaterstück denken, in dem die Bürger von Paris einen Wolfsmenschen begaffen, der durch die Straßen getrieben wird.

Eine Stunde zuvor bin ich mit Rensing nochmals die wesentlichen Punkte seiner Aussage vor Gericht durchgegangen: Ein volles Geständnis und dazu eine ausführliche Schilderung seiner schwierigen Kindheit lautet meine Vorgabe. Bloß keine Beschönigungen, bloß kein Selbstmitleid.

Rensing versucht sein Bestes, doch er weicht oft genug von der vorgezeichneten Linie ab: Er übertreibt – etwa wenn es um seinen Alkoholpegel geht. Plötzlich sind es nicht mehr zwölf Bier, sondern die doppelte Menge, die er vor der Tat getrunken haben will. Anders als noch im Polizeiverhör versucht er jetzt, die tödlichen Attacken auf seine Opfer ein wenig zu verharmlosen, so als sei das Ganze über ihn gekommen, ohne dass er etwas dafürkonnte.

Der Vorsitzende Richter, ein Gentleman alter Schule, der kurz vor seiner Pensionierung steht, hört Rensing schweigend zu. Er unterbricht ihn nicht, ja, er scheint von den Ausführungen des Angeklagten beeindruckt zu sein.

Rensings Rechtfertigungsversuche sorgen hingegen beim Publikum für Unmut. Viele Zuhörer schütteln während seiner Aussage immer wieder demonstrativ ihren Kopf und auch Staatsanwalt Rainer Winger geht

Rensings erstaunliche Tendenz zur Verharmlosung mächtig gegen den Strich.

Eigens für diesen Tag hat er einen langen Fragenkatalog vorbereitet. Jedes Wort aus seinem Mund wirkt wie eine Anklage, er giftet Rensing an, hackt auf ihm herum, um ihn aus der Reserve zu locken. »Wie konnten Sie eigentlich Ihre Halbschwester kaltblütig umbringen, die doch alles für Sie getan hat und Ihnen so nahestand?«

Rensing hält sich gut. Verlegen senkt er den Kopf, sobald er nicht mehr weiterkann. Er fängt sogar an zu weinen, wenn er keine passende Antwort weiß.

Währenddessen beobachte ich den Vorsitzenden, dessen Stirnrunzeln sein Missfallen über die harsche Vorgehensweise des Staatsanwalts immer deutlicher zum Ausdruck bringt. Ich wittere meine Chance: Dieser Richter neigt nicht zu Vorverurteilungen.

Nach Rensings Vernehmung wird die Hauptverhandlung auf die kommende Woche vertagt. Zeugen aus dem Umfeld des Brautpaars treten auf, die kein gutes Haar an meinem Mandanten lassen.

In dieser Phase bereite ich mich intensiv auf die Begegnung mit dem psychiatrischen Sachverständigen vor: Schon seine schriftliche Expertise liefert mir mehr Munition, als ich zu hoffen gewagt hätte.

Dr. Peter Hartwig, Facharzt für Psychiatrie, versteht ganz offensichtlich sein Handwerk nicht. Sein Gutachten offenbart derart gravierende Fehler, dass ich es gar nicht erwarten kann, ihn im Gerichtssaal auseinanderzunehmen.

Am achten Verhandlungstag erscheint er: groß, grau meliertes Haar, akkurater dunkler Anzug, blaue Krawatte. Hartwig beschreibt meinen Mandanten als gefährlichen Gewohnheitsverbrecher.»Seine Steuerungsfähigkeit war durch den exzessiven Alkoholkonsum nicht gemindert. Herr Rensing ist ein Gewohnheitstrinker, der täglich große Mengen Alkohol zu sich nimmt.« Ein mephistophelisches Lächeln erhellt plötzlich mein Gesicht: Ohne es zu merken, hat mir der Psychiater das passende Stichwort geliefert. Schließlich wurde vom Gesetzgeber seinerzeit eben jener Zustand übermäßiger Trunkenheit als Grundvoraussetzung für eine verminderte Schuldfähigkeit definiert.

Gedanklich bringe ich schon einmal meine Geschütze in Stellung für eine Breitseite gegen den Gutachter: So einen Bockmist habe ich schon lange nicht mehr gehört. Der Mann erzählt puren Unsinn. Nicht nur, dass er die Kriterien für eine verminderte Schuldfähigkeit völlig falsch interpretiert. Nein, er tappt auch in jede Falle, die ich ihm nach seinem Vortrag stelle.

Ich eröffne langsam das Feuer:»Herr Dr. Hartwig«, beginne ich,»zunächst einmal muss ich Ihnen danken.« Irritiert begegnet der Psychiater meinem Blick.»Wofür?«, druckst er herum.

Beschwichtigend antworte ich:»Ihre Ausführungen haben mir sehr geholfen.« Seine erstaunte Mimik weicht allmählich bloßer Fassungslosigkeit, als ich ihm in einem vierstündigen Fragenmarathon deutlich vor Augen führe, dass seine Expertise das Papier nicht wert ist. »Kennen Sie eigentlich die gesetzlichen Bedingungen für eine alkohol- und drogenbedingte Schuldunfähigkeit?«, will ich von ihm wissen. Dr. Hartwig nickt: »Gewiss, und zwar ...«, setzt er zu einer Erklärung an. Ich stoppe ihn mit einer Handbewegung: »Und zwar Herr Doktor!!! Wenn man bereits seit dem frühen Morgen mehr als ein Dutzend Flaschen Bier, dazu noch Weinbrand getrunken und ein bis zwei Gramm Amphetamin geschnupft hat, und abends weitere Unmengen Bier in sich hineinschüttet – glauben Sie wirklich, ein Mensch könnte dann noch klar denken? Glauben Sie, er wüsste genau, was er tut?« Mein Blick bohrt sich in seine Augen. Lange hält der Psychiater nicht stand.

»Ich denke eher, dass sich mein Mandant in einem absoluten Ausnahmezustand befand, er lief durch die Gegend wie ein angeschossener Elefant, mit einer ungeheuren Wut im Bauch, die sich durch den Cocktail aus Alkohol und Drogen zu einer nicht mehr beherrschbaren brodelnden Masse aus Gefühlen aufstaute und sich explosionsartig entlud. Hier noch von »steuerbarer Handlungsweise« zu sprechen ist genauso absurd, wie einen verletzten Elefanten streicheln zu wollen.«

Wieder lege ich eine Kunstpause ein. Auf den Ausflug in die afrikanische Serengeti bin ich übrigens gekommen, als das Fernsehen am Wochenende zuvor einen alten, berühmten Tierfilm von Bernhard Grzimek ausstrahlte.

»Ich muss sagen«, hebe ich erneut an, »es macht mich fassungslos, mit welcher unglaublichen Leichtfertigkeit Sie über diese klaren Anzeichen einer verminderten Schuldfähigkeit hinweggegangen sind – Ihr Gutachten erfüllt nicht einmal die Mindeststandards, die der Gesetzgeber vorsieht.« Mit entrüsteter Miene setze ich mich wieder.

Dr. Hartwig wirkt merklich pikiert und ziemlich niedergeschlagen. Hilfe suchend blickt er zum Gericht empor. Weder der Vorsitzende Richter noch der Staatsanwalt springen ihm bei. Sie haben mich die ganze Zeit über kein einziges Mal unterbrochen: ein gutes Zeichen.

Dem Vorsitzenden Richter ist die ganze Situation peinlich – unruhig wandern seine Augen von der Verteidigerbank zum Staatsanwalt und wieder zurück. Es ist offensichtlich, dass die Auswahl des psychiatrischen Gutachters ein Fehler war. Sein nervöser Blick verrät mir, dass er nun mit dem Unvermeidlichen rechnet: mit einem Antrag von mir, in dem ich Dr. Hartwig wegen des Verdachts der Befangenheit ablehne, was gleichzeitig bedeuten würde, einen anderen, kompetenteren Sachverständigen als ihn mit einem neuen Gutachten zu beauftragen.

Ich wähle jedoch einen anderen Weg: »Herr Vorsitzender, angesichts der neuen Umstände bitte ich um eine Verhandlungspause und um ein Rechtsgespräch.«

Im Beratungszimmer trage ich den Richtern und dem Staatsanwalt ganz sachlich meine Bedenken gegen den Gutachter vor. »Wir haben bereits den achten Hauptverhandlungstag«, führe ich ruhig aus, »Sie alle und ich wissen, dass ich ohne große Schwierigkeiten beantragen könnte, Herrn Dr. Hartwig gemäß Paragraf 244 Absatz 4 StPO abzulösen. Ich bräuchte nur nachzuweisen, dass es Sachverständige gibt, die über fundierteres Wissen verfügen als unser jetziger Gutachter. Bei dem blanken Unsinn, den der verehrte Herr Psychiater gerade von sich gegeben hat, sollte dies für mich ein Leichtes sein.« Betretenes Schweigen in der Runde. Alle wissen genau, was meine Drohung bedeutet: Die Kammer müsste den Prozess ganz von vorne aufrollen – mit einem neuen Gutachter. Acht Sitzungstage wären völlig nutzlos gewesen, der Urteilsspruch würde sich um Monate verzögern.

Das weiß auch der Vorsitzende Richter. Und ich weiß meinerseits, dass es sein letzter Prozess ist, den er auf jeden Fall noch selbst zu Ende führen will.

Es ist also an der Zeit, Frieden zu schließen und einen Deal vorzuschlagen. Der Vorsitzende Richter sieht mich lange schweigend an und stellt mir dann die entscheidende Frage: »Wie sehen denn Ihre Vorstellungen im vorliegenden Verfahren aus?«

Meine Strategie ist aufgegangen. Auf diese Frage habe ich die ganze Zeit hingearbeitet. Ruhig hole ich Luft und erkläre: »Meines Erachtens muss man in beiden Fällen unzweifelhaft von einem Totschlag ausgehen. Wobei ich bei Rensings Halbschwester Carolin Pauli aufgrund der hochaffektiven Situation des Angeklagten eher von einer Körperverletzung mit Todesfolge ausgehen würde.« Ich blicke fragend in die Runde, aber niemand zeigt eine Reaktion.

»Im Zusammenhang mit dem Verlobten, Herrn Hess, könnte es sich auch um einen Totschlag im minder schweren Fall handeln. Man denke nur an die erheblichen Provokationen und Beleidigungen, die mein Mandant hinnehmen musste. Darüber hinaus war Robert Rensing total betrunken, er geisterte seit über 24 Stunden ohne Schlaf und emotional völlig aufgewühlt durch die Gegend. Zum Tatzeitpunkt hat er sich in einer absoluten Extremsituation befunden.«

Während ich rede, lasse ich meinen Blick zwischen dem Staatsanwalt und dem Vorsitzenden Richter hin und her wandern. Noch immer herrscht in dem kleinen Beratungszimmer eine seltsame Ruhe, als ich mich dem entscheidenden Punkt zuwende: »Das Gutachten von Herrn Dr. Hartwig ist unbrauchbar. Aus meiner Sicht liegt bei meinem Mandanten eine verminderte Schuldfähigkeit vor, da sich Herr Rensing in beiden Fällen im Zustand tief greifender Bewusstseinsstörung befand, die es ihm zumindest teilweise unmöglich machte, sich entsprechend normal zu steuern. Dieser Umstand muss als erheblich strafmildernd gewürdigt werden.« Ich erwähne zudem, das bei dem Lebenslauf des Angeklagten hinsichtlich eines Zusammenhangs zwischen Drogenmissbrauch und Straftaten auch die Voraussetzungen einer schweren seelischen Abartigkeit, also eines weiteren Merkmals für die Annahme einer eingeschränkten Schuldfähigkeit, nicht von der Hand zu weisen seien.

Ich halte für einige Sekunden inne. Der Vorsitzende Richter sieht mich eindringlich an: »Wie viel?« »Neun bis dreizehn Jahre für beide Taten zusammen,«, entgegne ich ohne Umschweife.

Staatsanwalt Winger springt entsetzt auf. Ehe er aber einen Einwand vorbringen kann, füge ich, um die Gemüter zu beruhigen, hinzu: »Vielleicht würde es sich empfehlen, meinen Mandanten wegen seiner offensichtlichen seelischen Defekte in einer geschlossenen psychiatrischen Klinik unterzubringen.«

Mein Vorschlag trifft den Geschmack des Vorsitzenden: ein Volltreffer.

Auch der Staatsanwalt entspannt sich zusehends. Er mahlt mit seinen Zähnen, während er über meine Worte nachdenkt. Ein Aufenthalt in einer psychiatrischen Einrichtung hätte zur Folge, dass Robert Rensing so lange dort einsitzen muss, bis die Gutachter ihn nicht länger als Risiko für seine Mitmenschen einstufen. Das könnte eine Ewigkeit dauern, wenn nicht gar ein ganzes Leben. Sollte mein Mandant jedoch vorzeitig entlassen werden, müsste er zusätzlich zu dem Aufenthalt in der Psychiatrie noch seine Freiheitsstrafe von 13 Jahren im normalen Strafvollzug verbüßen.

Im Gesamtstrafmaß macht es für Staatsanwalt Winger keinen Unterschied zu dem ursprünglich angedachten »Lebenslänglich«. Er erklärt sich einverstanden, und schließlich besiegle ich mit dem Gericht den Deal, Robert Rensing in die geschlossene Psychiatrie einweisen zu lassen.

Ein gewagtes Unternehmen, denn häufig attestieren die Ärzte Straftätern wie Rensing einen schweren psychischen Ausnahmezustand. Anstatt irgendwann in den normalen Strafvollzug zu wechseln, werden diese »Patienten« langfristig in einer solchen Anstalt verwahrt. Schlägt die Therapie nach Ansicht der Psychiater fehl, droht oftmals auf Dauer ein Leben in einer geschlossenen Abteilung. Ich habe mich zu diesem gefährlichen Schritt entschlossen, weil ich für Rensing keine bessere Alternative sehe.

Hätte ich dem Staatsanwalt die Unterbringung in einer solchen Einrichtung nicht schmackhaft gemacht, wäre er meinem Vorschlag nie und nimmer gefolgt. Dann hätte man diesen Prozess platzen lassen, erneut verhandeln und einen neuen Sachverständigen anhören müssen. Und Robert Rensing wäre vermutlich für sein ganzes Leben lang ins Gefängnis gewandert.

Der Trumpf mit der Psychiatrie hat sich übrigens im Nachhinein als ausgesprochen positiv für meinen Mandanten erwiesen: Zwei Jahre nach seiner Verurteilung zu einer dreizehnjährigen Freiheitsstrafe sowie der Unterbringung in einer Nervenheilanstalt durfte Rensing in den normalen Strafvollzug wechseln. Laut fachärztlicher Diagnose gehörte mein Mandant nicht in die Kategorie abartig gefährlicher Killer.

Viele Jahre später habe ich erfahren, dass sich Robert Rensing im Strafvollzug ausgezeichnet geführt hat. Nach sieben Jahren ist er vorzeitig freigekommen und seither nie wieder straffällig geworden. Und ich bin froh darüber, dass mich mein Gefühl damals nicht getrogen und Rensing seine Chance wirklich verdient hat.

VON EINEM GOLDBARREN UND DEM »FINGERLESEN«

Ich studiere eingehend ein auf Postkartenformat vergrößertes Porträtfoto von Bettina Gruber, eine der letzten Aufnahmen vor ihrem Tod: kurz geschnittenes schwarzes Haar, schmales, blasses, asketisches Gesicht, wasserblaue Augen. Sie blickt ein wenig müde in die Kamera. Sie wurde im Alter von 45 Jahren in ihrem Haus von meinem Mandanten vergewaltigt und ermordet.

Aus den spärlichen Angaben der Ermittlungsakte versuche ich, mir ein Bild von dem Mordopfer zu machen. Vielleicht hilft es mir dabei, eine Erklärung dafür zu finden, weshalb mein Mandant vor mehr als fünf Jahren ein derart grausames Verbrechen verübt hat.

Bettina Gruber, verheiratet mit einem Freiberufler und Mutter von zwei Kindern, bewohnt mit ihrer Familie ein kleines Reihenhaus in einer mittelgroßen Stadt in Süddeutschland. Ihr Vater, ein erfolgreicher Unternehmer, hat das Haus seiner Tochter und deren Mann günstig überlassen.

Bettina ist eine tief religiöse Frau und in der evangelischen Gemeinde aktiv, setzt sich intensiv mit christlichen und spirituellen Fragen auseinander. Sie ist hilfsbereit, geht ohne Vorbehalte auf andere zu und hat für jeden ein offenes Ohr.

Im Jahr 1998 erkrankt sie schwer an Krebs. Nach langwierigen Operationen und beschwerlichen Chemotherapien erholt sie sich einigermaßen. Allerdings fühlt sie sich noch so geschwächt, dass ihr eine Nachbarin, Frau Krämer, zweimal in der Woche im Haushalt bei den groben Arbeiten zur Hand geht. Finanziell kommt die Familie mehr schlecht als recht über die Runden. Wenn es eng wird, hilft der vermögende Vater immer wieder aus.

Im Februar 2002 schenkt er seiner Tochter einen Goldbarren im Wert von 10 000 Euro. Eindringlich ermahnt er sie, den Barren für schlechte Zeiten aufzuheben. Bettina Gruber schlägt den goldenen »Notgroschen« in grünen Samt ein und versteckt ihn im obersten Fach ihres Kleiderschranks hinter den Pyjamas und ihrer Wäsche.

Anfang April 2002 findet der Vater seine Tochter in der Badewanne ihres Hauses tot auf. Beraubt und dann ertränkt, die Leiche geschändet. Das grausame Verbrechen löst eine langwierige Fahndung nach dem Täter aus. Mehr als fünf Jahre jagt die Kripo gleichsam einem Phantom nach. Die Suche nach »M«(örder) erinnert mich an einen Marathonlauf in einem Labyrinth. Immer wieder enden die Nachforschungen der Ermittlungsbeamten in Sackgassen. Es ist eine Art Trial-and-Error-Fall, der nie gelöst worden wäre, hätte der Täter nicht selbst den entscheidenden Fehler begangen.

Die Kriminalbeamten rekonstruieren den Tathergang minuziös: Anhand der Spurenlage ist schnell klar, dass sich Täter und Opfer kennen. Bettina Gruber lässt ihren Mörder offenbar freiwillig ins Haus, denn es finden sich nirgendwo Hinweise auf ein gewaltsames Eindringen.

Am Mordtag kehrt die Frau gegen elf Uhr von einem Massagetermin nach Hause zurück. Ihre Schwägerin bestätigt, dass sie mit ihr noch ein Telefongespräch über den Festnetzanschluss geführt hat. Zwischen elf und zwölf Uhr muss sie dann ihren Mörder ahnungslos ins Haus gelassen und ihm auf der Terrasse ein Glas Mineralwasser angeboten haben.

Der Besucher überfällt Frau Gruber vermutlich im Wohnzimmer, will Beute machen. Sie wehrt sich mit allen Kräften, dabei fliegt ein blauer Wäschekorb die Treppe zum Keller hinunter, im Flur fallen Schuhe von der Ablage an der Garderobe. Der Räuber schlägt sie mit der Faust nieder, eilt in Panik zur Terrassentür, schiebt sie zu und zieht die Vorhänge vor, damit die Nachbarn nichts von dem Überfall mitbekommen.

In diesem Moment kommt Bettina Gruber wieder auf die Beine. Sie rennt die Treppe hinauf und verbarrikadiert sich im Zimmer ihrer Tochter Claudia. Hektisch wählt sie die Notrufnummer der nahe gelegenen Polizeistation – es ist 12.31 Uhr. Doch noch ehe sie ein Wort sagen kann, hat ihr Verfolger bereits die Tür eingetreten und das Telefonkabel samt der Unterputzsteckdose aus der Wand gerissen. Die Polizei verfolgt die Nummer zurück, erreicht jedoch niemanden und hakt das Geschehen als schlechten Scherz ab. Währenddessen kämpft Bettina Gruber um ihr Leben. Der Mann zerrt die Frau ins Schlafzimmer, schließt das Fenster und zieht auch hier die Gardinen zu.

Der Täter schlägt immer wieder zu. Bettina Gruber soll ihm endlich sagen, wo sie ihre Wertsachen aufbewahrt. Irgendwann verliert die Frau das Bewusstsein und schlägt im Fallen mit dem Hinterkopf gegen die Wand.

Ihr Peiniger schleppt sie zum Ehebett, fesselt ihre Arme und Beine mit Klebeband, reißt ihr den goldenen Ehering vom Finger, bringt sie zu guter Letzt dazu, ihm das Versteck ihrer Wertgegenstände zu verraten. Zufrieden rafft der Räuber den Goldbarren, Schmuck und Bargeld aus einer Kassette zusammen und stopft seine Beute in eine schwarze Sporttasche.

Das Todesurteil für Bettina Gruber: Sie kennt den Täter, und er weiß, dass sie ihn umgehend bei der Polizei anzeigen wird. Also zerrt er die gefesselte Frau auf einen Drehstuhl und schiebt sie ins Badezimmer. Er lässt die Wanne volllaufen, drängt Bettina Gruber über den Beckenrand und drückt ihren Kopf unter Wasser. Nachdem sie ertrunken ist, entkleidet er die Frau. Er verliert sämtliche Hemmungen, gebärdet sich wie ein wildes Tier und vergeht sich an ihr – ohne Kondom. Ein wichtiges Indiz für die Schuld meines Mandanten.

Denn die Ermittler entdecken im Vaginalabstrich nur Prostataflüssigkeit – die Substanz enthält keine Spermien. Das bedeutet: Das Sekret stammt von einem Mann, der sich in der Vergangenheit hat sterilisieren lassen. Und genau das ist bei meinem Mandanten der Fall.

Anscheinend bedenkt er die verräterische Hinterlassenschaft zum Zeitpunkt der Tat nicht. Erst allmählich kommt er wieder zur Besinnung. Akribisch versucht er, sämtliche Spuren im Bad und im Schlafzimmer zu beseitigen. Er packt sogar den blutverschmierten Bezug vom Ehebett der Grubers ein. Gegen 13.45 Uhr verlässt er das Haus.

Nach ein paar Metern fallen ihm die Mineralwasserflasche auf der Terrasse ein und das Glas, das seine Spuren trägt. Er kehrt noch einmal um. Vor dem Hauseingang begegnet er Bettina Grubers zwei Töchtern. In gebrochenem Deutsch gibt er sich als Gärtner aus, faselt etwas von »hier Grün zu schneiden« und dass er seine Wasserflasche samt Glas auf der Terrasse vergessen habe.

Claudia Gruber traut dem dunkel gekleideten Fremden mit der großen Sonnenbrille nicht. Misstrauisch erkundigt sie sich nach ihrer Mutter. Die sei einkaufen gegangen, erklärt der Mann. Claudia bedeutet ihm, draußen zu warten und holt die gewünschten Gegenstände von der Terrasse. Beruhigt entfernt sich der Unbekannte vom Tatort.

Im Wohnzimmer stoßen die Mädchen auf ein wüstes Durcheinander. Verstört bitten sie ihren Großvater, er möge schnell kommen, irgendetwas stimme zu Hause nicht.

Als der alte Mann eintrifft, bemerkt er die Kampfspuren im Wohnzimmer und entdeckt oben im Bad schließlich seine ermordete Tochter in der Badewanne. Verzweifelt trägt er den leblosen Körper hinüber aufs Ehebett und versucht mit Mund-zu-Mund-Beatmung eine Reanimation – doch vergeblich: Bettina Gruber ist tot.

Die Kripo konzentriert sich zunächst auf die seltsame Begegnung der beiden Töchter mit dem Fremden an der Haustür. Allerdings können Claudia und ihre Schwester keine exakte Beschreibung des Täters liefern. Ihrer Aussage nach trug der Mann eine für die warme Jahreszeit unpassend dicke schwarze Winterjacke und eine große Sonnenbrille mit reflektierenden Gläsern. Mit weiteren Einzelheiten wissen die geschockten Mädchen nicht aufzuwarten.

Zur selben Zeit arbeitet die Kriminaltechnik auf Hochtouren. Der Tatort wird Millimeter für Millimeter vom Keller bis zum Dachboden auf alle möglichen Spuren, Fingerabdrücke, Faserflusen, Blutreste sowie sonstige Merkmale hin abgesucht. Doch keine Faser, kein abgerissener Knopf, kein einziges verräterisches Haar findet sich am Tatort – nur eine kleine, zunächst nicht einmal wahrgenommene Spur. Auf der Rückseite der Glastür zur Terrasse entdecken die Kriminaltechniker den Abdruck eines kleinen Fingers, der weder einem Familienmitglied noch jemandem aus dem Bekanntenkreis zuzuordnen ist und aus dem sie das Blut des Opfers filtern. Es ist die einzige verwertbare Hinterlassenschaft des Mörders von Bettina Gruber.

Einige Tage später findet die Mordkommission in einer Mülltonne an einer Autobahnraststätte einen Teil der aus dem Haus der Grubers gestohlenen Gegenstände. Und hier können die Kriminaltechniker endlich eine ganze Menge verwertbarer Fingerabdrücke des Mörders isolieren. Schon wähnt man sich am Ziel. Routinemäßig stellen die Ermittler die Ergebnisse ihrer daktyloskopischen Untersuchungen über das automatisierte Fingerprintidentifizierungssystem »AFIS« in sechzehn Ländern ein, doch das Resultat fällt äußerst ernüchternd aus: Der Fingerabdruck des Täters ist nicht in den Computern der Europäischen Sicherheitsbehörden gespeichert.

Mehr als fünf Jahre gehen ins Land. Fünf Jahre, in denen die Ermittler jede noch so winzige Fährte verfolgen. Fünf Jahre lang geben sie die gefundenen Fingerabdrücke des Täters immer wieder in den Zentralcomputer von Interpol ein, fünf Jahre ernten sie nur Misserfolge. Als nichts mehr weiterhilft, initiieren sie über die TV-Fahndungssendung *Aktenzeichen XY* eine breit angelegte Fahndung – ebenfalls ohne Resultat. Bis der gesuchte Straftäter schließlich einen entscheidenden Fehler begeht.

Zwei Jahre nach dem Mord verlässt er Deutschland und zieht mit seiner zweiten Ehefrau nach Wales. Im Herbst 2007 kommt es dann zu einer Auseinandersetzung zwischen den Eheleuten: Der Mann verprügelt seine Frau, und diese erstattet Anzeige bei der Polizei. Nach seiner Festnahme wird der Mann erkennungsdienstlich behandelt und muss seinen Fingerabdruck abgeben. Am 24. November 2007 meldet das AFIS-System von Interpol einen Treffer: Die Prints stammen mit denen des flüchtigen Mörders von Bettina Gruber überein.

Wenig später sitze ich in einem süddeutschen Gefängnis dem Mörder gegenüber: Robert McKaym, 54 Jahre alt, Engländer. Vor wenigen Tagen hat er mich in einem kurzen Schreiben um meinen Beistand gebeten.

Der Mann, der jahrzehntelang als Trockenbauer in Deutschland gelebt hat, ist ein ausgesprochener Unsympath, mürrisch und widerborstig, selbst ein freundlicher Gruß kommt ihm nur schwer über die Lippen.

Bevor ich mit ihm in den Fall einsteige, fällt er mit einem ganzen Haufen von Beschwerden über mich her. Er jammert über die schwierigen Haftbedingungen, klagt über eine Herzattacke, die er mit Mühe und Not überstanden habe, und darüber, dass er nicht an seine Angehörigen schreiben dürfe. Seine Vorwürfe prasseln wie ein Waserfall auf mich nieder, sie reichen von angeblicher Folter durch die Polizei bis hin zu mutmaßlichen Drangsalierungen seitens der Vollzugsbeamten.

Ein schwieriger Mandant, mit dem nicht leicht zu arbeiten sein wird.

Unser erstes Gespräch beschränkt sich vor allem auf organisatorische Fragen. McKaym hat bereits einen Anwalt, der ihm als Pflichtverteidiger beigegeben ist, denn über Geld verfügt der Brite ebenso wenig wie über ein Mindestmaß an Realitätssinn zur Einschätzung seiner Lage.

Ich mache ihm klar, dass der Vorsitzende Richter mich nicht so ohne weiteres als zweiten Pflichtverteidiger bestellen wird und ich viel Überredungskunst aufbieten muss, um seine Verteidigung übernehmen zu können.

Meine Erklärungen interessieren ihn wenig. Umso wichtiger ist es ihm, dass ich mich um einen Kontakt zu seinen Angehörigen kümmere. Ganz oben auf seiner Wunschliste steht eine bessere ärztliche Versorgung – und dann möge ich ihm doch bitte die Ermittlungsakten beschaffen.

Unser Treffen dauert nicht lange. Obwohl mir der Mann vom ersten Augenblick an unsympathisch ist, bemühe ich mich, ihn nach allen Regeln der Kunst zu verteidigen – warum, weiß ich bis heute nicht. Will ich mir etwa selbst beweisen, dass ein juristischer Profi wie ich sich nicht von persönlichen Empfindungen leiten lässt und sogar einen absoluten Fiesling verteidigen kann, ja sogar muss? Vielleicht ist es auch nur die voyeuristische Neugier an einem ebenso komplexen wie außergewöhnlichen Fall.

Zumindest spornt mich diese Neugier an. Die Akten sind schnell beschafft, zwei Wochen später suche ich McKaym erneut im Gefängnis auf. Mit einem lauten Knall klatsche ich die Ordner auf den Tisch. Stolz erzähle ich meinem Mandanten, wie ich den Vorsitzenden der Schwurgerichtskammer dazu bewegen konnte, mich als zweiten Pflichtverteidiger zu bestellen.

Auf diese Weise versuche ich, mein Gegenüber etwas für mich einzunehmen – in der Hoffnung, dass ich ein vertrauensvolles Miteinander aufbauen kann.

Doch was für ein Trugschluss! Als »Anerkennung« ernte ich nur lange Tiraden über die miserable Justiz in Deutschland. Dieses Land sei offenkundig ein Unrechtsstaat, der ihn schon vorverurteilt habe, wettert McKaym. Er poltert, er schimpft, er polemisiert, er hetzt – gegen die Justizvollzugsanstalt mit ihren »mörderischen« Wärtern, die ihn nach einer Herzattacke sich selbst überlassen hätten, gegen den ihm vom Gericht zugewiesenen Pflichtverteidiger, der eine Flasche sei und offenkundig mit der Staatsanwaltschaft unter einer Decke stecke. Von der Polizei fühlt sich McKaym betrogen. Sie habe ihn gezwungen, eine falsche Aussage zu unterschreiben.

McKaym gehört zu jenen Typen, deren aggressiver Redeschwall sich kaum stoppen lässt. Unablässig stimmt er neue Klagelieder mit kruden Verschwörungstheorien an. Ein Narzisst, wie er im Buch steht, der sich stets als Opfer seiner Umwelt fühlt, ein Mandant, bei dem man jederzeit mit heftigstem Widerstand rechnen muss, wenn man nicht hundertprozentig seiner Meinung ist.

Ruhig höre ich ihm zu. Schweigend verfolge ich seinen peinlichen Monolog. Erst nach einer halben Stunde scheint ihm allmählich zu dämmern, wie deplatziert sein cholerischer Auftritt auf mich wirken muss. Unwirsch leitet er plötzlich zur zentralen Frage über: »Wie stehen meine Chancen?«

Ich blicke ihn lange an. Das ist ihm merklich unangenehm. Er beginnt nervös auf seinem Stuhl herumzuzappeln und hebt erneut an: »Ich bin unschuldig, es ist eine Leichtigkeit, die belastenden Beweise in der Luft zu zerreißen.«

Auf diese Behauptung bin ich vorbereitet. Schon nach unserer ersten Zusammenkunft war mir klar, dass ich meinem Mandanten seine prekäre Lage mit deutlichen Worten würde vor Augen führen müssen. Ich bin gespannt, wie er sich angesichts der schier erdrückenden Beweislast herausreden wird.

In seiner ersten Vernehmung hat McKaym zu Protokoll gegeben, dass er sich als Neunundzwanzigjähriger einer Sterilisation unterzogen habe. Als ich ihm jetzt eröffne, dass die Gerichtsmediziner seinerzeit im Analbereich des Opfers Prostataflüssigkeit fanden, die keine Spermien enthielt, und möglicherweise auf ihn als Täter hinweist, windet sich mein Mandant. Dann erklärt er lapidar: »Es gibt doch viele sterilisierte Männer, deshalb bin ich noch lange nicht der Mörder.« Mehr sagt er dazu nicht. Er reagiert ungehalten, als ich noch einmal darauf zu sprechen komme.

Also hake ich woanders ein. Ich frage ihn: »Was ist mit jenem ominösen Satz, mit dem Sie Ihrer Auslieferung an die deutsche Polizei zugestimmt haben? Was meinten Sie, als Sie sagten: ›Ich will es der Familie des Opfers damit leichter machen, Ruhe zu finden.‹«

McKaym sieht mich missmutig an. Doch eine schlüssige Erklärung bleibt er mir schuldig. Wie so häufig verliert er sich in Allgemeinplätzen, lamentiert über Sprachschwierigkeiten. Vermutlich habe man ihn falsch verstanden. Stets versucht er, nach demselben Muster abzuschwächen, auszuweichen oder durch verbale Attacken vom eigentlichen Problem abzulenken.

Solche Mandantengespräche können sich über Stunden hinziehen. Das ist nichts Neues für mich, und dennoch ärgere ich mich immer maßlos über die vergeudete Zeit, denn solche Unterredungen bringen einen keinen Millimeter weiter.

Nach anderthalb Stunden beschließe ich, andere Register zu ziehen. Mir reicht's. Entnervt drücke ich McKaym ein Heft in die Hand, worin ich sämtliche belastenden Indizien und Vorwürfe aufgelistet habe. Er soll mir erklären, wie sein Fingerabdruck auf die Terrassentür kam. »Schluss mit dem Herumeiern! Dafür ist der Beweisdruck zu hoch«, gebe ich ihm deutlich zu verstehen.

Die Akten jedenfalls zeichnen ein für ihn düsteres Bild: 2002 lebte McKaym 30 Kilometer vom Mordopfer entfernt. Die Ermittler fanden schnell heraus, dass er mit der damaligen Haushälterin der Familie Gruber ein Verhältnis hatte und gelegentlich im Haus der Grubers kleine Reparaturen durchführte oder im Garten aushalf. Das erklärt auch, warum Bettina Gruber ihn arglos einließ. (Ihre Töchter hatten ihn jedoch nie gesehen, weil sie zu den fraglichen Zeiten immer in der Schule waren.)

Auf die Frage nach dem Fingerabdruck zuckt McKaym nur mit den Schultern. Der müsse noch aus der Zeit stammen, als er dort gearbeitet habe, behauptet er. »Und wie kommt dann das Blut des Opfers in den Abdruck?«, frage ich scharf. Erneutes Achselzucken. Das Blut müsse man ihm untergejubelt haben, entgegnet McKaym.

Das Gespräch kommt überhaupt nicht richtig in Gang, und ich verliere allmählich die Geduld. Im Vergleich zu den Versuchen meines Mandanten, die Spurenlage zu erklären, klingen Münchhausens Lügengeschichten absolut glaubwürdig.

McKaym leugnet, streitet ab oder flüchtet sich in die abstrusesten Darstellungen, in reine Hirngespinste. Angesprochen auf seine Fingerabdrücke, die man an den auf der Autobahnraststätte gefunden Beutestücken aus dem Haus der Ermordeten sicherstellen konnte, faselt er von einer Verschwörung der Polizei: »Ganz klar, die wollen mir die Tat unterschieben.«

Stundenlang treten wir nun schon auf der Stelle. Meine schlimmsten Befürchtungen bestätigen sich: Es erscheint mir nicht möglich, McKaym zu verteidigen, ohne mich im Gerichtssaal der Lächerlichkeit preiszugeben. Soll ich in der Hauptverhandlung etwa aufstehen und mit wehender Robe erklären, die Fingerabdrücke seien meinem Mandanten von der Polizei untergeschoben worden? Lächerlich!

Je mehr ich McKaym in die Enge treibe, desto kryptischer werden seine Aussagen. Doch plötzlich scheint der Brite zu merken, dass er mit mir nicht spielen kann. Überrascht registriere ich den plötzlichen Rollenwechsel, den mein Gegenüber vornimmt: McKaym senkt den Kopf, hält kurz inne und mustert mich mit ernsten Augen. Dann beginnt er zu erzählen. Von seiner großen Liebe, die er zu jener Zeit geradezu vergötterte. »Es war eine extreme Situation. Dann habe ich erfahren, dass meine Geliebte sich nachts heimlich prostituierte. Sie hat mich abends betäubt, damit ich ihr nicht auf die Schliche kam. Deshalb kann ich mich kaum noch an diese Zeit erinnern.«

Mein Gott, denke ich mir, der Mann ist wohl nicht mehr bei Sinnen. Möglicherweise leidet er unter einer schweren Psychose. Aber das passt nicht zu ihm, sein ganzes Gebaren ist auf überlegte Abwehr ausgelegt, auf Selbstverteidigung. Bei ihm fehlen die typischen Symptome einer seelischen Erkrankung. Doch McKaym scheint mir in sich selbst völlig zerrissen. Einerseits fürchtet er sich vor einem Geständnis und der zu erwartenden Strafe; andererseits scheint etwas auf ihm zu lasten, was so schwerwiegend ist, dass er dieses Gefühl nicht beiseiteschieben kann.

Unwillkürlich denke ich an seine schwülstigen Sätze im Rahmen des Auslieferungsverfahrens: Er kehre freiwillig nach Deutschland zurück, um es den Angehörigen des Opfers so leicht wie möglich zu machen – eine Erklärung, die niemals jemand abgeben würde, der sich keiner Schuld bewusst ist. Warum sollte ein Unschuldiger der Familie des Opfers helfen wollen?

Somit stehe ich wieder am Anfang – oder besser gesagt vor einem großen, dunklen Rätsel. Mein Mandant ist frostig und unnahbar –, mein Vertrauen zu ihm tendiert gegen null. Das ändert sich auch bei unseren weiteren Zusammenkünften nicht.

Dabei ist mein mitverteidigender Kollege mir keine allzu große Hilfe. Weder war er schon einmal bei einem Schwurgerichtsverfahren anwesend, noch ist ihm je ein derart unwilliger Mensch wie McKaym begegnet. Die Gespräche mit dem Briten in der JVA nutzen weder ihm etwas, noch bringen sie mich wirklich weiter.

Gleichwohl besuche ich meinen Mandanten insgesamt fünfmal vor der Hauptverhandlung – stets in der Hoffnung, ihn doch noch zu »knacken«. Mit Engelsgeduld versuche ich McKaym zur Mitarbeit zu bewegen:

»Vielleicht fallen Ihnen entlastende Momente ein, die das Gericht an Ihrer Schuld zweifeln lassen«, sage ich ihm, »vielleicht finden wir aber auch einen Weg zu einem Geständnis, das sicherlich einen kleinen Strafrabatt ermöglicht.«

Doch nichts dergleichen geschieht. Die Gespräche verlaufen immer nach demselben nichtssagenden Muster. Mir graut es schon vor dem Prozess.

Nichts ist frustrierender für mich als das Gefühl, dass ein Mandant mich anlügt oder nicht kooperiert. Ich will etwas bewegen, ich will im Gerichtssaal kämpfen, aber das kann ich nur, wenn der Angeklagte mit mir an einem Strang zieht. McKaym macht da nicht mit.

Tag eins des Prozesses wird eine besonders hohe Aufmerksamkeit zuteil. Reporter mit Kameras warten draußen vor der Tür, auch die überregionalen Medien haben Berichterstatter entsandt. Immerhin zeigt der Fall alle Facetten eines außergewöhnlichen Kriminalspektakels.

Für das erste Ausrufezeichen sorgt der Angeklagte selbst. Kaum hat sich die Kammer hingesetzt, schon ergreift McKaym das Wort und zieht die Aufmerksamkeit auf sich. Er bittet kurzerhand darum, seine beiden Verteidiger wegen Unfähigkeit ihres Amtes zu entheben. Einmal in Fahrt fordert er die Aussetzung des Verfahrens, damit er sich einen vernünftigen Anwalt suchen könne. Je länger er doziert, desto lächerlicher wirkt sein Auftritt. Nach einem lautstarken Disput lehnt der Vorsitzende Richter das Ansinnen ab.

Somit steht fest, dass ich McKaym weiter verteidigen werde beziehungsweise muss, dass ich ihn aber auch weiter verteidigen möchte. Ich fühle mich verpflichtet, in diesem Fall »bei der Stange zu bleiben«, ich will, ich muss den Faden weiterspinnen, die Causa McKaym vorantreiben bis zum bitteren Ende. Mitunter tut mir mein Mandant sogar leid in seiner Pose des unschuldig Verfolgten. Ich würde ihm gerne helfen, obwohl er sich gar nicht helfen lassen will.

Der erste Hauptverhandlungstag ist allerdings nicht nur der Tag für die Gerichtsreporter oder Zuschauer. Tag eins führt auch den Angeklagten mit den Angehörigen des Opfers zusammen.

Ihm direkt gegenüber sitzen der Ehemann der Ermordeten und seine beiden Töchter. Die Mädchen lassen meinen Mandanten keinen Augenblick aus den Augen, sie starren ihn unablässig an. In ihren Gesichtern ist vor allem eine Frage zu lesen: Ob sie den 1,75 Meter großen Mann vor sich als denjenigen wiedererkennen, dem sie kurz nach dem Verbrechen die Wasserflasche übergeben haben.

Vor diesem Augenblick habe ich McKaym gewarnt. Möglich, dass die Zeuginnen sich bei seinem Anblick wieder an die damalige Situation erinnern. Was wäre, wenn sie plötzlich aufstünden und mit dem Finger auf den Angeklagten deuteten und riefen: »Der da, der war's!!!«

Meinen Mandanten scheint die Situation völlig kaltzulassen. »Machen Sie sich keine Sorgen«, beruhigt er mich, »niemand wird mich wiedererkennen, da ich mit der ganzen Sache nicht das Geringste zu tun habe.« Der Mann mit der großen Sonnenbrille sei jemand anderer gewesen, beteuert er immer wieder.

McKaym hat Glück: Fünf Jahre nach der Tat können die Mädchen ihn im Zeugenstand nicht mehr eindeutig identifizieren. Auch Zeugen aus der Nachbarschaft wollen sich nicht eindeutig auf meinen Mandanten festlegen. So zieht sich die Hauptverhandlung über Tage hin. Es scheint, als schleiche die Kammer um den eigentlichen Kern des Verfahrens herum wie um den berühmten heißen Brei: Es geht um die Fingerabdrücke.

Mit diesen aussagekräftigen Spuren steht und fällt das Verfahren. Sie bilden das stärkste Glied der Indizienkette gegen meinen Mandanten. Kann ich es knacken, darf McKaym auf einen Freispruch hoffen – andernfalls bekommt er mit hundertprozentiger Sicherheit lebenslänglich.

Nur, wo soll ich anpacken? Wie soll man eines der ältesten und aussagekräftigsten Beweismittel der Kriminalistik entkräften? Aus Kriminalromanen und TV-Krimis kennt man die Prozedur: Während der Kommissar den Tatort und die Leiche inspiziert, suchen die Mitarbeiter der Spurensicherung mit ihren Pinseln, dem schwarzen Puder und ihrem übrigen Instrumentarium das Areal nach verdächtigen Spuren ab.

Auch ich habe bis zu diesem Verfahren nicht recht viel mehr gewusst. Jetzt muss ich mich intensiver mit diesem Thema befassen. Ich forsche nach Abhandlungen zum Problem »Fingerabdrücke« und stelle erstaunt fest, dass ich in einer juristischen Diaspora gelandet bin. Nahezu sämtliche Untersuchungsmethoden unterliegen der ständigen Überprüfung durch den Bundesgerichtshof (BGH) im Hinblick auf ihre Beweisgewinnung und -verwertung. Als eine der wenigen Spurensicherungsmethoden scheint der Fingerabdruck noch aus grauer Vorzeit zu stammen. Das jüngste BGH-Urteil datiert nämlich aus dem Jahr 1952!

Demnach folgen die Richter der seit mehr als 100 Jahren üblichen optisch-manuellen Vergleichsmethode. Dabei geht es im Wesentlichen um den Abdruck der sogenannten Papillarleisten am Endglied eines Fingers, der Fingerkuppe oder sogenannten Fingerbeere. Womit es aber noch nicht getan ist: Diese Papillarleisten besitzen an ihren Endungen Verzweigungen, die »Minutien«, und dazu kommen noch die charakteristischen Punkte der Hautrillen, die den Fingerabdruck jedes Menschen so einzigartig machen. Angeblich ist das sogar bei eineiigen Zwillingen der Fall, die sich ansonsten in allen körperlichen Merkmalen gleichen.

In Deutschland gilt für die Auswertung von Fingerabdrücken folgende Faustregel: Stimmen zwölf anatomische Merkmale zwischen Täterabdruck und gefundener Spur überein, besteht an der Identität kein

Zweifel mehr. Wie oft habe ich Sachverständigen von LKA und BKA gelauscht, wenn diese im Brustton der Überzeugung bekundeten, dass mein Mandant aufgrund der Fingerspuren überführt sei!

Erst im Fall McKaym stelle ich anhand meiner Recherchen fest, dass die Justiz seit Jahrzehnten einem Irrtum aufsitzt. Nächtelang hocke ich über wissenschaftlichen Büchern und Artikeln, die vor allem eins deutlich machen: Nichts wird in der Forschung so kontrovers diskutiert wie der Umgang mit Fingerabdrücken in der Kriminalistik. Und noch eins macht mich fassungslos: Die scheinbar so sichere Methode steht auf einem wackeligen wissenschaftlichen Fundament!

Anders als bei DNA-Profilen oder gaschromatografischen Messgeräten argumentieren die Kriminalisten hier lediglich auf der Basis einer Wahrscheinlichkeitsprognose. Kein wissenschaftlicher Beweis, kein unumstößliches Gesetz, keine Formel – nichts dergleichen.

Ich fange an, Hoffnung zu schöpfen. Vielleicht hat McKaym gar nicht gelogen, vielleicht hat er Bettina Gruber an jenem Apriltag des Jahres 2002 ja doch nicht ermordet. Ich grabe tiefer, beschaffe mir kiloweise Literatur zum Thema »Biometrie«. Biometrische Systeme gehören heute zum Standard hoch technisierter Schließanlagen. Der Laie kennt sie aus den James-Bond-Filmen der späten Achtzigerjahre. Roger Moore, alias James Bond, legt seine Hand auf eine Glasplatte. Der Abdruck wird ausgelesen, und schon öffnet sich eine Tür.

Wenn Bond jede Tür öffnen kann, dann muss es doch auch mir gelingen, ein System zu finden, das nach einer wissenschaftlich fundierten Methode bei Hand- und Fingerabdrücken zwischen Richtig oder Falsch unterscheidet. Ein System, das zuverlässiger arbeitet als die antiquierte Form der Daktyloskopie, wie sie in allen hiesigen Polizeirevieren gang und gäbe ist. Das ist es, was mich jetzt brennend interessiert. Ich habe Blut geleckt, schicke umfangreiche Fragenkataloge an Wissenschaftler der mathematischen Hochschulen in Hamburg und München, die sich mit ebensolchen biometrischen Systemen befassen. Trotz meiner beschränkten mathematischen Fähigkeiten keimt in mir allmählich Verständnis auf.

Akribisch arbeite ich mich in das Thema ein. Je mehr ich mich darin vertiefe, desto höher wähne ich mich im Aufwind. Vor meinem inneren Auge sehe ich schon die Schlagzeilen: Bonner Anwalt entlarvt Daktyloskopie als kriminalistischen Schwindel – Freispruch im Mordfall Gruber!

An sechsten Tag der Hauptverhandlung bringe ich dann meinen Paukenschlag an: Ich stelle einen Beweisantrag. In der Hauptsache möchte ich das Gericht dazu bewegen, neue Wege zu gehen. Die Kammer soll sich mit den biometrischen Ansätzen der modernen Wissenschaften auseinandersetzen, weil sich auf deren Basis Fingerabdrücke wesentlich schlüssiger identifizieren lassen. »Die Handleserei des vergangenen Jahrhunderts ist als Verfahren nicht länger akzeptabel. Vor allem dann nicht, wenn jemandem wegen Mordes eine Verurteilung zu einer lebenslangen Freiheitsstrafe droht«, trage ich vor.

Das Gericht reagiert wie ein gütiger Onkel, der seinem Neffen mit einem nachsichtigen Lächeln ein Spielzeug lässt, obwohl er damit einen schrecklichen Lärm veranstaltet. Um des lieben Friedens willen lässt sich die Kammer sogar zu einem Telefonat mit den von mir aufgebotenen Fachleuten für Biometrik herbei. Mehr aber auch nicht. Die Richter halten nach wie vor an der althergebrachten Fingerabdruckmethode fest.

Ich kann es drehen und wenden, wie ich will: Die Kammer rückt von den Vorgaben des Bundesgerichtshofs aus den Fünfzigerjahren nicht ab. Die Biometriker konnten die Richter ebenso wenig überzeugen wie meine Attacken gegen das Uraltsystem.

In einer Sitzungspause kalauert der Vorsitzende: Da man meinen Mandanten schließlich mithilfe des veralteten Fingerabdrucksystems in Großbritannien aufgespürt habe, könne es ja so schlecht nicht sein.

Zu diesem Zeitpunkt weiß ich, wie das Urteil ausfallen wird: schuldig. Nichts geht mehr, das ist klar.

Tag 13 der Hauptverhandlung. Die Kammer verhängt ein »Lebenslänglich« gegen McKaym. Er hat jedoch noch Glück im Unglück, da die Richter trotz der Brutalität seiner Tat nicht auch noch auf die besondere Schwere der Schuld erkennen. Somit hat er eine Chance, nach 15 Jahren wieder auf freiem Fuß zu sein. Wenigstens dieses Minimalziel habe ich erreicht. Glücklich macht es mich nicht.

Ich gehe in Revision vor den BGH und handle mir eine weitere Niederlage ein. McKaym würdigt mich nach dem Urteil keines Blickes mehr, grußlos lässt er sich abführen. Etwas anderes habe ich auch nicht erwartet.
Weit mehr ärgert mich der Umstand, dass ich keine Gelegenheit dazu erhielt, den Richtern am Bundesgerichtshof meine revolutionären Thesen zur Überführung eines Täters mittels Fingerabdruck vorzutragen. Folglich müssen wir nach wie vor mit einer veralteten Technik und einem Richterspruch aus dem Jahr 1952 leben – und das ist der eigentliche Skandal an der Geschichte.

EPILOG

Es ist jetzt mittlerweile 15 Jahre her, dass ich Klaus Mansfeld gegenüber saß – eine Begegnung, die mein berufliches Denken und Handeln in der Folgezeit in mehrfacher Hinsicht entscheidend beeinflusst hat.

Ich kam nicht mehr dazu, ihn vor Gericht zu verteidigen, da er sich nach der Anklageerhebung, wenige Tage vor Beginn der Hauptverhandlung, in seiner Zelle erhängte. Er war dann für lange Zeit der letzte Mörder, dessen Verteidigung ich übernommen habe.

Nach seiner Verzweiflungstat fasste ich den Entschluss, nie mehr die Hände von Mördern zu schütteln – Hände, die im Todeskampf sich windende Opfer festhalten; Messergriffe umfassen, die mit erbarmungsloser Wucht in menschliche Körper gerammt werden; die den Hals ihrer Opfer umklammern, die verzweifelt ihrem Erstickungstod zu entkommen versuchen, oder kaltblütig den Abzug einer Pistole betätigen, um in Bruchteilen von Sekunden menschliches Leben auszulöschen.

Ich wollte solchen Menschen nie mehr begegnen, keine grausigen Tatbeschreibungen, keine gespielte Reue und Betroffenheit, kein »Ich-weiß-nicht-mehr-wie-das-passieren-konnte« hören.

Ich wollte nicht mehr in Gerichtssälen sitzen und an der Seite eines Mörders Platz nehmen, direkt neben ihm, zum Greifen nahe, seinen Atem spüren, wenn er sich fragend zu mir hinüberbeugt.

Ich wollte auch nicht mehr in den Pausen auf Gerichtsfluren von Zuhörern angepöbelt werden, so als hätte ich die Tat begangen, als sei ich »das Schwein«, auf das sich der Volkszorn konzentriert.

Ich wollte nicht mehr täglich von grimmigen Blicken durchbohrt werden, einsam und verlassen dastehen wie ein Ausgestoßener. Keine Tränen von Opfern und Angehörigen mehr sehen, keine Grausamkeiten, keine Widerwärtigkeiten mehr erleben, keine Missachtung seitens der Angehörigen der Opfer mehr erfahren. Nichts mehr von alledem wollte ich an mich heranlassen.

Für mich war im Jahr 1996 die Sanduhr als Strafverteidiger abgelaufen. Für immer und ewig, so dachte ich damals zumindest.

Ich stieg – obwohl mein Name formal weiterhin auf dem Türschild stand – aus der Kanzlei aus, die ich mit meinem Partner Thomas Ohm in Bonn gegründet hatte. Ein guter Freund hatte mir ein unwiderstehliches Angebot gemacht, das ich nicht ausschlagen konnte: Er betrieb ein internationales Sicherheitsunternehmen und suchte einen Geschäftsführer in Prag. Er stellte mir in Aussicht: »Du bist dort der Chef. Das ist doch eine Herausforderung. Du residierst dort in einem Topbüro, wohnst in einer Topwohnung, bekommst ein monatliches Gehalt, von dem du nur träumen kannst, und musst dich nicht mehr mit diesen Verbrechern herumschlagen!«

Alles stimmte, nichts davon war übertrieben. Vor lauter Glück, Wohlstand und Zufriedenheit hätte ich nie wieder nach Bonn zurückkommen dürfen.

Doch zwei Jahre später habe ich dieses Schlaraffenland verlassen.

Was mir fehlte, war mein Beruf, den ich offensichtlich nicht ohne Grund zehn Jahre zuvor gewählt hatte.

Das, was mich zwei Jahre zuvor vertrieben und abgestoßen hatte, führte mich nun zurück und zog mich mit der gleichen Intensität an. »Wieso treibt es dich zurück? Warum willst du dich wieder diesem Druck aussetzen?«, haben mich viele aus meinem Umfeld gefragt. Es wäre sicherlich zu platt, es mit einer Sucht nach den Abgründen des menschlichen Daseins zu erklären. Treffender wäre es, mit dem Interesse an der Analyse menschlicher Grenzüberschreitung zu argumentieren, und mit dem Eintauchen darin. Warum haben diese Menschen getötet? Was hat sie bewogen, ihren Opfern solches Leid zuzufügen? Und ihr eigenes Leben gleichzeitig so gering zu schätzen, es wegzuwerfen, möglicherweise bis an ihr Lebensende hinter Gittern zu sitzen?

Zum einen ist die Aufklärungsrate bei Tötungsdelikten mit über 90 Prozent sehr hoch, und zum anderen haben diese Taten den Tätern, selbst wenn sie unentdeckt blieben, keinen für sie spürbaren Nutzen gebracht. Ganz zu schweigen davon, dass sie den Rest ihrer Tage mit der Erinnerung leben müssen, einen Menschen ohne eine rechtliche oder moralische Rechtfertigung getötet zu haben.

Diese Analyse des extremen grenzüberschreitenden Verhaltens von Menschen fasziniert mich, denn genau diese Beweggründe, diese denktechnischen Initialzündungen, diese seelischen Fehlschaltungen sind die Bewertungskriterien für den Täter selbst und sein Handeln.

Sie sind das Kriterium, um den Grad der Schuld und der Vorwerfbarkeit des Täters zu bestimmen, denn – auch wenn es bei den Angehörigen der Opfer und in der Öffentlichkeit auf Unverständnis stößt – der Strafprozess ist der Prozess des Täters, nicht der seiner Opfer. Er konzentriert sich ganz gezielt nur auf den Täter, um ihm gerecht zu werden, um für ihn die gerechte Strafe zu finden. Wobei man durchaus auch ein Leben in lebenslänglicher Unfreiheit für den Täter als gerecht empfinden kann und als Strafmaß empfiehlt.

Dem Täter seitens des Gerichts »gerecht« zu werden, bedarf des verantwortungsbewussten Beistands eines engagierten Strafverteidigers. Man ist und bleibt der Verteidiger des Angeklagten und Wahrer seiner Interessen, für die man auch mal kämpfen muss.

Als Strafverteidiger bin ich ein Einzelkämpfer. Wie ein Boxer im Ring nutze ich die Lücken in der Deckung der Anklage unerbittlich aus. Wenn ich meine Robe anlege, fühle ich mich irgendwie erhaben, siegessicher. Ich weiß, dass nun alles nur auf mich ankommt. Die Robe symbolisiert meine Leidenschaft, meine Inspiration, meinen Beruf. Sie ist mit mir in die Jahre gekommen, ein wenig abgetragen vom vielen Gebrauch. Mit ihr habe ich die größten Schlachten in den Gerichtssälen geschlagen und auch die schlimmsten Niederlagen ertragen müssen. Sie ist ein Teil meines Seins und meines Berufs, den ich nicht um alles in der Welt aufgeben möchte.

Immer noch glüht das Feuer, sobald ich den Gerichtssaal betrete, immer noch ist der Drang da, den Fall zu gewinnen. Immer noch will ich jenen schnellen Showdown des Strafprozesses nicht missen, der sich aus dem knallharten Gegensatz von Verteidigung und Anklage nährt und schließlich auf ein finales Duell des Intellekts zusteuert. Ein verbaler Schlagabtausch, der Gewandtheit sowie Raffinesse erfordert. Auch nach 25 Jahren lebe und liebe ich den Beruf des Strafverteidigers von ganzem Herzen und mit ganzem Geist.

Begegnungen mit der Bestie Mensch

Das Unfassbare war bei ihm der Normalfall: Der legendäre Mordermittler Josef Wilfling hatte es tagtäglich mit Menschen zu tun, die Ungeheuerliches getan oder erlebt haben. In *Abgründe* erzählt er seine spektakulärsten Fälle, schildert Tathintergründe, gibt den Blick in seelische Abgründe frei und zeigt: Die Wirklichkeit ist packender als jeder Krimi.

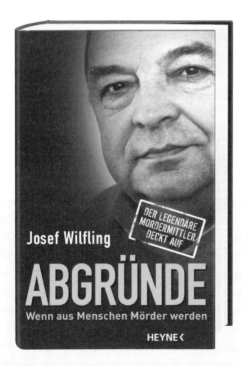

Heyne Hardcover
ISBN 978-3-453-16753-7

Heyne Taschenbuch
ISBN 978-3-453-60192-5

**Hörbuch bei
Random House Audio**
ISBN 978-3-8371-0355-7

Lese- und Hörprobe unter
www.heyne.de

Die Sprache des Verbrechens entschlüsselt

Auch wenn der Täter Handschuhe trägt – sein sprachlicher Fingerabdruck verrät ihn: Eine junge Frau hat vermeintlich Selbstmord begangen, doch ihr Abschiedsbrief entlarvt den Mörder. Ein Industrieller wird verschleppt, das Erpresserschreiben wird den Entführern zum Verhängnis ...
Raimund H. Drommel ist Deutschlands renommiertester Sprachprofiler. Erstmals erzählt er seine spektakulärsten Fälle aus 25 Jahren, gewährt Einblicke in seine Methoden und entschlüsselt den Code des Bösen.

Heyne Hardcover
ISBN 978-3-453-17691-1

Leseprobe unter
www.heyne.de

HEYNE ❮